W0364272

JEAN-PAUL SARTRE

BULANTI

Can Modern

Bulantı, Jean-Paul Sartre
Fransızca aslından çeviren: Selâhattin Hilâv
La Nausée
İlk baskı: Éditions Gallimard, 1938
Bu kitapta kaynak alınan baskı: Éditions Gallimard, 1957
© 1938, Éditions Gallimard, Paris
© 1981, Can Sanat Yayınları A.Ş.
Tüm hakları saklıdır. Tanıtım için yapılacak kısa alıntılar dışında yayıncının yazılı izni olmaksızın hiçbir yolla çoğaltılamaz.

1. basım: 1981
54. basım: Mayıs 2023, İstanbul
Bu kitabın 54. baskısı 10 000 adet yapılmıştır.

Dizi editörü: Şirin Etik
Düzelti: Melis Oflas
Mizanpaj: Bahar Kuru Yerek

Kapak tasarımı: Ayşe Çelem Design

Baskı ve cilt: Melisa Matbaacılık Yayıncılık San ve Dış Tic. Ltd.
Maltepe Mah. Davutpaşa Çiftehavuzlar Sk. No:16 Acar San. Sit.
Zeytinburnu, İstanbul
Sertifika No: 45099

ISBN 978-975-510-210-8

CAN SANAT YAYINLARI
YAPIM VE DAĞITIM TİCARET VE SANAYİ A.Ş.
Maslak Mah. Eski Büyükdere Cad. İz Plaza Giz, No: 9/25 Sarıyer/İstanbul
Telefon: (0212) 252 56 75 / 252 59 88 / 252 59 89 Faks: (0212) 252 72 33
canyayinlari.com
yayinevi@canyayinlari.com
Sertifika No: 43514

JEAN-PAUL SARTRE

BULANTI

ROMAN

Fransızca aslından çeviren
Selâhattin Hilâv

CAN

Jean-Paul Sartre'ın Can Yayınları'ndaki diğer kitapları:

Duvar, 1994
Akıl Çağı / Özgürlük Yolları 1, 1996
Aydınlar Üzerine, 1997
Yaşanmayan Zaman / Özgürlük Yolları 2, 1997
Sözcükler, 1997
Yıkılış / Özgürlük Yolları 3, 1998
Edebiyat Nedir?, 2005
Öznellik Nedir?, 2015
Bir Yöneticinin Çocukluğu, 2021

JEAN-PAUL SARTRE, 1905'te Paris'te doğdu. 1938 yılında, sonradan geliştireceği birçok felsefi konuya yer veren *Bulantı* adlı romanını yayımladı. Felsefe alanındaki asıl yeteneğini, 1943'te *Varlık ve Hiçlik* adlı kitabında ortaya koydu. 1945-1949 arasında *Özgürlük Yolları* adlı dört cilt olarak tasarladığı romanını kaleme aldı. İnsanı eylem içinde en iyi gösterecek türün tiyatro olduğuna karar vererek, *Sinekler, Gizli Oturum, Kirli Eller, Şeytan ve Yüce Tanrı, Nekrasov* ve *Altona Mahpusları* gibi oyunlar yazdı. Kendine özgü Marksizm anlayışını, 1960'ta *Diyalektik Aklın Eleştirisi* adlı yapıtında ortaya koydu. 1964'te değer görüldüğü Nobel Edebiyat Ödülü'nü reddetti. 20. yüzyılın en etkili düşünürlerinden biri olan Sartre, bireyin kökten özgürlüğünü vurgulayan varoluşçuluğun sözcülüğünü üstlendi, romanları ve oyunlarıyla dünya görüşünü çok geniş bir kitleye aktardı. 1980'de Paris'te ölen Sartre'ın cenazesine 25 binden fazla kişi katıldı.

SELÂHATTİN HİLÂV, 1928 yılında İstanbul'da doğdu. 1946'da İstanbul Erkek Lisesi'ni, 1950'de İstanbul Üniversitesi Edebiyat Fakültesi Felsefe Bölümü'nü bitirdi. 1954-1958 yılları arasında Sorbonne Üniversitesi'nde felsefe dersleri aldı. Pek çok gazete ve dergide çalışan Hilâv, *Yazko Felsefe Dergisi*'ni yönetti. *Diyalektik Düşüncenin Tarihi* (1966), *100 Soruda Felsefe El Kitabı* (1970), *Edebiyat Yazıları* (1993) ve *Felsefe Yazıları* (1993) adlı kitapları bulunan ve birçok çeviriye de imza atan Hilâv 12 Mayıs 2005'te öldü.

Castor'a[1]

"Toplumsal önemi olmayan bir adam bu,
sadece bir birey."

L.F. CÉLINE

L'Église [Kilise]

1. Castor, Sartre'ın Simone de Beauvoir için kullandığı takma isim. Sartre, Beauvoir'ı fonetik olarak İngilizce *beaver* (kunduz) sözcüğüne benzetir ve sözcüğün eşanlamlısı olan *castor*'u buradan ilhamla türetir. (Y.N.)

Yayıncının Notu

Bu defterler, Antoine Roquentin'in kâğıtları arasında bulundu. Onları hiçbir değişiklik yapmaksızın yayımlıyoruz.

Birinci sayfaya tarih atılmamış ama bunun esas günceden birkaç hafta önce yazılmış olduğunu söyleyebiliriz. Demek ki, en geç 1932 Ocak'ının başlangıcında yazılmış olmalı.

O sırada Antoine Roquentin, Kuzey Afrika, Orta Avrupa ve Uzakdoğu'ya yaptığı gezilerden dönmüş, Marki de Rollebon'la ilgili tarih araştırmalarını tamamlamak üzere üç yıldır Bouville'e yerleşmiş bulunuyordu.

TARİHSİZ YAPRAK

Olayları günü gününe yazmak daha iyi olacak. Açıkça kavramak için bir günce tutmalı. Önemsiz gibi görünseler de küçük ayrıntıları, olayları kaçırmamalı, özellikle hepsini sınıflamalı. Şu masayı, sokağı, insanları, tütün paketimi nasıl gördüğümü anlatmalıyım, çünkü değişen *bu*. Bu değişimin alanını ve özünü iyice belirlemeliyim.

Sözgelimi mürekkep şişemin içinde bulunduğu karton kutuyu ele alalım. Anlatmam gereken şu: Onu daha *önce* nasıl görüyordum ve şimdi nasıl[1] Söyleyeyim! Dik açılı, altı yüzlü bir paralel kenar bu; açılıyor — saçmaladım; söylenecek bir şey yok. İşte bundan kaçınmak gerek; olmadığı halde acayiplik bulmaya çalışmamalıyım. Günce tutmanın tehlikeli yanı budur sanırım: İnsan her şeyi büyütmeye, tetikte durmaya, doğruları durmadan zorlamaya kalkar. Öte yandan önceki günkü izlenimi (özellikle şu kutu ve herhangi bir nesneyle ilgili olarak) her an yeniden yakalayabilirim. Gözümü açmalıyım, yoksa yine parmaklarımın arasından kayıp gidebilir. Ka-

1. Yeri boş bırakılmış bir sözcük.

çınmalıyım[1] ama olup bitenlerin hepsini bütün ayrıntılarıyla inceden inceye yazmalıyım.

Cumartesi ya da önceki gün olup bitenler üzerine bir şey yazamam artık, onlardan çok uzağım şimdi; söyleyebileceğim tek şey, onların birer olay bile sayılamayacağıdır. Cumartesi günü çocuklar taş sektirmece oynuyorlardı; onlar gibi ben de denize bir çakıltaşı fırlatmak istedim. Tam o sırada duraksadım, taşı bıraktım ve oradan ayrıldım. Sersemlemiş bir halim olmalı; çocuklar ardımdan güldüler.

İşin görünen yanı bu. İçimde olup bitenler, belirgin izler bırakmadı. Gördüğüm bir şey vardı, beni tiksindirmişti. Ama o sırada denize mi, yoksa çakıltaşına mı bakmıştım bilemiyorum. Taş yassıydı; bir yüzü baştanbaşa kuru, öteki yüzü ıslak ve çamurluydu. Elimi kirletmemek için onu parmaklarımın ucuyla, kenarlarından tutuyordum.

Evvelki gün durum daha karmaşıktı. Açıklayamadığım peş peşe rastlantılar, yanılgılar da yaşanmıştı. Bunları yazarak kendimi eğlendirecek değilim. Kısacası korktuğum ya da buna benzer bir duyguya kapıldığım kesin. Neden korktuğumu bilmem bile büyük bir başarı olurdu.

İşin garibi, deli olduğuma inanacak durumda değilim, hatta öyle olmadığımı kesin olarak biliyorum. Bütün bu değişimler nesnelerle ilintili. Hiç değilse bunun böyle olduğuna inanmak istiyorum.

1. Karalanmış bir sözcük ("zorlamaktan" ya da "uydurmaktan" olabilir) üstüne başka bir sözcük yazılmış ama okunmuyor.

Saat on buçuk[1]

Belki de önemsiz bir delilik nöbetiydi bu neticede. İz bırakmadan geçti. Geçen haftaki o acayip duygularıma gülüyorum bugün. Onları hissetmiyorum artık. Bu akşam içim ferah, rahatım yerinde. Burası benim odam, kuzeydoğuya bakıyor. Aşağıda Mutilés Sokağı ve yeni istasyonun şantiyesi. Penceremden, Victor-Noir Bulvarı'nın köşesinde, Rendez-vous des Cheminots'nun kırmızı beyaz ışıklarını görüyorum. Paris treni az önce geldi. Yolcular eski istasyondan çıkıp yollara dağılıyorlar. Ayak sesleri ve konuşmalar duyuyorum. Son tramvayı bekleyenler çok. Penceremin tam altına düşen gaz fenerinin etrafında kasvetli, küçük bir grup oluşturmuşlardır şimdi. Birkaç dakika daha beklemeleri gerek, tramvay on bir çeyrekten önce geçmez. Bu gece gezici satış temsilcileri gelmese bari, gözümden uyku akıyor, üstelik geç kaldım. Rahat bir gece, bir tek gece geçirebilsem başıma gelenlerin hepsini unutacağım.

Saat on bire çeyrek var. Korkacak bir şey kalmadı artık. Şimdiye kadar gelirlerdi. Yeter ki Rouen'lı mösyönün günü olmasın. Bu mösyö her hafta gelir; birinci kattaki iki numaralı, bidesi olan odayı ona ayırırlar. Yatmadan önce Rendez-vous des Cheminots'da bir bira içtiği için biraz geç kalır. Pek gürültü etmez zaten. Siyaha boyanmış bıyıkları ve peruğuyla küçümen, akça pakça bir adamdır. Geldi işte.

Yukarı çıktığını duyunca heyecanlandım doğrusu, içim güvenle doldu. Böylesi düzenli bir dünyadan korkulur mu? İyileştim galiba.

İşte yedi numaralı tramvay: "Abattoirs-Grands Bas-

1. Gecenin on buçuğu kuşkusuz. Bu kısım öncekilerden sonra yazılmıştır. En iyi ihtimalle, ertesi gün yazılmış olabileceğini düşünüyoruz.

sins." Tangır tungur geliyor. Hareket etti. Uyuyan çocuklarla, valizlerle ağzına kadar dolu, Grands Bassins'e, karanlık doğudaki fabrikalara doğru yollanıyor şimdi. Bu son tramvaydan bir önceki. Son tramvay bir saat sonra geçecek.

Yatacağım. İyileştim. İzlenimlerimi, küçük kızlar gibi yepyeni ve güzel bir deftere, günü gününe yazmaktan vazgeçtim.

Günce tutmak tek bir durumda ilgi çekici olabilir: O da[1]

1. Tarihsiz yapraktaki yazı burada kesiliyor.

GÜNCE

25 Ocak 1932, Pazartesi

Başıma bir şey geldi, artık kuşkum yok. Herhangi bir kesinlik ya da apaçıklık gibi değil, bir hastalık gibi belirdi bu. Sinsi sinsi, yavaş yavaş yerleşti; biraz tuhaf, biraz tedirgin hissettim kendimi, o kadar. Bir kez yerine yerleşince orada kıpırdamadan kaldı. Hiçbir şeyim olmadığına, evhamlandığıma inandırdım kendimi. Oysa şimdi dal budak salmaya başladı.

Tarihçinin işinin, psikolojik analize zemin hazırlamak olduğunu sanmıyorum. Bizim meslekte "mevki hırsı", "menfaat" gibi genel adlar alan bütüncül duygularla uğraşılır yalnız. Yine de kendimi azıcık tanısaydım bundan yararlanmanın tam sırasıydı şimdi.

Sözgelimi, ellerimde bir değişiklik var. Pipomu ya da çatalımı tutuşum değişti. Belki de çatal elime yeni bir biçimde geliyor, bilmiyorum. Biraz önce odama girmek üzereyken olduğum yerde kaldım; kişiliği varmışçasına dikkatimi çeken soğuk bir nesnenin varlığını hissettim avucumda. Açıp baktım: Kapının tokmağını tutuyordum. Otodidakt,[1] günaydın demek için bu sabah kütüphanede yanıma geldiğinde onu tanıyabilmek için yüzüne

1. Ogier P***; bu güncede kendisinden sık sık söz edilecektir. Roquentin, icra kâtibi olan bu adamı 1930 yılında Bouville Kütüphanesi'nde tanımıştır.

on saniye bakmam gerekti. Tanımadık bir yüzdü gördüğüm; bir yüz bile demek zor. Sonra elini iri, beyaz bir solucan gibi duyumsadım avucumda. Hemen bıraktım, kolu külçe gibi düştü.

Sokaklarda da ne idüğü belirsiz bir yığın gürültü sürüp gidiyor.

Öyleyse şu son haftalarda bir değişiklik oldu. Ama nerede? Hiçbir şeye bağlanılamayan soyut bir değişim bu. Değişen ben miyim? Ben değilsem şu oda, şu kent, şu doğa; seçmek gerek.

* * *

Değişen benim sanıyorum. En kolay çözüm yolu bu. En tatsızı da bu. Bu ani dönüşümlere maruz kaldığımı kabul etmek zorundayım. Sık sık düşünen biri olmadığımdan, farkına varmaksızın, içimde bir yığın ufacık başkalaşım birikir ve sonra günün birinde gerçek bir devrim ortaya çıkar. Hayatıma tutarsız, çelişkili bir görünüm veren de budur. Fransa'dan ayrıldığımda, aklıma estiği için böyle yaptığımı söyleyenler çoktu. Altı yıl dolaştıktan sonra ansızın geri döndüğümde yine aynı şey söylenebilirdi. Kendimi Mercier ile birlikte, geçen yıl Pétrou olayının ardından görevinden ayrılan şu Fransız memurun bürosunda görüyorum yeniden. Mercier, arkeoloji araştırmaları için Bengal'e gidiyordu. Öteden beri Bengal'e gitmek istemişimdir, üstelik o da geleyim diye sıkıştırıyordu beni. Neden böyle yapıyordu acaba? Portal'a güveni yoktu sanırım. Ona göz kulak olurum diye benim de gelmemi istiyordu. Hayır demem için neden yoktu. O sıra Portal sorununu sezmiş olsaydım, bu teklifi hevesle kabul etmek için bir başka neden daha bulmuş olurdum. Oysa tutulup kalmıştım, tek sözcük söyleyemiyor, yanıt veremiyordum. Telefonun yanında, yeşil halının üzerinde duran küçük bir Khmer heykeline bakıyordum. Gövdem, lenfa ya da ılık sütle doluydu sanki. Mercier tedirginliğini gizleyen, meleklere özgü bir sabırla şöyle dedi:

"Biliyorsunuz, resmen atanmam gerekiyor. Nasıl olsa sonunda evet diyeceksiniz. Hemen söylemeniz daha iyi olur."

Mercier'nin kızıla çalan siyahlıkta, güzel kokulu bir sakalı vardı. Başını her sallayışında o kokuyu duyuyordum. Sonra birden altı yıl süren bir uykudan uyandım.

Karşımdaki heykel anlamsız, tatsız bir şeydi artık. Sıkıntıdan boğulacak gibi olduğumu hissediyordum. Niçin Hindiçin'de bulunduğumu anlayamıyordum. Bu ülkede ne işim vardı? Bu adamlarla niçin konuşuyordum? Niçin böyle gülünç giyinmiştim? Tutkum ölmüştü artık. Yıllarca onunla dolup sürüklenmiştim ama şimdi içim bomboştu. Bu yetmiyormuş gibi yavan, devasa bir düşünce de kayıtsızca karşımda duruyordu. Ne olduğunu pek bilmiyordum bunun ama içimi öyle daraltıyordu ki bakamıyordum. Bütün bunlar Mercier'nin sakalının kokusuyla karışıyordu. Kan beynime sıçramıştı. Kendimi toparlayıp kuru bir sesle, "Size çok teşekkür ederim. Sanırım yeterince seyahat ettim. Artık Fransa'ya dönmem gerekiyor," dedim.

Ertesi gün, Marsilya'ya giden vapurdaydım.

Yanılmıyorsam ve üst üste yığılan bu işaretler hayatımın yeniden altüst olacağını gösteriyorsa eğer, korkuyordum doğrusu. Bu korkunun nedeni hayatımın serüvenli, zengin ve değerli olması değil. Ortaya çıkacak olandan, onun beni avucunun içine almasından, (kim bilir nereye?) sürüklemesinden korkuyorum. Araştırmalarımı, kitaplarımı, her şeyi yarıda bırakıp çekip gitmem mi gerekecek yine? Birkaç yıl sonra ezilmiş, umudu kırılmış vaziyette başka yıkıntılar içinde mi bulacağım kendimi? İş işten geçmeden aydınlatmalıyım bunu.

26 Ocak Salı

Yeni bir şey yok.

Saat dokuzdan bire kadar kütüphanede çalıştım. Kitabımın XII. bölümünü ve Rollebon'un Rusya'da, Pavel Petroviç'in ölümüne kadar geçirdiği zamanla ilintili ne varsa hepsini toparladım. İşim bitti: Temize çekinceye kadar dokunmam artık.

Saat bir buçuk. Kafe Mably'de bir sandviç yiyorum, her şey yolunda sayılır. Kafelerde her şey yolundadır zaten, bilhassa da Mably'de. Bunun sebebi kafenin, güven verici ve pozitif, hovarda bir görünümü olan işletmecisi Mösyö Fasquelle. Öğle uykusu çekme vakti geliyor; gözleri şimdiden kızarmış ama o canlı ve kararlı halini hiç bozmuyor. Masadan masaya giderek, müşterilere dostça yaklaşıp, "Her şey yolunda mı efendim?" diye sormak âdetidir.

Onu böyle canlı görmek hoşuma gidiyor. Çünkü kafe boşaldığında, zihni de boşalır Mösyö Fasquelle'in. İkiyle dört arasında kafede kimsecikler olmaz. O zaman, sağa sola sersemce gider gelir, garsonlar ışıkları söndürürken uykuya dalmaya başlar; yalnız kalmayagörsün, hemen uyur.

Kafede on beş-yirmi kişi var hâlâ: bekârlar, ikinci dereceden teknisyenler, işçiler. Aşevi diye adlandırdıkları aile pansiyonlarında tez elden bir şeyler atıştırdıktan sonra, biraz da lükse ihtiyaçları olduğu için buraya gelir, kahve içer, zarla poker oynarlar. Biraz gürültü de çıkarırlar ama uzun sürmez, canımı da sıkmaz zaten. Var olmak için onların da sosyalleşmeleri gerekiyor.

Bense yalnız, yapayalnız yaşıyorum. Kimseyle konuşmuyorum, hiç kimseyle. Tek bir bağlantım yok. Otodidakt sayılmaz. Bir de Rendez-vous des Cheminots'nun sahibi Françoise var. Ama onunla *konuşuyor* muyum ki? Kimi zaman, akşam yemeğinden sonra biramı getirdiğinde, "Bu akşam boş musunuz?" diye sorarım ona.

Hiç hayır demez. Saat hesabıyla ya da günlük kiraladığı, birinci kattaki büyük odalardan birine çıkarız. Para ödemiyorum: İkimizin de işine geliyor bu durum. O zevk alıyor (her gün bir erkek gerek ona, benim gibi başkaları da var), ben de nedenini çok iyi bildiğim birtakım sıkıntılardan kurtuluyorum. Birkaç kelime ancak ederiz birbirimize. Ne olacak sanki? Herkes kendi başının çaresine bakmalı; onun gözünde her şeyden önce kafesine gelen bir müşteriyim ben. Elbisesinden sıyrılırken, "Baksanıza, Bricot diye bir aperitif biliyor musunuz? Bu hafta iki müşteri ondan istemiş. Garson kız gelip bana sordu. İsteyenler yolcuymuş. Paris'te içmiş olmalılar. Bilmeden almak istemem. Sizin için sakıncası yoksa çoraplarımı çıkarmasam olur mu?" diyor.

Bir zamanlar (beni bırakıp gittikten nice sonraları bile) Anny'yi düşünmüştüm. Şimdi kimseyi düşünmüyorum, sözcükleri bulmak için bile çabalamıyorum. Kimi zaman hızlı, kimi zaman yavaş bir şeyler akıyor içimde: Dokunmuyorum, bırakıyorum gitsin. Sözcüklere bağlanamadığım için düşüncelerim çoğu zaman karmakarışık. Belirsiz ve hoş şekiller halinde belirip sonra kayboluyorlar, hemen unutuyorum onları.

Bayılıyorum şu delikanlılara: Hem kahvelerini içiyor hem de anlaşılır, inandırıcı hikâyeler anlatıyorlar. Dün ne yaptıklarını sorsanız hiç teklemeden, iki sözcükle anlatıverirler. Bana sorulsa apışıp kalırım. Doğrusu, vaktimi nasıl geçirdiğim uzun zamandan beri kimsenin umurunda değil. İnsan yalnız yaşayınca, anlatmanın bile ne olduğunu unutuyor: İnandırıcılık da dostlarla birlikte ortadan kayboluyor. Olaylar da öyle. İnsan onlara da aldırmaz oluyor: Bir bakıyorsunuz konuşan insanlar beliriyor, bir bakıyorsunuz çekip gidiyorlar. Başını sonunu duymadığınız hikâyelere dalıyorsunuz. Duyduğunuzu anlatın deseler, kötü tanıklık edersiniz. Ama buna karşılık kafelerde anlatılamayacak ve inanılmayacak ne varsa onu da görüyor insan. Sözgelimi cumartesi günü, istasyon şantiyesinin ahşap kaldırımının sonunda, açık mavi giyinmiş ufak tefek bir kadın, elindeki mendili sallayıp gülerek geri geri koşuyordu. O sırada ayağında sarı ayakkabılar bulunan bej pardösülü, yeşil şapkalı bir zenci, ıslık çalarak sokağın köşesini dönüyordu. Kadın hâlâ geri geri gidiyordu, ahşap kazığa asılan ve geceleri yakılan fenerin altında zenciye çarptı. Buram buram ıslak odun kokan o tahta perde, o fener; kızıl bir göğün altında, bir zencinin kollarındaki o ufak tefek sarışın kadın, hepsi aynı anda oradaydı. Beş-altı kişi olsaydık bu çarpışmayı, bütün bu tatlı renkleri, bir kuştüyü yorganı andıran mavi mantoyu, açık renkli yağmurluğu, fenerin kırmızı camlarını gözden kaçırmazdık. Bu iki çocuksu yüzde beliren şaşkınlığa gülmek gelirdi içimizden.

Yalnızken insanın içinden gülmek gelmiyor pek. Gördüklerim benim için keskin, hatta yırtıcı, fakat katışıksız bir anlam taşıyordu. Sonra bu bütün parçalandı: Fenerden, tahta perdeden, gökyüzünden başka şey kalmadı geriye: Hâlâ güzeldi. Bir saat sonra fener yanmış, rüzgâr çıkmış, gökyüzü kararmıştı; tek bir iz bile kalmamıştı.

Bunların hiçbiri yeni sayılmaz. Bu gibi zararsız heyecanları geri çevirdiğim olmadı, hatta tam aksine. Onları hissetmek için biraz yalnız olmak yeter, inandırıcı olandan tam zamanında kurtulmaya elverecek kadar yalnız olmak. Ama ben insanların yanı başında, tehlikeyle karşılaşınca onların arasına sığınmaya kararlı yaşıyordum. Açıkçası, bugüne değin işin acemisiydim.

Oysa şimdi çevremde, şurada masanın üzerinde duran bira bardağı gibi bir yığın nesne var. Gözüme çarpınca, "Yeter artık, bıktım!" demek geliyor içimden. Çok ileri gittiğimi anlıyorum. Bana kalırsa yalnızlıkla "uyuşmak" kabil değil. Ama böyle düşünüyorum diye her gece yatağımın altına baktığımı ya da gece yarısı kapımın ansızın açılmasını beklediğimi sanmayın. Ne var ki yine de tedirginim, yarım saattir şu bira bardağına *bakmaktan* kaçınıyorum. Altına, üstüne, sağına, soluna bakıyorum ama *onu* görmek istemiyorum. Çevremdeki bekârlardan hiçbiri yardım edemez bana; iş işten geçti, onlara sığınamam artık. Bunu iyi biliyorum. Yanıma gelip omzuma dostça vurarak şöyle diyebilirler: "Bu bira bardağının nesi var? Ötekilerin aynı. Kesme bir bardak, kulplu, üzerinde mahmuzlu küçük bir arma var ve onun da üzerinde 'Spatenbräu' yazıyor." Bunları ben de biliyorum. Ama başka bir şey olduğunu da biliyorum. Ufacık bir şey. Açıklayamıyorum onu. Hiç kimseye. İşte, yavaşça suyun dibine doğru, korkuya doğru kayıyorum.

Bu neşeli, akıllı uslu insan sesleri arasında yalnızım. Bütün bu insanlar, vakitlerini dertleşmekle, aynı düşüncede olduklarını anlayıp mutluluk duymakla geçiriyorlar. Tanrı aşkına, hep birlikte aynı şeyleri düşünmeye ne kadar da önem veriyorlar. Bakışı içe dönük, balıkgözlü, kimsenin kendisiyle uyuşamadığı adamlardan biri aralarına karışmayagörsün, suratları hemen değişir. Sekiz yaşındayken, Lüksemburg Bahçesi'nde oynadığım sıralarda, böyle bir adam vardı. Gelir, Auguste-Comte Sokağı'na bakan demir parmaklığa bitişik nöbetçi kulübesinde otururdu. Hiç konuşmaz, ara sıra bir bacağını uzatarak korkuyla ayağına bakardı. Bekçinin amcama söylediğine göre, eskiden eğitim denetçisiymiş. Günün birinde akademi üyesi kılığına girip sınıflarda dönem sonu notlarını okuduğu için emekliye ayırmışlar. Çok korkardık ondan çünkü yalnız olduğunu sezerdik. Bir gün Robert'e, ta uzaktan kollarını uzatarak gülümsemişti. Çocukcağız neredeyse bayılacaktı. Bizi asıl korkutan ne düşkün hali ne de takma yakasının kenarına sürtünüp duran boynundaki tümördü. Asıl korktuğumuz şey, kafasından yengeç ya da dikenli ıstakozlara özgü düşüncelerin gelip geçtiğini hissetmemizdi. Nöbetçi kulübesinde, çemberlerimizde ve çalılarda yengeç biçimli düşünceler oluşturabilmesi bizi korkutuyordu.

Ben de mi böyle olacağım sonunda? Yalnızlık ilk kez canımı sıkıyor. Başıma gelenleri iş işten geçmeden, küçük çocukları korkutmaya başlamadan önce birisine açmak istiyorum. Anny'nin burada olmasını isterdim.

Tuhaf şey: On sayfa yazdığım halde doğruyu, en azından tümünü söylemedim. Tarih attıktan sonra, "Yeni bir şey yok," yazarken kendimi kandırıyordum. Ne olağanüstü ne de utanç verici olan küçük bir hikâye dile gelmemek için direnip duruyordu. "Yeni bir şey yok." Yedi dereden su getirip yalan söylemeye bayılıyorum doğrusu. Aslında yeni bir şey olduğunu da ileri süremem. Anlatayım: Bu sabah, kütüphaneye gitmek için sekizi çeyrek geçe Printania Oteli'nden çıkarken yerde sürüklenen bir kâğıdı almak istedim ama beceremedim. Hepsi bu kadar, bir olay bile sayılmaz. Ama doğruyu söylemek gerekirse bu içime işledi: Artık özgür olmadığımı düşündüm. Bu düşünceyi başımdan savmak için kütüphanede boş yere uğraştım. Kafe Mably'ye gidip onun elinden kurtulmak istedim. Işığı görünce ortadan kaybolur diye umutlandım. Oysa yerinden kıpırdamadı, içime kurşun gibi çöküp canımı acıttı. Önceki sayfaları bana yazdıran bu düşünce.

Niye sözünü etmedim onun? Kendini beğenmişlikten, biraz da acemilikten olsa gerek. Başıma gelenleri kendime anlatmaya alışkın değilim, olayların dizimini yapamıyorum, önemli olanı ayırt edemiyorum. Ama bu oyuna gelmeyeceğim artık. Kafe Mably'de yazdıklarımı yeniden okuyunca utanç duydum. Gizli kapaklı şeyler, ruh halleri, anlatılmaz duygular istemiyorum bundan böyle. Ben ne papaz ne de bakirim, iç yaşantım diye tutturamam.

Söylenecek fazla bir şey yok, kâğıdı yerden alamadım, hepsi bu.

Kestaneleri, paçavraları, hele kâğıt parçalarını ellemeye bayılırım. Onları yerden alıp avucumda tutmak hoşuma gider, biraz cesaret bulsam, küçük çocukların yaptığı gibi, ağzıma koyardım onları. Ağır ve gösterişli, belki de dışkıya bulanmış kâğıt parçalarını bir ucundan tutup kaldırdığımda, Anny öfkeden bembeyaz kesilirdi. Yaz mevsiminde ya da güz başlangıcında parklarda, güneşten kavrulmuş ölü yapraklar gibi kuru ve gevrek gazete parçalarına rastlanır. Bunlar öyle sararmışlardır ki pikrik aside batırılmışa benzerler. Kışın hırpalanmış, ezilmiş, kirli yapraklar da görürsünüz; çürüyüp toprağa karışır bunlar. Topraktan kuğu gibi havalanmaya çalışan, titrek, bembeyaz, henüz donmuş yapraklar da vardır fakat toprak onları çoktan yakalamıştır. Çırpınır, çamurdan kurtulur gibi olurlar. Ama bu girişim, az sonra yere yapışıp kalmakla sonuçlanır. Bütün bunları ellemek ne hoş! Ara sıra onlara yakından bakar, sadece şöyle bir yoklarım. Kimi zaman çıtırtılarını duymak için parçalarına ayırırım onları. Yaşsalar, kibrit çakıp tutuşturmaya çalıştığım da olur. Kolay bir iş değildir bu. Sonra çamurlu ellerimi bir duvara ya da ağaca sürüp temizlerim.

Evet, bu sabah kışladan çıkan bir süvari teğmeninin açık kahverengi çizmeleri gözüme çarptı. Onlara bakarken, bir su birikintisinin yanında duran bir kâğıt parçası gördüm. Subayın, bu kâğıdı topuğuyla çamura gömeceğini sanmıştım. Ama öyle olmadı, su birikintisinin ve kâğıt parçasının üzerinden atladı. Yaklaşıp baktım; çizgili bir sayfaydı bu. Bir okul defterinden koparılmış olmalıydı. Yağmurda ıslanmış, buruş buruş olmuştu. Yanmış bir el gibi kabarmış, yer yer şişmiş, kenar çizgisi pembeleşip yayılmış, mürekkeple lekelenmişti. Sayfanın alt kısmı kurumuş çamur kaplıydı. Eğildim; elime alsam hamura dönüşecek olan bu taze ve yumuşak lapaya dokunmak büyük bir zevkti. Ama alamadım.

Bir an iki büklüm kaldım. Üzerinde şöyle yazıyordu: "Yazı ödevi: Ak baykuş." Ellerim bomboş doğruldum. Artık özgür değilim, istediğimi yapamıyorum artık.

Nesnelerin insana dokunmaması gerekir çünkü onlar canlı değildir. Aralarında yaşar, onları kullanır, sonra yerlerine koyarız: Yararlıdırlar, işte o kadar. Oysa bana dokunuyorlar. Çekilmez bir durum bu. Onlarla bağlantı kurmak korkutuyor beni. Sanki hepsi birer canlı hayvan gibi.

Şimdi anlıyorum. Geçen gün deniz kıyısında, çakıltaşını elime aldığımda ne hissettiğimi şimdi daha iyi hatırlıyorum. İçim geçecek gibi olmuştu. Ne tatsız şeydi. Bu duygunun çakıltaşından geldiğinden, ellerime ondan geçtiğinden kuşkum yok. Evet, evet ta kendisi, ellerde duyulan bir tür bulantı bu.

Perşembe sabahı, kütüphanede

Biraz önce otel merdivenlerinden inerken Lucie'nin, basamakları temizlerken belki yüzüncü kez patron kadına yakındığını duydum. Patron kadın henüz dişlerini takmamıştı, güçlükle ve kısa cümlelerle konuşuyordu. Hemen hemen çıplaktı: sırtında pembe gecelik, ayağında şıpıdık terlikler. Lucie her zamanki gibi pisti. Patrona bakmak için arada bir işini bırakıp doğruluyordu. Durmadan konuşuyordu. Akıllıca sözler eder gibiydi:

"Keşke kadın peşinde koşsa, üzülmem bile. Yeter ki kendisi için zararlı olmasın."

Kocasından söz ediyordu. Bu kara kuru kadıncağız kırk yaşına gelince, biriktirdiği paralar sayesinde Lecointe Fabrikası'nda çalışan yakışıklı bir delikanlıya varmıştı. Ama mutsuz bir evlilik hayatı vardı. Kocası onu ne dövüyor ne de aldatıyordu; sadece içiyordu. Eve her gece zil zurna sarhoş geliyordu. İpin ucunu kaçırmış olmalı ki üç ayda sararıp soldu. Lucie içkiden diyor. Bana kalırsa adam verem.

"Kontrolü ele almak gerek," diyordu Lucie.

Bu dert onu ağır ağır kemiriyor, biliyorum. Kendini tutmaya çalışıyor; avunmayı da, derdinin içine gömülmeyi de beceremiyor bu yüzden. Arada bir düşünüyor derdini, onu şöyle bir yoklayıp geçiyor. Özellikle insanların arasındayken yapıyor bunu çünkü başkaları onu avutuyor ve onunla öğüt verir gibi, soğukkanlılıkla konuşmaları acılarını biraz hafifletiyor. Ama bir odada yalnız kalınca, düşüncelerini kovmak için homurdanıp durduğunu işitiyorum. Fakat bütün gün suratı asıktır; hemen yorulup somurtur.

Elini boğazına götürerek, "Düğümlenip kalıyor burada, geçmiyor," der.

Bir cimri gibi acı çekiyor. Zevkleri konusunda da cimri olmalı. Bu yeknesak sıkıntıdan, şarkıyı keser kesmez başlayan bu homurdanmalardan sıyrılmayı, doğru dürüst bir acı çektikten sonra umutsuzluk içine gömülmeyi hiç istemez mi bu kadın? Sanmam, elinden gelmez bu. Kördüğüm olmuş artık.

Perşembe, öğleden sonra

"M. de Rollebon çok çirkindi. Kraliçe Marie-Antoinette ona 'sevgili maymun' derdi. Ama şebek Voisenon gibi soytarılık etmeksizin, saray kadınlarının hepsini ele geçirmişti. Öyle bir çekiciliği vardı ki güzel kadınları, tutkunun en tehlikeli sınırlarına kadar sürükleyerek elde ederdi. Elmas gerdanlık olayında[1] kuşkulu bir rol oynamış; bir ara Mirabeau-Tonneau ve Nerciat ile ticaret işlerine giriştikten sonra ortadan kaybolmuştu. Bundan sonra Rusya'da görülüyor: Pavel Petroviç'in öldürülmesine karışıyor, oradan Hindistan, Çin, Türkistan gibi uzak ülkelere gidiyor. Kaçakçılık, sahtekârlık, casusluk yapıyor. 1813'te Paris'e dönüyor. 1816'da gücünün zirvesine ulaşıyor. Angoulême Düşesi'nin biricik sırdaşı oluyor. Çocukluğunun korkunç hatıralarıyla dolu bu huysuz ihtiyar kadın, onu görünce hemen yatışıp gülümsüyor. Rollebon, bu kadın sayesinde sarayda her istediğini yaptırıyor. 1820 yılının Mart ayında, on sekiz yaşında güzel bir kızla, Mme de Roquelaure ile evleniyor. Rollebon o sırada yetmiş yaşında. En gözde insanlardan biri. Yaşamının doruğuna ulaşmış artık. Yedi ay sonra vatana ihanet suçlamasıyla zindana atılıyor. Beş sene yattıktan sonra mahkemeye çıkmadan ölüyor."

Germain Berger'in[2] bu notunu üzüntüyle yeniden okudum. M. de Rollebon'u önce bu satırlar aracılığıyla tanımıştım. Nasıl sarmıştı beni, şu birkaç sözcükle onu nasıl da hemen sevmiştim! Bugün buradaki varlığımın nedeni bu adamcağız. Geziden döndüğümde Paris ya da

1. Kraliyet kuyumcusu tarafından Marie Antoinette için yapılan fakat kraliçe tarafından kabul edilmeyen bu elmas gerdanlık sonradan birtakım komplolarla çalınmıştır. (Y.N.)

2. Germain Berger: *Mirabeau-Tonneau et ses amis*, s. 406, n 2, Champion, 1906.

Marsilya'ya yerleşebilirdim pekâlâ. Ama Rollebon'un Fransa'da geçirdiği uzun süreyle ilintili belgelerin çoğu Bouville Kent Kütüphanesi'ndeydi. Rollebon, Marommes Lordu'ydu. Dünya Savaşı'ndan önce bu kasabada, Rollebon'un soyundan gelen Rollebon-Campouyré adında bir mimar yaşamıştı. 1912 yılında öldüğünde Bouville Kütüphanesi'ne çok önemli bir bağışta bulunmuş ve böylece Rollebon'un mektupları, çeşitli yazıları, güncesinden bir parça kütüphaneye girmişti. Hepsini inceleyemedim henüz.

Bu notları yeniden bulduğuma sevindim. Onları tekrar okumayalı on yıl oldu. Elyazım değişti galiba. Eskiden daha sık yazıyormuşum. O yıl M. de Rollebon'u nasıl seviyordum! Bir akşamı — bir salı akşamını hatırlıyorum. O gün Mazarine'de sabahtan akşama kadar çalışmış, onun 1789-1790 tarihli mektuplarını inceleyerek, Nerciat'yı nasıl ustaca faka bastırmış olduğu sonucunu çıkarmıştım. Hava kararmıştı, Maine Caddesi'nden aşağı iniyordum. Gaité Sokağı'nın köşesinde kestane satın aldım. Nerciat'nın Almanya dönüşünde ne kadar kızmış olduğunu düşünüp gülüyordum. Rollebon'un yüzü de şu mürekkep gibi, kendisiyle ilgilenmeye başladığımdan bu yana epeyce soluklaştı.

Doğrusu, 1801'den sonra yaptıklarından hiçbir şey anlamıyorum... Oysa mektuplar, bilimsel yazılar, gizli raporlar, polis kayıtları gibi belgelere sahibim. Hatta gerektiğinden fazlası var elimde. Bütün bu tanıklıklarda eksik olan şey kesinlik ve tutarlılık. Yalanlamıyorlar birbirlerini ama uyuşmuyorlar da. Sanki aynı insanla ilintili değiller. Ama öteki tarihçiler bu çeşit bilgilere dayanarak yazıyorlar. Nasıl beceriyorlar bunu? Ben mi daha titizim yoksa onlar benden daha mı zeki? Soru buna evrilince beni ilgilendirmez oluyor artık. Aslında ben ne arıyorum? Bilmiyorum ki. Rollebon uzun zaman boyunca bir insan olarak, yazacağım kitaptan daha çok ilgilendirmişti beni. Ama şimdi aynı adam, evet aynı insan canımı sıkmaya başlıyor. Kitaba daha çok bağlanıyorum. Onu yazma ihtiyacını gittikçe daha kuvvetle duyuyorum. Bu ihtiyaç yaşlandıkça artıyor denebilir.

Rollebon'un Pavel Petroviç'in öldürülmesinde parmağı olduğu, sonra çar hesabına Doğu'da önemli bir casusluk görevi üstlendiği ve Napoléon adına Çar Aleksandr'a sık sık ihanet ettiği kolayca kabul edilebilir. Bir yandan da Artois Kontu'yla sık sık mektuplaşıp kendisine olan bağlılığını, yolladığı önemsiz bilgilerle göstermeye çalışmış olabileceği söylenebilir. Bütün bunlara inanılabilir. Aynı dönemde, Fouchet de bir başka tehlikeli ve karmaşık oyuna girmiş bulunuyordu. Belki de Rollebon, Asya'daki küçük prensliklere onun hesabına silah satıyordu.

Evet, bütün bunları yapmış olabilir ama hiçbiri kanıtlanmış değil. Zaten hiçbir şeyin kanıtlanamayacağını düşünmeye başladım. Olgular göz önünde tutularak yapılmış güvenilir varsayımlar bunlar: Ama varsayımların kendimden geldiğini, bilgilerimi birleştirmek için kullandığım birer araç olduklarını açıkça seziyorum. Rollebon yönünden tek bir ışık gelmiyor. Olaylar ağır aksak, tembelce ve surat asarak kendilerine vermek istediğim düzenin içine nihayet giriyorlar. Ama bu düzen, onlara yabancı kalıyor. Salt hayal gücüne dayanan bir çalışma yapıyorum gibi geliyor. Bununla birlikte roman kahramanlarının, kendi kahramanımdan daha gerçekçi, hiç olmazsa daha sevimli olabileceklerinden eminim.

Cuma

Saat üç. Bir şey yapmak istediğinizde, ya çok geç ya çok erken bir saat. Öğleden sonra acayip bir an. Hele bugün hiç çekilmiyor.

Ölü bir güneş, camların tozunu ağartıyor. Solgun gökyüzü beyaz lekelerle beneklenmiş. Bu sabah sular dondu.

Kaloriferin yanında, tembel tembel yediklerimi hazmediyorum. Bugünün kayıp bir gün olduğunu şimdiden biliyorum. Karanlık basmadan önce doğru dürüst bir şeyler yapmayacağım. Bütün kabahat güneşte. Şantiyenin üstünde salınan kirli, beyaz sisleri şöyle bir yaldızlıyor, sonra odama doluyor; sapsarı, sopsolgun, masanın üzerine aldatıcı, donuk dört yansı bırakıyor.

Pipom, pırıltılı görünümüyle insanın gözünü alan altın suyuyla kaplanmış ama bakmaya devam ettiğiniz takdirde cila eriyip gider ve geriye, bir odun parçasının üzerindeki donuk izlerden başka şey kalmaz. Her şey böyle, evet her şey, ellerim bile. Güneş böyle ışırken gidip yatmak en iyisi. Ama dün gece deliksiz bir uyku çektim, şu an uykum yok.

Hem gülünç hem de insanın içine işleyen bir yüz gibi camlara dayanmış, dünkü boğucu, karanlık gökyüzünü ne çok seviyordum. Oysa bugünkü güneş gülünç değil, tam tersine. Sevdiğim her şeyin, şantiyedeki paslanmış demirlerin, ahşap kazığın çürümüş yüzeyine hesaplı ve cimri bir ışık saçıyor. Bu ışık, uykusuz bir geceden sonra, bir gün önce coşkuyla alınmış kararlara ya da çalakalem yazılmış sayfalara çevrilen bir bakışı andırıyor. Victor-Noir Bulvarı'nda, geceyi yan yana aydınlatan o dört kafe (kafeden çok akvaryumları, gemileri, yıldızları ya da iri, beyaz gözleri andırır bunlar), ne idüğü belirsiz inceliklerini kaybetmişler.

İnsanın içine kapanması için bundan elverişli bir gün olmaz. Güneşin, yaratıkların üzerine acımasız bir yargı gibi saçtığı bu soğuk ışıklar gözlerimden içime akıyor; zayıflatıcı bir ışıkla aydınlanıyorum. Kendimden tiksinmenin doruğuna erişmem için on beş dakika yeter, eminim. İstemem, eksik olsun. Rollebon'un, Saint-Petersburg'da geçirdiği günler üzerine dün yazdıklarımı da yeniden okumayacağım. Kollarım iki yana sarkmış vaziyette oturuyor ya da korka korka birkaç sözcük karalıyor, esniyor, gecenin çökmesini bekliyorum. Karanlık bastırınca, nesneler de ben de belirsizliklerden sıyrılacağız.

Rollebon'un, Pavel Petroviç'in öldürülmesinde parmağı var mıydı acaba? Bugünkü sorum bu. Buraya kadar geldim. Karar vermeden devam etmeyeceğim.

Tcherkoff'a göre, Kont Pahlen ona para vermişti. Yine Tcherkoff'a göre, düşmanları çarı tahttan indirip hapsetmekle yetineceklerdi (Aleksandr, bunun en iyi çözüm olduğunu savunur gibidir). Ama Pahlen, çarın işini bitirmek istemiş olmalı. Paul'un düşmanlarını cinayete kışkırtma görevi de, M. de Rollebon'a verilmiş olabilir.

"Bu adamların her birini teker teker ziyaret ediyor ve cinayetin nasıl gerçekleşeceğini şaşılası bir ustalıkla canlandırıp içlerine cinayet tohumu atıyor ya da bu hırsı körüklüyordu."

Ama Tcherkoff'a güvenemiyorum. Aklı başında bir tanık değil. Yarı delinin, eziyet etmeyi seven hokkabazın teki. Her şeyde şeytanca bir yan görür. M. de Rollebon'a, bu melodram tarzı rolü hiç yakıştıramıyorum. Cinayetin nasıl gerçekleşeceğini canlandırmış, öyle mi? Hadi oradan! Soğukkanlı bir insandır o, kolay kolay coşmaz: Açıkça anlatmaz, telkin eder; yöntemi de şatafatsızdır, mantığa düşkün dalaverecilere, siyasilere, kendi kıratındaki kimselere uygulanınca başarı sağlar ancak.

Mme de Charrières şöyle yazıyor: "Adhémar de Rollebon, konuşurken betimleme kullanmazdı. Sesini yükseltip alçaltmaktan, el kol hareketi yapmaktan da kaçınırdı. Gözlerini yarı açık tutardı. Kirpiklerinin arasından, gri gözbebeklerinin kenarı zar zor görülürdü. Fevkalade canımı sıktığını kendime itiraf edeli birkaç yıl oldu ancak. Konuşması, Papaz Mably'nin yazılarını andırırdı."

Bu adam mı cinayetin nasıl gerçekleşeceğini canlandıracak? Peki öyleyse, kadınları nasıl baştan çıkarıyordu? Sonra Ségur'ün anlattığı şu acayip hikâye de var, doğru galiba:

"1787'de, Moulins yakınlarında bir handa, filozoflar tarafından eğitilmiş ve Diderot'yla arkadaşlığı olan bir ihtiyar ölmek üzereydi. Yöredeki papazlar, ellerinden gelen her şeyi yapmışlardı ama çabaları boşa gitmişti. İhtiyar, dinin son gereklerinin yerine getirilmesini bir türlü kabul etmiyordu çünkü tümtanrıcıydı. Hiçbir şeye inanmayan M. de Rollebon da o yöredeydi. İhtiyarı iki saat içinde Hıristiyanlığa döndüreceğini söyleyerek, Moulins Papazı'yla bahse girişti. Papaz bahsi kabul etti ve kaybetti. Rollebon sabahın üçünde işe girişti, ihtiyar beşte günah çıkarttı ve yedide öldü. Papaz, 'Tartışma sanatında ne kadar yamanmışsınız! Bizi bile geçtiniz,' dedi. Rollebon, 'Onunla tartışmadım, cehennemden söz edip içine korku saldım,' diye karşılık verdi."

Şimdilik cinayete iştirak edip etmediği sorusu önemli. Cinayet gecesi, arkadaşlarının gönderdiği biri, onu kapısına kadar götürmüştü. Yeniden dışarı çıktıysa nasıl oldu da hiç korkmadan Saint-Petersburg'u baştan başa geçebildi. Yarı çıldırmış haldeki Paul, saat dokuzdan sonra ebeler ve hekimlerden başka sokakta gezen herkesin yakalanmasını emretmişti. Yoksa Rollebon'un, saraya ulaşmak için ebe kılığına girdiğini anlatan saçma hikâyeye mi inanmalı? Doğrusu elinden bu da gelir. Ne olursa olsun, cinayet gecesi evinde olmadığı kanıtlanmış gibi görünüyor. Aleksandr, ondan iyice kuşkulanmış olmalı ki tahta çıkınca yaptığı ilk işlerden biri, Rollebon'u bir bahaneyle Uzakdoğu'ya göndermek oldu.

M. de Rollebon içimi sıktı. Ayağa kalkıyorum. Solgun ışığın içinde kıpırdıyorum; ellerimin, ceketimin kol ağızlarının üzerinde değişip durduğunu görüyorum ışığın. Öyle midemi bulandırıyor ki anlatamam! Esniyorum. Masanın üzerindeki lambayı yakıyorum, gün ışığını ortadan kaldırır belki. Ama olmuyor, tam dibinde zavallı bir ışık lekesi beliriyor. Lambayı söndürüp ayağa kalkıyorum. Duvarda beyaz bir delik var. Ayna bu. Bir tuzak. Bu tuzağa düşeceğim, biliyorum. Düştüm işte. Aynada gri bir şey beliriyor. Yaklaşıp bakıyorum, kurtaramıyorum kendimi.

Yüzümün yansısı bu. Yapacak işim olmadığı günlerde onu seyreder dururum. Gördüğüm bu yüzden hiçbir şey anlamıyorum. Başkalarının yüzleri anlam taşıyor. Benimki öyle değil. Güzel mi yoksa çirkin mi, bunu bile söyleyemem. Çirkin galiba çünkü böyle demişlerdi. Bana dokunan bu değil. Yüzüme böyle nitelikler atfedilmesine şaşıyorum aslında. Bir toprak parçasına yahut bir kayaya güzel ya da çirkin demek gibi bir şey bu.

Yumuşak yanakların ve alnın üzerinde öyle bir şey var ki, yine de insanın gözünü okşuyor: Güzel, kırmızı alevden bir taç gibi süslüyor başımı, saçlarımdan bahsediyorum. Bakmaktan zevk alıyor insan. Ne de olsa net bir renk. Kızıl saçlı olmaktan memnunum. İşte karşıda, aynada, ışıyıp duruyor. Talihliymişim. Saçlarım sarıyla kestane arası, ne idüğü belirsiz bir renk olsaydı yüzüm silikleşecek ve sersem bir görünüm verecekti bana.

Bakışlarım sıkıntıyla alından ve yanaklardan yavaş yavaş aşağı iniyor. Sağlam bir şey bulamıyor, kuma batıyor sanki. Karşımda bir burun, iki göz ve bir ağız olduğu aşikâr ama bunlar bir anlam taşımıyor, insani bir ifadeleri de yok. Oysa hem Anny hem Vélines, canlı bir görünüşüm olduğunu söylerdi: Belki de yüzüme fazla alışmışımdır. Küçükken Bigeois Hala bana şöyle derdi: "Aynaya çok uzun süre bakarsan bir maymun görürsün." Fazla uzun süre bakmış olmalıyım. Çünkü gördüğüm maymundan da beter; bitkiler evreninin sınırında, polip seviyesinde bir şey. Evet canlı, tersini söyleyecek değilim. Ama Anny'nin düşündüğü canlılık, bu canlılık değil. Hafif seğirmeler görüyorum; bakımsızlık içinde açılıp debelenen ölgün bir et görüyorum. Yakından bakınca gözler bilhassa korkunç. Camdan yapılmış gibi; yumuşacık, kör, kenarları kızarmış. Balık pullarını andırıyor.

Çerçeveye bütün ağırlığımla yüklenip değinceye kadar aynaya yaklaştırıyorum yüzümü. Gözler, burun, ağız hepsi siliniyor: İnsani hiçbir şey kalmıyor geriye. Titreyen dudakların her iki yanında güneş yanığı kırışıklıklar, çatlaklar, köstebek yuvaları görünüyor. Yanakların çıkıntısını ipeksi ayva tüyleri sarmış; burun deliklerinden iki kıl fırlamış, kabartma bir coğrafi harita sanki. Her şeye rağmen bu kamerî dünya bana yabancı değil. Ayrıntılarını *biliyorum* diyemem. Ama bütün olarak onu daha önce görmüş gibiyim ve bu sersemletiyor beni, usulca uykuya dalıyorum.

Kendimi toparlamak isterdim: Canlı ve keskin bir duyu kurtarabilir beni. Sol elimi yanağıma dayıyorum, derimi çekiştiriyorum, ağzımı burnumu oynatıyorum. Yüzümün yarısı kımıldıyor; ağzımın sol yarısı burkulup şişiyor, bir diş beliriyor, pembe ve kanlı bir etin, beyaz bir yuvarlağın üzerinde göz çukuru açılıyor. Aradığım bu değildi. Yeni ya da sağlam bir şey yok; hepsi yumuşak, belirsiz ve daha önceden görülmüş şeyler. Gözlerim açık, uyuyorum. Aynadaki yüz gittikçe büyüyor, büyüyor... Işığın içinde kayan kocaman, solgun bir hale bu.

Dengemi kaybedince uyanıyorum. Bir sandalyenin üzerine yığılmışım. Sersemliğim hâlâ geçmedi. Yüzlerinde saptama yaparken başkaları da benim kadar güçlük çekiyor mudur acaba? Vücudumu nasıl sağır ve organik bir his aracılığıyla duyumsuyorsam, yüzümü de öyle görüyorum gibi geliyor. Peki başkaları? Örneğin Rollebon? Aynada yüzünü seyretmek onun da uykusunu getiriyor muydu? Mme de Genlis onun yüzünden şöyle söz ediyordu: "Çiçekbozuğuyla çopurlaşmış, ufacık, ak pak, kırışık dolu bir yüz. Tuhaf bir kötülüğün dışa vurumu; ne yapsa da başkalarının bunu fark etmesinin önüne geçemiyor. Saç tuvaletine düşkündür. Bir kere perukasız görmedim. Ama pek beceremediği halde kendini tıraş etmekten vazgeçmediği ve sakalları sık olduğu için, yanakları karaya çalan mavi bir renk alıyor. Yüzünü, Grimm gibi kurşun karbonatla yıkıyor. M. de Dangeville, bu beyaz ve mavinin onu rokfor peynirine benzettiğini söylüyordu."

Hoş bir hali vardı herhalde. Ama Mme de Charrières' in gözüne hoş görünmemişti. Onu epey yıpranmış bulmuştu sanırım. Belki de insanın kendi yüzünü anlaması imkânsızdır. Belki de bunun nedeni yalnız yaşamamdır. Topluluk içinde yaşayanlar kendilerini aynalarda, arkadaşlarına nasıl görünüyorlarsa öyle görmeyi öğrenmişlerdir. Benim arkadaşım yok. Tenimin böyle çıplak olması acaba bu yüzden mi? Buna insansız... evet insansız doğa denebilir.

Çalışmak gelmiyor içimden. Geceyi beklemekten başka çarem yok.

Saat beş buçuk

Durum kötü! Hem de çok kötü: İçimde pislik, Bulantı var. Bu kez yeni: Kafede yakaladı beni. Bugüne kadar kafeler tek sığınağımdı. İnsanla dolup taştıkları, aydınlık oldukları için. Onları da kaybettim. Odamda, dört bir yandan çevrildiğimde nereye gideceğimi bilemeyeceğim artık.

Patron kadınla yatmak için kafeye gitmiştim. Kapıyı açar açmaz, garson kız Madeleine bana seslendi:

"Patron burada değil, alışveriş için kente gitti."

Kasıklarımda acı bir hayal kırıklığı, bir türlü geçmeyen tatsız bir kaşıntı duydum. Bu esnada gömleğimin, meme uçlarıma sürtündüğünü de hissediyordum. Ağır, renkli bir sisle, dumanın, aynaların ve dipte parlayan bankların içindeki sis ve ışık anaforuyla çevrilmiş, zapt edilmiştim; bu anaforun neden orada olduğunu ya da niçin öyle göründüğünü bilmiyordum. Kapının eşiğinde duruyordum, kararsızdım, bir kıpırtı oldu, tavandan bir gölge geçti, ileriye itildiğimi hissettim. Havada yüzüyordum; aynı anda her yönden içime dolan ışıklı pus aptallaştırmıştı beni. Madeleine salına salına gelip pardösümü aldı. Saçlarını geride topladığını, küpe taktığını fark ettim. Tanımıyordum onu. Kulaklarına doğru yayılan geniş yanaklarına bakıyordum. Elmacıkkemiklerinin altında, yanak çukurunda yapayalnız iki pembe leke vardı. Bu zavallı etin üzerinde olmaktan sıkılmışlardı sanki. Yanaklar, kulaklara doğru durmadan genişliyor ve Madeleine gülümsüyordu:

"Ne içersiniz Mösyö Antoine?"

İşte o an Bulantı beni ele geçirdi, bankın üzerine yığıldım, nerede olduğumu bile bilmiyordum; çevremde renklerin ağır ağır döndüğünü görüyordum; kusmak geliyordu içimden. Böyle işte, o andan beri Bulantı peşimi bırakmadı.

Parayı ödedim. Madeleine tabağımı kaldırdı. Bardağımın dibinde, mermerin üzerinde ufak bir bira birikintisi var, üzerinde bir kabarcık yüzüyor. Üzerinde oturduğum yer çökmüş, kaymamak için ayaklarımı yere sıkı sıkı basmam gerekiyor, hava soğuk. Sağımda, bir yün örtü üstünde kâğıt oynuyorlar. Girerken onları görmemiştim. Yarısı banklarda, yarısı dipteki masada, ellerini kollarını sallayan bir grup sezinlemiştim sadece. Bu arada Madeleine, ahşap bir kâsenin içinde kartları, örtüyü, fişleri getirmiş. Üç-beş kişi olmalılar, bakmaya bile cesaretim yok. Gövdemde bir sakatlık var: Gözlerimi çevirebiliyorum ama boynumu oynatamıyorum. Başım yumuşacık, lastik gibi, sanki boynumun üstüne oturtuluvermiş; çevirsem düşecekmiş gibi geliyor. Ama kesintili bir soluk duyuyorum; beyaz tüylerle kaplı kırmızımsı bir parıltı görüyorum göz ucuyla ara sıra. Bir el bu.

Patron alışverişe gidince tezgâha kuzeni geçer. Adı Adolphe. Yerime otururken ona bakmıştım, başımı çeviremediğim için hâlâ ona bakıyorum. Sırtında bir gömlek var; eflatun rengi askılarını takmış; gömleğin yenlerini, dirseklerinin üzerine kadar sıvamış. Mavi gömleğin üstünde askılar pek göze çarpmıyor. Adeta mavinin içine gömülmüşler. Ama düzmece bir tevazu bu; unutulmaya razı olacak gibi değiller; keçi inatları canımı sıkıyor. Menekşe rengine dönüşmek isterken yarı yolda kalmışlar; ne var ki bu isteklerinden vazgeçmişe benzemiyorlar. İnsanın, "Haydi, menekşe rengine *dönüşün* de bu hikâye sona ersin!" diyesi geliyor. Ama ne gezer! Sonu gelmeyen çabaları içinde kalakalmışlar, inat ediyorlar. Etraflarını saran mavi, kimi zaman tamamen kapatıyor onları. Bir an gözden kaybediyorum. Fakat bu geçici; mavi solmaya başlıyor ve askıyı meydana getiren eflatun renkli kararsız lekelerin birleşerek yeniden belirdiğini görüyorum. Kuzen Adolphe'un gözleri yok: Şişkin ve devrik gözkapaklarının arasından gözlerinin akı azıcık görünüyor. Uykulu bir yüzle gülümsüyor. Düş gören bir köpek gibi ara sıra horulduyor, ciyaklıyor ve hafifçe debeleniyor.

Ardındaki çikolata renkli duvarın önünde, mavi pamuk gömleği göz kamaştırıyor. Bu da, evet bu da Bulantı veriyor insana. Daha doğrusu Bulantı'nın ta *kendisi* bu. Bulantı benim içimde değil: Onu *orada*, duvarda, askıların üzerinde, dört bir yanda hissediyorum. Kafeyle özdeşleşiyor; o bende değil, ben ondayım.

Yanımdaki grup gürültü yapmaya, elini kolunu sallamaya başladı.

"Al bakalım kozunu! Koz ne?" Kâğıtlara eğilen kapkara, kalın bir ense, "Hah hah ha! Görmüyor musun? Şimdi oynadı." "Bilmiyorum, görmedim!" "Demin oynadım canım." "Ah peki, kupalar kozmuş." Şarkı söyler gibi: "Kupa-koz, kupa-koz, kupa-koz." Yeniden konuşuyor: "Bu ne mösyö, bu ne mösyö? Aldım!"

Yeniden sessizlik... Damağımda havanın şekerimsi tadını duyuyorum. Kokular. Askılar.

Kuzen yerinden kalktı. Birkaç adım attı; ellerini arkasında kavuşturuyor, gülümsüyor, başını kaldırıp topuklarının üzerinde geriye doğru yaylanıyor. Bu pozisyonda uyukluyor. Sallanıp duruyor karşımda, sürekli gülümsüyor. Düşecek neredeyse. Arkaya kaykılıyor, kaykılıyor, yüzü tavana dönük, tam düşeceği sırada tezgâhın kenarını ustaca yakalayıp dengesini sağlıyor. Sonra yeniden başlıyor. Bıktım artık. Garson kızı çağırıyorum.

"Madeleine, bir plak çalar mısın lütfen? Hani şu benim sevdiğimi, 'Some of These Days'i."

"Olur, ama belki şu mösyölerin hoşuna gitmez. Oyun oynarken müzik istemiyorlar. Sorayım bir."

Başımı güçbela çevirebiliyorum. Dört kişiler. Madeleine, kara çerçeveli kelebek gözlüğünü burnunun ucuna iliştirmiş, şiş yüzlü bir ihtiyarın kulağına eğiliyor. İhtiyar kartlarını göğsüne siper edip gözlüğünün altından bana bakıyor.

"Elbette mösyö."

Karşılıklı gülümsüyoruz. İhtiyarın dişleri çürük. Kırmızı el onun değilmiş. Yanında oturan siyah bıyıklı adamın. Bıyıklının bütün bir aileye yetecek kadar hava çekebilecek, mağara gibi burun delikleri var. Yüzünün yarısını kaplıyor ama buna rağmen hafifçe soluyarak, ağzından soluyor. Yanlarında yüzü köpeği andıran bir delikanlı da var. Dördüncüyü seçemiyorum.

Kartlar, yün örtünün üstüne döne döne düşüyor. Sonra yüzüklü eller, tırnaklarıyla örtüyü kazıyarak topluyor onları. Eller örtünün üzerinde beyaz lekeler oluşturuyor, şişirilmiş ve tozlu görünüyorlar. Kartlar durmadan düşüyor, eller gidip geliyor. Ne garip iş! Ne oyuna ne dinî törene ne de alışkanlığa benziyor bu. Zaman öldürmekten başka bir amaç gütmüyorlar sanırım. Ama zaman çok geniş, tüketilemiyor. Zamanın içine sokulan her şey yumuşuyor, uzuyor. Kartları toplayan şu kırmızı elin hareketini göz önüne alalım. Tamamen pörsümüş. Söküp içeriden dikmek gerek.

Madeleine gramofonu kuruyor. Şaşırıp da geçen seferki gibi, *Cavalleria Rusticana* aryasını koymasa bari. Tamam, doğru koydu: Bu melodiyi hemen tanırım. Sözlü nakaratı olan, eski bir *rag-time*.[1] 1917 yılında, LaRochelle Sokağı'nda Amerikalı askerlerin, bu melodiyi ıslıkla çaldıklarını duymuştum. Ama plak çok daha sonra doldurulmuş. Yine de kafedeki plakların en eskisi. Safir iğneyle çalınan Pathé marka bir plak.

Nakarat birazdan başlayacak: Bilhassa bu nakaratı ve dik kayalıkların denize uzanışı gibi ansızın ortaya çıkışını seviyorum. Henüz sıra cazın: Melodi yok, notalar var yalnızca; binlerce küçük titreşim. Durup dinlenmiyorlar; eğilip bükülmez bir düzenle ortaya çıkıp yok oluyorlar; toparlanmalarına, kendileri için var olmalarına zaman kalmıyor. Koşuyor, acele ediyor, yanımdan geçerken bana sertçe çarpıyor ve yok olup gidiyorlar. Onları durdurmak isterdim. Ama birini durdursam, elimde iğrenç, baygın bir

1. Piyano ağırlıklı müzik türü. (Y.N.)

sesten başka bir şey kalmayacağını biliyorum. Ölümlerini kabul etmeliyim, hatta *istemem* gerekiyor bunu. Edindiğim izlenimlerin pek azı bu kadar acı ve güçlüdür.

Canlanmaya, mutluluk duymaya başlıyorum. Şaşılacak bir şey değil bu. Bulantı'nın küçük bir mutluluğu: Yapışkan bira birikintisinin, *bizim* çağımızın (eflatun askılar, çökük banklar çağının) dibinde uzayan mutluluk. Bu mutluluk yağ lekesi gibi genişleyen, kocaman yumuşak anlardan meydana gelir. Doğar doğmaz eskiyiverir. Sanırım onu yirmi yıldır tanıyorum.

Başka bir mutluluk daha var: Dışarıda, şu çelik şerit, yani çağımızı yer yer kateden ve onu kupkuru, keskin uçlarıyla paralayan, yadsıyan müziğin kısıtlı süresi de var, başka bir zaman daha var.

"Mösyö Randu kupa oynuyor... Sen de as."

Adamın sesi hafifleyip duyulmaz hale geliyor. Çelik şerite hiçbir şey işlemiyor. Ne açılan kapı ne dizlerimin arasından geçen soğuk hava ne de veterinerin küçük kızıyla birlikte içeri girişi: Müzik bütün bu belirsiz şekilleri delip geçiyor. Küçük kız oturur oturmaz kaptırdı kendini, kaskatı kesildi, gözleri fal taşı gibi açılmış dinliyor, yumruklarını masaya sürtüyor.

Birkaç saniye kaldı, zenci kadın şarkıya başlayacak. Kaçınılmaz bir şey bu. Müziğin zarureti öyle güçlü ki kimse durduramaz onu. Dünyanın içine atılmış olduğu zamandan gelen hiçbir şey yapamaz bunu. Düzeni gereği, kendi kendine sona erecek. Bu güzel sesi sevmemin asıl nedeni bu: Tok ve içli oluşundan ziyade, öncesinde bir yığın notanın ölerek onun ortaya çıkışını hazırlaması gidiyor hoşuma. Ama yine de tedirginim. Gramofonun durması için ufacık bir şey yeter. Bir yay kırılabilir ya da kuzen Adolphe'un huysuzluğu tutar. Bu sağlamlığın, böyle dayanıksız olması heyecanlandırıyor insanı. Onu hiçbir şey durduramaz ama her şey kırabilir.

Sonuncu akor da bitti. Ardından gelen kısa sessizlik boyunca bir şey gerçekleştiğini, *bir şey olduğunu* hissediyorum iyiden iyiye.

Sessizlik.

Some of these days
You'll miss me honey![1]

Gerçekleşen şu: Bulantı yok oldu. Kadın, sessizlik içinde şarkıya başlayınca gövdemin katılaştığını, Bulantı'nın ortadan kaybolduğunu hissettim. Birden oldu: Böyle kaskatı ve pasparlak kesilmek kolay şey değil. O ara müziğin süresi bir hortum gibi genişleyip şişiyordu. Yürekler acısı çağımızı duvarlara vurup parçalayarak kafeyi, madenimsi saydamlığıyla dolduruyordu. *Müziğin içindeyim.* Aynalarda ateş küreleri dönüyor; dumandan halkalar onları kuşatıyor, çeviriyor ve ışığın sert gülüşünü bir saklayıp bir gösteriyor. Bira bardağım küçüldü, masaya yığılıyor, yoğun ve elzem görünüyor. Onu avucuma alıp tartmak istiyorum, elimi uzatıyorum... Tanrım! Asıl değişen bu, hareketlerim. Kolumun hareketi muhteşem bir melodi gibi şekillendi. Zenci kadının şarkısı boyunca uzandı, dans ediyor sandım kendimi.

Adolphe'un yüzü şurada, çikolata rengi duvarın üstünde, elimi uzatsam dokunacağım sanki. Bardağı kavrarken başı gözüme ilişti. Mecburi bir hükme tanıklık ediyordu. Bardağı sıkıca kavrıyorum. Adolphe'a bakıyorum, mutluyum.

"Al bakalım!"

Bir ses ötekileri bastırıyor. Konuşan, yanımdaki kup-

1. (İng.) "Günlerden bir gün beni özleyeceksin tatlım." Parçanın ilk kaydı 1911'de yayınlanmış ve Sophie Tucker tarafından seslendirilmiştir. (Y.N.)

kuru ihtiyar. Yanakları, kahverengi bankın üzerinde menekşe rengi bir leke halinde. Masaya bir kart atıyor: Karo.

Başı köpeği andıran delikanlı gülümsüyor. Kırmızı yüzlü rakibi masaya eğilmiş onu gözlüyor, çullanmaya hazır.

"Al öyleyse!"

Delikanlının eli karanlıktan sıyrılıyor, uyuşuk ve bembeyaz, bir an havada süzülüyor ve sonra bir şahin gibi dalıp tuttuğu kartı masaya yapıştırıyor. Kırmızı yüzlü, iri herif havaya sıçrıyor.

"Vay namussuz! Kesti!"

Kasılmış parmakların arasından kupa papazı görülüyor. Sonra kartı ters çevirip oyuna devam ediyorlar. Yitip gitmiş nice hareketle, nice kombinasyonla ortaya çıkarılan, ta uzaklardan gelen yüce papaz. Başka kombinasyonlar, başka hareketler, saldırılar, karşılamalar, talih kuşları, bir yığın küçük serüven ortaya çıkabilsin diye kaybolup gidiyor.

Heyecanlanıyorum. Gövdem dinlenme halindeki hassas bir makine sanki. Başımdan gerçek serüvenler geçti. Ayrıntıları anımsayamıyorum ama olaylar zincirini unutmadım. Denizler aştım, ardımda denizler bıraktım, ırmakların kaynaklarına ulaşmaya çalıştım ya da ormanlara daldım ve görmediğim kentlere yöneldim hep. Kadınlarla yatıp kalktım, heriflerle dalaştım. Asla geri dönemedim, plağın geri dönememesi gibi. Bütün bunlar beni *nereye* götürüyordu? Bu âna, müzikle uğuldayan aydınlık yuvarlağın içindeki bu banka.

And when you leave me.[1]

1. Sen beni terk ettiğinde. (Y.N.)

Evet, Roma'daki Tiber Irmağı kıyılarında oturmaya, Barcelona'daki Ramblas'da durup dinlenmeden gezmeye bayılan, Angkor dolaylarında Baray Prah Kan Adası'nda bulunan bir Naga kilisesini köklerinin arasına almış bir banyan ağacı görmüş olan ben, şimdi burada kart oyuncularının yaşadığı saniyelerde yaşıyor, dermansız bir gece dışarıda sürterken şarkı söyleyen zenci bir kadını dinliyordum.

Plak durdu.

Gece usul usul, çekine çekine içeri giriyor. Göze görünmüyor ama şurada, lambaları örtüyor; havada herkesin soluğuna karışan ağdalı bir şey var: Gecenin ta kendisi bu. Hava soğuk. Oyunculardan biri karmakarışık kâğıtları başka birinin önüne itiyor. Öteki topluyor. Bir tanesi destenin dışında kaldı. Acaba görmüyorlar mı? Sonunda biri onu alıp başı köpeği andıran delikanlıya uzatıyor:

"Bak hele! Kupa dokuzlusuymuş!"

Yeter, artık gideceğim. Şiş yüzlü ihtiyar, bir kâğıdın üzerine eğilmiş, elindeki kurşunkalemin ucunu emip duruyor. Madeleine, bomboş gözlerle seyrediyor onu. Delikanlı, kupa papazını parmakları arasında çevirdikçe çeviriyor. Tanrım!

Güçbela yerimden kalkıyorum; aynada, veterinerin kellesinin üstünde insana benzemeyen bir yüz yükseliyor.

Birazdan sinemaya gideceğim.

Açık hava içimi ferahlatıyor: Ne şekerli bir tat ne de vermutun şarabımsı kokusu var havada. Ama nasıl soğuk, Tanrım.

Saat yedi buçuk, karnım aç değil, sinema dokuzda başlar. Ne yapacağım şimdi? Isınmak için hızlı yürümeliyim. Duraksıyorum. Kentin göbeğine, anacaddelerin ışık cümbüşüne, Palas Paramount'a, Impérial'e, büyük Jahan mağazalarına giden bulvar tam arkamda. Bunlar çekmiyor beni. Aperitif saati şimdi. Canlı varlıkları, köpekleri, insanları, kendiliğinden hareket eden peltemsi kitleleri yeterince gördüm.

Sola dönüyorum. Sıra sıra dizilmiş lambaların ucundaki boşluğa dalacağım. Galvani Caddesi'ne çıkıncaya kadar Noir Bulvarı boyunca yürüyeceğim. Boşluktan buz gibi bir rüzgâr esiyor. Taştan, topraktan başka bir şey yok orada. Taşlar kaskatıdır, yerlerinden kıpırdamazlar.

Yolda can sıkıcı bir kısım var: Sağ kaldırımın üstünde, ışıklarla grileşmiş dumanlı bir kitle, deniz kabuklarını anımsatan bir gürültü çıkarıyor. Eski gar bu. Noir Bulvarı'nın ilk yüz metrelik alanına –Redoute Bulvarı'ndan Paradis Sokağı'na kadar– canlılık katıyor: Bir düzine sokak lambasına, birbirine bitişik dört kafe açılmasına neden olmuş. Rendez-vous des Cheminots'yla öteki üç kafe burada yer alır. Bütün gün sinek avlar bu kafeler. Ama akşam olunca ışıklanır, yolun üzerine dörtgen biçiminde aydınlık serperler. Tepemden aşağı üç sarı ışık daha boşandı. Rabache aktar dükkânından, atkısını başına çekip koşmaya başlayan ihtiyar bir kadının çıktığını görüyorum. İşte bitti. Paradis Sokağı'ndaki kaldırımın ucuna geldim, sonuncu lambanın yanındayım. Asfalt burada ansızın bitiyor. Sokağın öte yanı karanlık, çamurlu. Paradis Sokağı'nı geçiyorum. Sağ ayağım bir su birikintisine batıyor; çorabım ıslandı, gezinti başlıyor.

Noir Bulvarı'nın bu bölümünde kimse *oturmuyor.* İklim pek çetin, toprak çok verimsiz; hayatın yerleşip gelişmesine elvermiyor. Soleil Kardeşler'in üç bıçkı atölyesi (Sainte-Cécile de la Mer Kilisesi'nin yüz bin franga mal olan kaplamalı kubbesi bu atölyelerden çıkmıştır) batıya, bütün kapı ve pencerelerini uğultuyla doldurduğu sakin Jeanne-Berthe-Cœuroy Sokağı'na açılır. Atölyelerin duvarlara bitişik sırtları, Victor-Noir Bulvarı'na dönüktür.

Bu binalar, soldaki kaldırımı dört yüz metre boyunca kaplar, tek bir pencere, hatta tek bir mazgal bulunmaz.

Bu kez her iki ayağım birden suya battı. Sokağı baştan başa geçiyorum. Karşı kaldırımın üstünde, yeryüzünün ücra noktasına konmuş bir deniz feneri misali tek bir gaz feneri, köhnemiş bir tahta perdeyi aydınlatıyor. Tahtaların üzerinde hâlâ afiş parçaları var. Yırtılıp yıldız şeklini almış beyaz bir zemin üzerinde, nefret dolu, güzel bir yüz göze çarpıyor. Birisi, dudaklarının üzerine bir pos bıyık kondurmuş. Bir başka parçanın üzerinde, beyaz harflerle yazılmış "safımsı" sözcüğü okunabiliyor; kırmızı damlalar düşüyor üzerinden, belki de kan damlaları. Resim de, yazı da aynı afişte yer alıyordu herhalde. Afiş şimdi paramparça. Onları birbirine bağlayan, önceden hesaplanmış basit bağlantılar kaybolmuş ama büzülmüş ağız, kan damlaları, okunabilen sözcüğün son eki "-ımsı" ve beyaz harfler arasında kendiliğinden bir birlik oluşmuş: Durup dinlenmek bilmeyen öldürücü bir tutku, bu esrarengiz işaretlerde kendini açığa vuruyor sanki. Tahtaların aralarından demiryolunun ışıkları görülüyor. Daha sonra uzun bir duvar geliyor. İki yüz metre uzayıp bir evle sona eren, deliksiz, penceresiz bir duvar. Lambanın ışığından sıyrılıp karanlık boşluğa giriyorum. Gölgemin ayakucumda karanlığa battığını görünce buzlu bir suya dalıyormuş gibi hissediyorum. Karşımda, en dipte, yoğun karanlığın ardında pembe bir solgunluk seçiyorum. Galvani Caddesi bu. Başımı arkaya çeviriyorum; lambanın gerilerinde, ta uzakta, belirsiz bir aydınlık var: Gar ve yanındaki dört kafe bu. Önümde ve ardımda insanlar görüyorum, barlarda içip kâğıt oynuyorlar. Oysa burada karanlıktan başka bir şey yok. Rüzgâr, ta uzaklardan yapayalnız bir zil sesi getiriyor kulaklarıma. Evlerden yükselen gürültüler, otomobillerin uğultusu, bağırıp çağırmalar, aydınlık sokaklardan ileriye geçemezler. Canlılıktan ve sıcaktan kopamazlar. Oysa bu zil sesi, karanlığı yırtıp buraya kadar geliyor: Öteki gürültülerden daha sert ve daha az insancıl.

Onu dinlemek için duruyorum. Üşüyorum, kulaklarım acıyor; soğuktan büsbütün kızarmış olmalılar. Ama kendim gibi hissetmiyorum artık. Çevremdekilerin katışıksızlığına kapılmışım. Hiçbir şey canlı değil burada. Rüzgâr esiyor, kaskatı çizgiler karanlığın içinde uzayıp gidiyor. Noir Bulvarı gelip geçenlere yaltaklanan burjuva sokakları gibi yılışık değil. Kimse allayıp pullamaya kalkışmamış onu; tam bir tezatlık örneğiydi. Jeanne-Berthe-Cœuroy'nun, Galvani Caddesi'nin tam tersi. Bouville sakinleri bulvarın gara yakın kısmını, kasabaya dışarıdan gelenler için zaman zaman temizlerler. Ama birkaç adım sonra onu kendi haline bırakırlar; o da körlemesine, dümdüz ilerleyip Galvani Caddesi'ne çarpmak üzere durur. Kasaba onu unutmuştur. Toprak rengi, büyük bir kamyon ara sıra gümbürtüyle boydan boya son hız geçer. Burada katil de, kurban da bulunmadığı için cinayet işlenmez. Noir Bulvarı, insanlık dışı bir yerdir. Maden gibi. Ya da bir üçgen. Bouville'de böyle bir bulvar bulunması talih eseridir. Bunun gibiler genel olarak başkentlerde, Berlin'de Neukolin yakınlarında ya da Friedrichshain'e giderken, Londra'da Greenwich'in arkasında bulunur. Hava akımından geçilmeyen, kaldırımları ağaçsız, rüzgârlı koridorlardır bunlar. Çoğunlukla kentleri meydana getiren o acayip kenar mahallelerde; garların, tramvay depolarının, salhanelerin, gazhanelerin yakınında bulunurlar. Yağmur yağıp dindikten iki gün sonra kent güneş ışınları altında nemliyken ve buram buram tüterken, bu sokaklar hâlâ çamurlu, vıcık vıcık ve tamamen soğuktur. Yılda yalnız bir kere, ağustos ayında kuruyan su birikintilerine bile rastlanır bu sokaklarda.

Bulantı orada, sarı ışığın içinde kaldı. Mutluyum:

Soğuk da gece de öyle katışıksız ki ben bile donmuş bir hava akımından farksızım. Kandan, lenften, etten sıyrılmak. Şu uzun kanal boyunca karşıdaki solgunluğa doğru akmak. Soğuktan başka bir şey olmamak.

Birileri var. İki gölge. Burada ne arıyorlar?

Ufak tefek bir kadın, bir adamı kolundan çekiyor. Hafif ve aceleci bir sesi var. Rüzgâr yüzünden söylediklerini duyamıyorum.

Adam, "Çeneni kapayacak mısın?" diyor.

Kadın durmaksızın konuşuyor. Adam birdenbire itiyor kadını. Birbirlerine bakıyorlar, duraksıyorlar. Sonra adam, ellerini ceplerine sokup ardına bakmaksızın yürüyor.

Adam gözden kayboldu. Kadınla aramda birkaç adım var. Birden acı acı haykırmaya başlıyor. Çığlıkları olağanüstü bir şiddetle sokağı dolduruyor:

"Charles, yalvarırım, ne dediğimi anlamıyor musun? Charles gel buraya! Çektiğim yeter! Öyle mutsuzum ki!"

Yanından geçiyorum, elimi uzatsam değeceğim. Tanıdım... İnanılacak şey değil! Şu yanıp tutuşan gövde, acıyla parlayan şu yüz o olabilir mi? Ama atkısını ve sağ elinin üzerindeki şarap rengi lekeyi tanıdım. Lucie bu, ta kendisi... Gündelikçi kadın. Yardımına koşmaya cesaret edemiyorum ama ihtiyacı olsa seslenebilirdi. Yanından ağır ağır geçerken gözlerinin içine bakıyorum. O da bakıyor fakat beni görmüyor. Acıdan kendini kaybetmiş sanki. Bir-iki adım atıyorum. Geri dönüyorum...

Evet, Lucie bu. Ama başkalaşmış, kendini kaybetmiş. Çılgın bir cömertlikle acı çekiyor. Gıpta ediyorum ona. Şurada dimdik duruyor, damgalanmayı bekler gibi kollarını uzatmış, ağzını açmış, güçbela soluyor. Yolun iki yanından duvarların büyüdüğünü, birbirine yaklaştığını, Lucie'nin bir kuyunun dibindeymişçesine onların arasında kaldığını sanıyorum. Birkaç saniye bekliyorum, kaskatı kesilip yere düşecek diye korkuyorum: Bu olağanüstü acıya dayanamayacak kadar çelimsiz. Ama kıpırdamıyor bile, çevresindeki nesneler gibi o da taşlaşmış gibi. Bir ara onun hakkında yanılıp yanılmadığımı, gördüğümün onun gerçek tabiatı olup olmadığını düşünüp kuşkulanıyorum.

Hafifçe inildiyor. Gözlerini fal taşı gibi açıp ellerini boğazına götürüyor. Hayır, böylesine acı çekme gücünü kendinden almıyor. Bu güç ona dışarıdan geliyor... şu bulvardan. Kolundan tutup ışığa, insanların arasına, hoş, pembe sokaklara götürmek gerek onu. İnsan orada böyle acı çekmez, yumuşayıverir, olumlu havasına bürünür ve olağan acı düzeyine iner.

Uzaklaşıyorum ondan. Yine de şansı var. Bense üç yıldan beri fazlasıyla durgun bir hayat yaşıyorum. Bu trajik yalnızlıklar biraz boş bir katışıksızlıktan başka şey vermez bana. Yola koyuluyorum.

Perşembe, saat on bir buçuk

Okuma salonunda iki saat çalıştım. Sonra pipo içmek için aşağıya, Hypothèques Avlusu'na indim. Buranın zemini, gül rengi tuğla döşelidir. On sekizinci yüzyıldan kaldığından, Bouville sakinleri bu avluyla övünürler. Chamade ve Suspédard sokaklarının girişine yerleştirilmiş eski zincirler yüzünden otomobil giremez. Köpeklerini gezdirmeye çıkmış siyah elbiseli kadınlar, duvarlar boyunca kemerlerin altında dolaşırlar. Nadiren aydınlığa çıkarlar ama genç kızları andıran kaçamak ve hoşnut bakışlarını Gustave Impétraz'ın heykeline çevirir, onu gözucuyla süzerler. Bu bronz devin adını bilmezler herhalde fakat redingotuna ve silindir şapkasına bakıp seçkin bir kişi olduğunu anlarlar. Gustave Impétraz'ın sol elinde şapkası var, sağ elini ise bir kâğıt tomarının üzerine dayamış: Büyükbabaları bronza dökülüp bu kaidenin üzerine yerleştirilmiş gibidir sanki. Herhangi bir şey hakkında, onun da kendileri gibi –tam olarak kendileri gibi– düşündüğünü anlamaları için ona uzun uzun bakmaları gerekmez. Bu adam, elinin altında ezilen kâğıt tomarlarından edindiği uçsuz bucaksız bilgeliğini ve yetkisini, bu hanımların minnacık ve kaskatı düşüncelerinin hizmetine sunmuştur. Siyahlar giymiş hanımlar, rahatlamış hisseder, ev işlerine yönelir, köpeklerini gezdirirler: Babalarından kalan o kutsal, o güzelim düşünceleri savunma sorumluluğu onlara düşmez. Bronzdan bir adam bu işi üstlenmiştir.

Büyük Ansiklopedi'de bu zatla ilgili birkaç satır var; geçen yıl okudum. Cildi pencerenin kenarına koymuştum, bulunduğum yerden Impétraz'ın yeşil kellesini görebiliyordum. 1890 yıllarına doğru kendini gösterdiğini öğrendim. Akademi müfettişiymiş. Hoş resimler yapmış ve üç kitap yazmış. *De la popularité chez les Grecs anciens*[1] (1887), *La Pédagogie de Rollin*[2] (1891) ve 1899'da yazdığı şiirsel bir vasiyetname. Çoluk çocuğunun, sağbeğeni sahiplerinin yakarışlarını ardında bırakarak 1902 yılında bu dünyadan göçmüş.

Sırtımı kütüphanenin duvarına dayadım. Sönmeye yüz tutan pipomu çekiştiriyorum. Kemerlerin altından korka korka çıkıp Impétraz'a gözünü kırpmadan, kurnazca bakan ihtiyar bir kadın görüyorum. Birden yüreklenip avluyu dörtnala geçiyor, heykelin önünde bir an duruyor, geviş getirir gibi çenesini oynatıyor. Sonra basıp gidiyor ve duvarın çatlaklarından birinde gözden kayboluyor.

1800'lü yıllarda, pembe tuğlaları ve evleriyle bu alan muhtemelen neşeli bir yerdi. Oysa şimdi kurumuş,

1. (Fr.) Eski Yunanlılarda Ün Kazanma Üzerine. (Y.N.)
2. (Fr.) Rollin'in Eğitbilimi. (Y.N.)

kötü bir şey, kırılgan bir dehşet veriyor insana. Sebebi, kaidenin üzerinde duran şu adamcağız. Bu üniversite öğretmeni bronza dökülünce büyücüye dönüşmüş.

Impétraz'a tam karşıdan bakıyorum. Gözleri yok, burnu pek belirgin değil. Bir bölgedeki tüm heykellere, bulaşıcı hastalık gibi ara sıra musallat olan o acayip cüzam, sakalını kemirmiş. Selam veriyor. Yeleğinde, kalbinin üzerine gelen yerde açık yeşil bir leke var. Hastalığa tutulmuş sanki. Canlı değil fakat büsbütün ölü de sayılmaz. Çevresine sessiz bir güç yayıyor, bir rüzgâr gibi itiyor gövdemi. Impétraz, beni Hypothèques Avlusu'ndan dışarı atmak istiyor. Pipomu bitirmeden hiçbir yere gitmem.

Sıska, büyük bir gölge beliriyor ardımda. İrkiliyorum.

"Özür dilerim mösyö, rahatsız etmek istemezdim. Dudaklarınızın kıpırdadığını gördüm de. Kitabınızdaki cümleleri tekrarlıyordunuz mutlaka." Gülümsüyor. "*Alexsandrin*[1] yakalıyordunuz."

Otodidakt'a aptal aptal bakıyorum. Şaşkınlığım onu da şaşırtmış gibi.

"Düzyazıda *alexsandrin*'den kaçınmak gerekmez mi mösyö?"

Biraz gözünden düştüm. Bu saatte burada ne işi olduğunu soruyorum. Patronunun izin verdiğini, dosdoğru kütüphaneye geldiğini, yemek yemeden akşama kadar çalışacağını söylüyor. Ne dediğini dinlemiyorum artık.

Ansızın "...sizin gibi kitap yazabilme mutluluğuna erişmek," dediğini duyunca az önceki konudan ayrıldığını anlıyorum.

Bir şey söylemem gerekiyor.

İnanmıyormuş gibi, "Mutluluğuna mı?" diyorum.

Söylediklerimi yanlış anlayıp hemen düzeltmeye kalkıyor.

1. Bir dizesinde on iki hece bulunan klasik Fransız şiir biçimi. (Y.N.)

"Faziletine demem gerekirdi, mösyö."

Merdivenden çıkıyoruz. Çalışmak gelmiyor içimden. Biri masanın üzerine *Eugénie Grandet*'yi bırakmış, yirmi yedinci sayfası açık. Hiçbir şey düşünmeksizin elime alıyorum onu. Önce yirmi yedinci, sonra yirmi sekizinci sayfayı okuyorum. İlk sayfadan başlamaya cesaretim yok. Otodidakt, hızlı adımlarla raflara yöneliyor. Aldığı iki kitabı, kemik bulmuş köpek gibi masanın üzerine koyuyor.

"Ne okuyorsunuz?"

Bunu açıklamaya gönülsüz gibi. Biraz duraksıyor, şaşkın şaşkın bakınıyor, sonra sıkıntıyla kitapları uzatıyor. Larbalétrier'nin *La Tourbe et les tourbières*'i[1] ile Lastex'in *Hitopadésa ou Instruction utile*[2] kitabıymış. Anlamıyorum doğrusu. Neden sıkılıyor acaba? Okudukları doğru düzgün şeyler. *Hitopadésa*'yı karıştırıyorum, yüce duygulardan başka bir şey yok içinde.

Saat üç

Eugénie Grandet'yi bıraktım. İstemeye istemeye çalışmaya koyuldum. Yazı yazdığımı gören Otodidakt, saygı dolu bir hazla izliyor beni. Ara sıra başımı kaldırıyorum, horozunkine benzer boynunu çevreleyen koskoca, dimdik takma yakası gözüme çarpıyor. Kıyafetleri yıpranmış ama gömleği kar gibi beyaz. Aynı raftan bir başka kitap aldı; ismini tersten okuyorum. *La Flèche de Caudebec*[3]: Matmazel Julie Lavergne tarafından yazılmış bir Norman kroniği. Otodidakt'ın okudukları şaşırtıyor beni. En son okuduğu yazarların adları geliyor aklıma birden: Lambert, Langlois, Larbalétrier, Lastex, Lavergne. Aydınlanma yaşı-

1. (Fr.) Torf ve Turbalıklar. (Y.N.)
2. (Fr.) Hitopadésa ya da Yararlı Bilgi. (Y.N.)
3. (Fr.) Caudebec'in Oku. (Y.N.)

yorum. Okuma yöntemini buldum. Öğrenimini alfabetik sıraya göre yapıyor.

Bir çeşit hayranlıkla seyrediyorum onu. Böyle geniş kapsamlı bir işi yılmadan, ağır ağır gerçekleştirmek için ne kadar güçlü bir irade gerekir. Yedi yıl önce bir gün (öğrenimine başlayalı yedi yıl olduğunu söylemişti), gururla bu salona girmiştir. Duvarları kaplayan sayısız ciltlere bakıp Rastignac gibi, "Beşeri bilimler! Bu iş ikimize düştü," demiştir. Sonra en sağdaki ilk raftan, ilk kitabı çekip sarsılmaz kararlılığına eklenen bir saygı ve korku duygusuyla ilk sayfayı açmıştır. Bugün L harfine gelmiş. J'den K'ye, K'den L'ye geçmiş. Kınkanatlılarla ilgili bir incelemeden kuantum teorisine, Aksak Timur üzerine bir kitaptan Darwinizmi yeren bir Katolik eserine ansızın geçtiği halde hiçbir tedirginlik yaşamamış. Her şeyi okumuş; partenogenezle[1] ilgili bütün bilgilerin, canlı hayvan teşrihine karşı ileri sürülen bütün kanıtların yarısını zihnine doldurmuş. Ardında bir evren bırakmış, önünde bir evren var. En soldaki son rafta yer alan son kitabı bitirdikten sonra, "Şimdi ne var?" diyeceği gün yaklaşıyor.

Kahvaltı saati geldi. Çikolatasını ve ekmeğini masumca yiyor. Gözkapakları inmiş; işim olmadığı için kıvır kıvır, güzel kirpiklerini seyrediyorum, kadın kirpikleri gibi. Gövdesinden eski bir tütün kokusu yayılıyor. Nefes aldıkça, çikolatanın tatlı kokusu tütün kokusuna karışıyor.

Cuma, saat üç

Az kalsın aynanın tuzağına düşüyordum. Kendimi kurtardım ama bu kez pencereye yakalandım: Ellerim iki yanıma sarkmış, kararsızlıkla pencereye yaklaşıyo-

1. Döllenmesiz üreme. (Y.N.)

rum. Şantiye, tahta perde, eski gar — eski gar, tahta perde, şantiye. Çenem düşecek gibi esniyorum, gözlerim yaşarıyor. Pipomu sağ, tütün paketimi sol elimde tutuyorum. Pipoyu doldurmak gerek. Fakat bunu yapacak cesaretim yok. Kollarım iki yanımda sallanıyor, alnımı cama dayıyorum. Şu ihtiyar kadın canımı sıkıyor. Bomboş gözlerle inatçı inatçı sekip duruyor. Ara sıra görünmez bir tehlikeyle karşılaşmış gibi korkup duraklıyor. İşte penceremin altına geldi, rüzgâr etekliğini dizlerine yapıştırıyor. Durup eşarbını düzeltiyor. Elleri titriyor. Uzaklaşmaya başladı, sırtını görüyorum şimdi. İhtiyar tespihböceği! Sağa, Noir Bulvarı'na sapacak galiba. Yüz metre daha yürümesi gerek: Bu tempoyla on dakika sürer; bu on dakika boyunca alnım cama yapışık vaziyette, onu böyle seyredip duracağım. Belki kırk kere duracak, yeniden yürüyecek, yine duracak...

Geleceği *görüyorum*. Şurada, sokakta işte, şimdiden biraz daha solgun. Gerçekleşecek de ne olacak sanki? Bu ona ne kazandıracak? İhtiyar kadın topallayarak uzaklaşıyor, sonra duruyor, eşarbından çıkan aklaşmış bir tutam saçı çekiştiriyor. Yürüyor, demin oradaydı, şimdi başka yerde... nerede olduğumu bilmiyorum artık: Hareketlerini *görüyor* muyum yoksa önceden mi *kestiriyorum*? Şimdiyi gelecekten ayıramıyorum daha fazla, yine de devam ediyor, yavaşça gerçekleştiriyor kendini; yani ihtiyar kadın ıssız sokak *boyunca* ilerliyor, ayağındaki kocaman erkek ayakkabılarını sürüyüp duruyor. Zamanın ta kendisi bu, çırılçıplak zaman, ağır ağır var oluyor, bekletiyor insanı, ortaya çıktığında ise canımızı sıkıyor çünkü çoktan beri orada olduğu anlaşılıyor. İhtiyar, sokağın köşesine yaklaşıyor; ufacık, kara bir kumaş yığınından başka bir şey değil artık. Buna diyeceğim yok doğrusu, az önce orada değildi. Ama insanı şaşırtmayan tatsız ve solgun bir yenilik bu. Köşeyi dönecek, dönüyor, sonsuz bir süre boyunca.

Pencereden çekip alıyorum kendimi, sallana sallana odanın öte yanına gidiyorum, aynaya yakalandım, kendime bakıyorum, kendimden tiksiniyorum: İşte bir sonsuzluk daha. Aynadaki görüntümden kurtulup yatağın üzerine yığılıyorum. Tavana bakıyorum, bir uyuyabilsem.

Sessizlik. Sessizlik. Zamanın değip geçişlerini, kayıp gidişlerini duyumsamıyorum artık. Tavanda imgeler görüyorum. Önce ışıktan halkalar, sonra haçlar. Pırpır ediyorlar. Sonra gözlerimin dibinde başka bir imge beliriyor. Diz çökmüş, koca bir hayvan bu. Ön ayaklarını ve sırtındaki semeri görüyorum. Gerisi bulanık. Ama yine de tanıyorum: Marakeş'te gördüğüm bir deve bu. Taşa bağlanmış haldeydi. Altı kere çöküp kalkmıştı; çocuklar gülüp bağırarak kızdırıyorlardı onu.

İki yıl önce ne güzeldi: Gözlerimi kapadığımda, başım bir arı kovanı gibi uğuldamaya başlayıverirdi. İnsan yüzleri, ağaçlar, evler, bir fıçıda çırılçıplak yıkanan Kamaishi'li Japon kadını, mağara gibi açılmış yarasından akan kanların birikintisinde yatan ölü bir Rus görürdüm. Kuskusun tadını, öğle üzeri Burgos sokaklarını dolduran zeytinyağı kokusunu, Tetuan sokaklarını saran rezene kokusunu, Yunan çobanlarının ıslık seslerini yeniden duyar, heyecanlanırdım. Bu neşe eskiyeli çok oldu. Bugün yeniden ortaya çıkacak mı?

Yakıcı bir güneş, büyülü fener yansısı gibi kafamın içinde dimdik kayıp gidiyor. Ardından bir parça mavi gökyüzü geliyor, güneş bir-iki sallandıktan sonra duruyor, baştanbaşa yaldız içindeyim. Bu parıltı hangi Fas (belki Cezayir, belki de Suriye) gününden kopup geldi? Geçmişte salınmaya bırakıyorum kendimi.

Meknes. Berdieyyine Camisi ile bir dut ağacının gölgelediği o güzelim meydanın arasındaki daracık sokakta, bizi ürküten dağlıyı gözümün önüne getirmeye çalışıyorum. Üstümüze gelmişti. Anny sağımdaydı. Yoksa solumda mıydı?

O güneş ve o gökyüzü aldatmacadan başka bir şey değildi. Yüzüncü kez aldanışımın önüne geçemiyorum. Anılarım, şeytanın kesesindeki paralara benziyor: Keseyi açınca içinde ancak kurumuş yaprak buluyorsunuz.

Dağlının, körelmiş, koca bir beyaz oyuk haline dönüşmüş gözünü hatırlıyorum yalnız. Bu göz gerçekten onun mu? Bakü'de bana, devletin kürtaj ilkelerini açıklayan doktor da kördü. Ne zaman yüzünü hatırlamak istesem, hep o beyazımsı yuvarlak geliyor gözümün önüne. Bu iki adamın da, Nornlar[1] gibi sırayla ödünç aldıkları bir tek gözleri var.

Meknès'teyken her gün gittiğim meydana gelince iş daha kolaylaşıyor: Onu hiç hatırlamıyorum. Buranın güzel olduğunu anımsatan yarım yamalak bir his var içimde, bir de birbirinden ayrılması olanaksız şu dört sözcük: Meknès'te güzel bir meydan. Gözlerimi kapar ya da tavana rasgele bakarsam o sahneyi yeniden kurabilirim kuşkusuz: Uzakta bir ağaç, üzerime yürüyen tıkız, esmer biri. Ama bütün bunları iş olsun diye uyduruyorum. Söz konusu Faslı, uzun ve zayıf bir kimseydi ve onu ancak bana dokunduğunda görmüştüm. Demek ki uzun boylu ve zayıf biri olduğunu hâlâ *biliyorum*. Birtakım kısacık bilgilerin belleğimde kaldığını gösteriyor bu. Ama hiçbir şey görmüyorum: Geçmişi ne kadar yoklarsam yoklayayım, imge kırıntılarından başka şey bulamıyorum orada. Onların neyi temsil ettiğini, birer anı mı yoksa kuruntu mu olduklarını bilmiyorum.

Çoğu zaman bu imge kırıntıları da yok oluyor: Geriye yalnızca sözcükler kalıyor. Hâlâ hikâye anlatabilirim,

1. İskandinav mitolojisinde Kaderin Efendileri olarak bilinen varlıklar. (Y.N.)

hem de ustaca (deniz subayları ve ekmeğini bu işten kazananlar bir yana, hikâye anlatmak konusunda herkesle boy ölçüşürüm) ama bu hikâyelerin birer cesetten farkı yok. Hikâyelerimde, şunu ya da bunu yapmış birinden bahsederim ama o adam ben değilim, onunla hiçbir ilişkim yok. Dolaştığı ülkelere sanki hiç gitmemişim gibi, oraları bilmiyorum. Hikâyemde, atlaslarda görülen o güzel adları söylediğim olur, Aranjuez ya da Canterbury gibi. Bu sözcükler yepyeni imgeler doğurur içimde. Hiç geziye çıkmamış kimselerin, okuduklarıyla imgeler kurmasına benzer bu: Sözcüklerin üzerinde düş kuruyorum, hepsi bu.

Yüz cansız hikâyeye karşılık, yine de bir-iki canlı hikâye kalıyor. Sık sık değil, ara sıra düşünüyorum onları çünkü eskitmekten korkuyorum. İçlerinden birini yakalayıp sahneyi, karakterleri ve davranışlarını yeniden görüyorum. Birden duruyorum: Bir kusur hissediyorum, bir sözcüğün, duyumların ağını yırtıp çıktığını görüyorum. Çok geçmeden, bu sözcüğün sevdiğim birçok imgenin yerini alacağını fark ediyorum. Hemen durup başka bir şey düşünmeye koyuluyorum; anılarımı yormak istemem. Nafile; onları yeniden hatırladığımda birçoğunun donup kalmış olduğunu göreceğim.

Masanın altına koyduğum kutuda bulunan Meknès'e ait fotoğrafları almak için yerimden kalkar gibi yapıyorum. Neye yarayacak ki? Bu gibi uyarıcılar, belleğimi pek etkilemiyor. Geçen gün bir kurutma kâğıdının altında, sararmış, küçük bir fotoğraf buldum. Havuz kenarında gülümseyen bir kadın resmiydi bu. Kim olduğunu çıkaramadım, bir an bakakaldım. Sonra arkasındaki yazıyı okudum. "Anny, 7 Nisan 27, Portsmouth."

Gizli boyutlardan yoksun oluşumu, varlığımın salt vücudum ve ondan kabarcıklar gibi yükselen boş düşüncelerle sınırlı oluşunu bugünkü kadar kuvvetle duyumsamamıştım hiç. Anılarımı bugünümle inşa ediyorum. Şimdinin içine fırlatılmış, oraya terk edilmişim. Yeniden geçmişe dönmek istiyorum ama tutsaklığımdan kurtulamıyorum.

Kapı vuruluyor. Otodidakt geldi. Unutmuştum onu. Yolculuklarda çektiğim fotoğrafları göstereceğimi söylemiştim. Şeytan götürsün onu.

Bir iskemleye oturuyor. Kaba eti yayıldı, iskemlenin sırtına değiyor, kaskatı gövdesi ileriye uzanmış. Yatağın ucundan kalkıp ışığı yakıyorum.

"Zahmet etmeseydiniz mösyö."

"Fotoğrafları daha iyi görürsünüz."

Elinde evirip çevirdiği şapkasını alıyorum.

"Gerçekten bana fotoğrafları gösterecek misiniz?"

"Elbette."

Bu bir dalavere: Onlara bakarken konuşmaya fırsat bulamayacağını umut ediyorum. Masanın altına eğilip kutuyu, yeni boyanmış ayakkabılarının yanına itiyorum. Bir kucak dolusu kartpostalı ve fotoğrafı kucağına yığıyorum: İspanya ve İspanyol Fas'ı.

Ama yüzündeki gülümseyişi ve parıltıyı görünce susacağını sanarak yanıldığımı anlıyorum. Saint Sébastien'in Igueldo Dağı'ndan çekilmiş manzarasına göz attıktan sonra fotoğrafı masanın üzerine dikkatle koyuyor, bir süre sesini çıkarmıyor. Sonra iç çekiyor:

"Ne kadar talihlisiniz! Söylenen doğruysa, en iyi okul yolculuktur. Siz de böyle mi düşünüyorsunuz mösyö?"

Anlamsız bir hareket yapıyorum. Neyse ki sözünü bitirmedi.

"Müthiş bir değişim olmalı. Bir yolculuğa çıkabilseydim, döndüğümde ne kadar değiştiğimi anlamak için yola koyulmadan önce, kişiliğimin en ince ayrıntılarını not ederdim. Bazı gezginlerin, yolculuktan döndükten sonra yakınları tarafından tanınmayacak kadar, hem ruhen hem de bedenen değiştiklerini okumuştum."

Bir tomar fotoğraf paketini evirip çeviriyor, aklı başka yerde. Aradan bir fotoğraf çekip ne olduğuna bakmadan masanın üzerine koyuyor. Ondan sonrakini, Burgos Kilisesi'nde bulunan bir Aziz Hieronymus heykelinin fotoğrafını dikkatle inceliyor.

"Burgos'taki hayvan derisinden yapılmış İsa heykelini gördünüz mü? Hayvan derisinden, hatta insan derisinden yapılmış heykellerle ilgili acayip bir kitap var mösyö. Ya Siyahi Meryem? O Burgos'ta değil Saragosse'da değil mi? Belki Burgos'ta da bir tane vardır. Hacılar onu kucaklayıp öpüyor değil mi? Yani Saragosse'dakini demek istiyorum. Annelerin, çocuklarını ittikleri delikte bulunan taşın üzerinde onun ayak izi varmış, öyle mi?"

Kaskatı kesilmiş halde, önünde bir çocuk varmış da onu itiyormuş gibi kollarını uzatıyor. Gören, Artakserkses'in armağanlarını geri çeviriyor sanır.

"Şu gelenekler ne kadar... ne kadar garip şeyler."

Soluğu kesilmiş, eşeğinkini andıran kocaman çenesini bana doğru uzatıyor. Bayat su ve tütün kokuyor. Şaşkınlık dolu güzel gözleri ateş küreleri gibi yanıyor; seyrek saçları, kafatasını buhardan bir haleyle çeviriyor. Bu kafatasının içinde Samoyedler, Nyam-Nyam'lar, Malgaşlar, Fuego'lular en tuhaf törenlerini gerçekleştiriyor; yaşlı babalarını ve çocuklarını yiyor, tamtamların sesine uyup bayılıncaya kadar dönüp duruyorlar; öldürme çılgınlığına kapılıyor, ölülerini yakıyor, onları damların üzerine seriyor, meşalelerle aydınlatılmış kayıklara koyup su akıntısına bırakıyorlar; anayla oğul, babayla kız, erkek kardeşle kız kardeş rasgele çiftleşiyor, gövdelerini sakatlıyor, kendilerini iğdiş ediyor, dudaklarını maden levhalarla genişletiyor ve sırtlarına korkunç hayvan resimleri yaptırıyorlar.

"Pascal gibi, geleneklerin ikinci doğa olduğu söylenebilir mi?"

Kara gözlerini, gözlerimin içine dikiyor. Karşılık vereyim diye yalvarıyor.

"Duruma göre değişir," diyorum.

Derin bir nefes alıyor.

"Ben de böyle düşünüyorum mösyö. Ama kendime pek güvenim yoktur. Her şeyi okumak gerek."

Bir sonraki fotoğraf aklını başından alıyor. Sevinçle haykırıyor:

"Segovia! Segovia! Burasıyla ilgili bir kitap okumuştum!" Kesin bir nezaketle ekliyor:

"Yazarın adını hatırlayamıyorum mösyö. Bazen unutuyorum böyle. N... No... Nod..."

"Nasıl olur, siz henüz Lavergne'desiniz," diyorum birden.

Bunu söyler söylemez pişman oluyorum: Sonuçta bana okuma yönteminden hiç söz etmemişti, mühim bir sır olmalıydı bu. İşte, bozulmasından belli: Kalın dudakları ağlayacakmış gibi uzuyor. Sonra başını önüne eğip tek söz söylemeden bir düzine fotoğrafı gözden geçiriyor.

Ama otuz saniye geçmeden, içini güçlü bir coşkunluğun kapladığını, konuşmasa delirecek gibi olduğunu fark ediyorum.

"Eğitimimi tamamlayınca (daha altı yıl gerek), izin verilirse, bir grup profesör ve öğrenciyle birlikte Yakındoğu'da yıllık gezilere katılacağım." Tüm içtenliğiyle şöyle devam ediyor: "Bazı bilgilerimi doğrulamak istiyorum. Sonra yepyeni şeyler yaşamak, serüvenlere katılmak arzusundayım."

Sesini alçaltıp çapkın bir tavır takınıyor.

"Ne tür serüvenler?" diyorum şaşkınlıkla.

"Her türlü serüven mösyö. Yanlış trene binmek. Bilmediğim bir kentte inmek. Cüzdanımı kaybetmek, yanlışlıkla tutuklanıp geceyi nezarethanede geçirmek. Bence serüven, ille de olağanüstü olması gerekmeyen ama olağanın dışına çıkan bir olay olarak tanımlanabilir mösyö. Serüvenlerin büyüsünden söz edilir. Bu deyim yerinde midir sizce? Size bir şey sormak isterdim mösyö."

"Nedir?"

Kızarıp gülümsüyor:

"Belki de yersiz kaçar."

"Sorun canım."

Bana doğru eğiliyor, gözleri yarı kapalı soruyor:

"Başınızdan çok serüven geçti mi mösyö?"

Soluğunun iğrenç kokusundan kaçınmak için geri çekilerek hiç düşünmeden, "Birkaç tane," diye karşılık veriyorum.

Evet, hiç düşünmeden gelişigüzel söyledim bunu. Aslında başımdan bunca serüven geçmiş olması böbürlendirir beni. Ama şu an, bu sözcükleri söyler söylemez, kendime kızmaya başladım. Galiba yalan söylüyorum; galiba hayatım boyunca bir tek serüven bile yaşayamadım ya da serüven sözcüğünün nasıl bir anlam taşıdığını bile bilmiyorum. Aynı anda, dört yıl önce Hanoi'de, Mercier'nin beni kendisiyle gitmem için zorladığı, benimse o Khmer heykeline bakıp durduğum sırada içime çöken korkunun tıpkısını duyuyorum. O sıra içimi tiksintiyle dolduran o beyaz kitle, o *DÜŞÜNCE* de burada şimdi: Dört yıldır onu hiç görmemiştim.

"Rica etsem acaba..." diyor Otodidakt.

Tanrım! Şu ünlü serüvenlerden birini ona nasıl anlatırım? Bu konu üzerine tek söz bile söylemek istemiyorum.

Daracık omuzlarının üzerinden eğilip parmağımı bir fotoğrafa bastırarak, "Bakın, Santillana bu. İspanya'nın en güzel kasabası," diyorum.

"Gil Blas'ın Santillana'sı değil mi? Böyle bir yerin

var olduğuna inanmıyordum. Sizinle konuşmak ne kadar faydalı. Seyahat etmiş olduğunuz nasıl belli oluyor."

Ceplerini kartpostallarla, gravürlerle, fotoğraflarla doldurduktan sonra sepetledim onu. Giderken ağzı kulaklarına varıyordu. Işığı söndürdüm. Yalnızım şimdi. Ama yapayalnız değilim. O düşünce var karşımda, bekleyip duruyor. Koca bir kedi gibi tostoparlak olmuş; bir şey açıkladığı yok, kıpırdamıyor da. "Hayır," demekle yetiniyor. Hayır, benim başımdan serüven geçmedi.

Pipomu doldurup yakıyorum. Bacaklarımın üzerine bir palto atıp yatağıma uzanıyorum. Bu denli üzgün, bu denli yorgun olmam şaşırtıyor beni. Başımdan tek bir serüven geçmemiş olsa da ne çıkar? Bana kalırsa salt sözcüklerle ilgili bir mesele bu. Sözgelimi, biraz önce düşündüğüm şu Meknès olayını ele alalım: Faslının biri üzerime atılmış, büyük bir çakıyla yaralamaya kalkışmıştı beni. Ben de şakağına bir yumruk yapıştırmıştım. Bunun üzerine Arapça bağırıp çağırmaya başlamış, bizi Attarin Sokağı'na kadar kovalayan bir sürü baldırı çıplak peyda olmuştu. Böyle bir olayı istediğimiz gibi adlandırabiliriz ama her halükârda, *başımdan* geçmiş bir olaydır bu.

Hava iyice karardı. Pipomun yanıp yanmadığını kestiremiyorum. Bir tramvay geçiyor: Tavanda kırmızı bir aydınlık beliriyor. Sonra evi yerinden oynatan ağır bir taşıt. Saat altı olmalı.

Başımdan hiçbir serüven geçmedi. Hikâyeler, olaylar, kazalar ne isterseniz var bende. Ama serüven yok. Bu sözcüklerle ilgili bir mesele değil, şimdi anlıyorum. Farkında olmadan, her şeyden daha fazla bağlandığım bir şey vardı. Aşk değildi bu, Tanrı da, ün de, zenginlik de. Şeydi bu... Belli başlı anlarda hayatımın zor rastlanır, değerli bir nitelik kazanabileceğini hayal etmiştim. Olağanüstü durumlara gerek yoktu: Bütün istediğim biraz kesinlikti. Hayatımın göz alıcı hiçbir yanı yoktu ama ara sıra, sözgelimi kafelerde müzik çalarken geçmişe dönüp kendi kendime, bir zamanlar Londra'da, Meknès'te, Tokyo'da muhteşem anlar geçirmiştim, benim de başımdan serüvenler geçmişti diyordum. Bu, elimden alındı bugün. Ortada hiçbir neden yokken, birden on yıldır kendime yalan söyleyip durduğumu fark ettim. Serüvenler kitaplarda yer alır. Kitaplarda anlatılanlar hayatta da gerçekleşebilir tabii, ama aynı biçimde değil. Oysa benim için o gerçekleşme biçimi önemliydi.

Öncelikle, başlangıçların gerçek başlangıçlar olması gerekiyordu. Yazık! Ne istediğimi şimdi apaçık görüyorum. Gerçek başlangıçlar süreyi pekiştirip sıkıntıları kesip atarak, bir caz melodisinin ilk notaları, trompetlerin tiz sesleri gibi ortaya çıkar; daha sonra bu gece içinde gecelerden, "Bir mayıs akşamıydı, dolaşmaya çıkmıştım," diye söz ederiz. Gezintiye çıkarsınız, ay yeni yükselmiştir, işsiz güçsüz, biraz boş hissedersiniz kendinizi. Sonra birden, "Bir şey oldu," diye düşünürsünüz. Her ne olursa: Karanlığın içinde bir şey çıtırdar ya da tüy gibi bir gölge sokağı baştan başa geçer. Ama bu önemsiz olay, ötekilere benzemez: Bu olayın, ana hatları sisin içinde kaybolan muazzam bir şeklin başlangıcı olduğunu kavrarsınız bir anda ve o zaman kendi kendinize, "Bir şey başlıyor," dersiniz.

Sona ermek için bir şey başlıyor: Serüven uzamaya gelmez, ancak ölümüyle anlam kazanır. Bu ölüme, belki benim de sonum olacak bu ölüme sürükleniyorum, geriye dönüş yok. Her an, ardındakini getirmek için çıkar. Her âna, bütün varlığımla sarılırım: Yerine başkasının konulamayacağını, biricik olduğunu bilirim fakat onu yitip gitmekten alıkoymak için bir şey de yapamam. Berlin'de ya da Londra'da, iki gün önce rastladığım bir kadının koynunda geçirdiğim dakikanın, çılgınca sevdiğim dakikanın, neredeyse âşık olacağım kadının da sona ereceğini bilirim. Birazdan, başka bir ülkeye gitmek üzere yola çıkacağım. Bu geceyi de, bu kadını da bulamayacağım bir daha. Her saniyenin üzerine titrer, her birini emip bitirmek isterim; hiçbir şey gözümden kaçmaz, her şeyi unutulmaz bir biçimde yerleştiririm gönlüme. Ne o güzelim gözlerin kaçamak sevecenliğini, ne sokağın gürültüsünü ne de neredeyse ışıyacak günün aldatıcı aydınlığını gözden kaçırırım. Ama dakikalar yine de geçip gider, durduramam onları, geçip gitmelerinden hoşlanırım.

Sonra bir şey ansızın kırılıverir. Serüven bitmiştir artık. Zaman gündelik rutinine bürünür. Dönerim; o güzelim melodik şeklin ardımda, tamamen geçmişin içine batıp gittiğini görürüm. Gittikçe ufalır; azalarak dertop olur, başlangıcını sonundan ayıramam şimdi. Bu pırıltılı noktayı gözlerimle takip ederken, ölümle yüz yüze gelmek, para pul ya da bir dost kaybetmek uğruna da olsa hepsini, aynı durumlar içinde, baştan başa, yeniden yaşamak istemeyi kabul edeceğimi düşünürüm. Ama bir serüven ne yeniden başlar ne de uzar.

Evet, bunu isterdim –ah!– işin garibi, hâlâ aynı şeyleri istiyorum. Ben ki zenci bir kadın şarkı söylerken böylesine mutluluk duyuyorum; *kendi yaşamım* o melodinin özü olsaydı kim bilir hangi zirvelere erişirdim.

Şu adlandırılamayan düşünce hâlâ orada. Sessiz sedasız bekliyor. Şimdi sanki şöyle diyor:

"Öyle mi? İstediğin *bu* muydu? Ama sen onu hiç elde etmedin (kendini sözcüklerle aldattığını, yolculuklarının hiçliğini, kızlarla oynaşmayı, heriflerle dalaşmayı, cıncık boncuğu serüven diye adlandırdığını hatırlasana) ve hiçbir zaman da elde edemeyeceksin – kimse de edemeyecek."

Ama niçin? NİÇİN?

Cumartesi öğlen

Otodidakt, okuma salonuna girdiğimi görmedi. Dipteki masanın ucunda oturuyordu; önünde bir kitap vardı ama okumuyordu. Kütüphaneye sık sık gelen, hırpani yüzlü bir öğrenciye gülümseyerek bakıyordu. Çocuk, Otodidakt'ın sağında oturuyordu. Otodidakt'ın kendisini seyretmesine bir an göz yumduktan sonra, dilini çıkararak yüzünü çarpıttı. Otodidakt kızardı, başını hemen kitabına eğip okumaya koyuldu.

Dün düşündüklerimi yeniden gözden geçirdim. Büsbütün soğukkanlıydım: Serüven yaşamamış olmak umurumda değildi. Merak ettiğim tek şey, serüven *yaşayıp yaşanamayacağı* idi.

Şunu düşündüm: En bayağı olayın bir serüvene dönüşmesi için onu anlatmaya koyulmanız gerekir, bu yeterlidir. İnsanları aldatan da bu zaten: İnsan hikâyecilikten kurtulamaz, kendi hikâyeleri ve başkalarının hikâyeleri arasında yaşar; başına gelen her şeyi hikâyelerin arasından görür, hayatını anlatıyormuş gibi yaşamaya çalışır.

Ama yaşamayı ya da anlatmayı seçmek gerek. Sözgelimi Hamburg'da, pek güvenmediğim ve üstelik benden ürken şu Erna'yla acayip bir hayat geçiriyordum. Ama hayatın içindeydim, düşünmüyordum bunu. Bir akşam, San Pauli'de küçük bir kafede otururken, tuvalete gitmek için yanımdan ayrılmıştı. Yalnız kalmıştım; gramofonda "Blue Sky" çalıyordu. Limana çıktığımdan beri başımdan geçenleri kendime anlatmaya koyulmuştum: "Üçüncü akşam *Mavi Mağara* adındaki dans gösterisine girerken çakırkeyif, iriyarı bir kadın gözüme ilişti. Şu anda 'Blue Sky'ı dinlerken beklediğim ve birazdan gelip yanıma oturarak kollarını boynuma dolayacak olan kadın, işte o gözüme ilişen kadındır." O zaman dehşet içinde bir serüven yaşadığımı hissettim. Ama Erna yanıma gelip kollarını boynuma dolayınca, neden bilmem, bir tiksinti sarmıştı içimi. Şimdi anlıyorum: İnsanın yaşamaya dönmesi gerektiği için serüven duygusu ortadan kayboluyordu.

Yaşarken başımızdan hiçbir şey geçmez. Dekorlar değişir, kişiler girer çıkar, hepsi bu. Başlangıçlar da yoktur. Günler anlamsızca birbirine eklenir durur; sonu gelmez, tekdüze bir ekleniştir bu. Ara sıra şöyle bir hesap yapılır: "Üç yıldır seyahat ediyorum. Bouville'e geleli üç yıl oldu," denir. Başlangıç olmadığı gibi, son da yoktur. Bir kadın, bir dost, bir kent, bir kerede terk edilemez. Sonra hepsi birbirine benzer zaten. Aradan iki hafta geçince, Şanghay, Moskova, Cezayir birbirinin aynıdır. Kimi zaman (pek sık değil) durumu gözden geçirir ve bir kadına bağlandığınızı, kötü bir işe girdiğinizi fark edersiniz. Göz açıp kapayıncaya kadar sürer bu. Sonra tören alayı yeniden başlar, saatleri ve günleri birbirine eklemeye koyulursunuz: pazartesi, salı, çarşamba. 1924, 1925, 1926.

Yaşamak budur işte. Ama hayatınızı anlatırsanız, her şey değişir; fakat bu değişimi kimse fark etmez: *Gerçek* hikâyelerden söz edilmesi bunun kanıtıdır. Sanki gerçek hikâyeler olabilirmiş gibi; bir şeyler olur ve biz onları tam tersi yönde anlatırız. Hikâye anlatırken, önce başlangıcı ileri sürer gibi görünürüz: "1922 yılının güzel bir Ağustos akşamıydı, Marommes'da noter kâtipliği yapıyordum," deyince, baştan başladığımız sanılır. Oysa aslında sondan başlamışızdır. O görünmez biçimde orada durmakta ve şu sözlere yücelik ve başlangıç değeri vermektedir: "Dolaşıyordum, farkına varmadan kasabanın dışına çıkmıştım. Finansal sorunlarını düşünüyordum." Bu cümle tek başına ele alınırsa adamın bir şeye daldığını, üzüldüğünü ve serüven yaşamaktan fersah fersah uzak olduğunu gösterir ve bu durumda insan, geçip giden olayları bile fark edemez. Ama her şeyi değiştiren son oradadır. Söz konusu kişi, daha o anda hikâyenin kahramanı gibi görünmeye başlamıştır bize. Üzüntülü hali, finansal sıkıntısı, kendi sıkıntılarımızdan daha önemlidir çünkü bunlar gelecek tutkuların ışığıyla pırıl pırıl yanmaktadır. Hikâye tersine gelişmekte, anlar birbiri üzerine yığılacağı yerde, sonun anaforuna kapılıp kendilerinden bir önce gelen ânı da çekip götürmektedirler. "Gece bastırmıştı. Sokak ıssızdı." Bu sözler rasgele söylenmiş gibidir ama kanmayız biz, onu bir köşeye koyup saklarız: Değerini daha sonra anlayacağımız bir bilgidir bu. Kahramanın, o gecenin tüm ayrıntılarını birer bildiri, birer vaat gibi gördüğünü ya da serüveni haber veren belirtilerden başka bir şey duyup fark etmediğini düşünürüz. Geleceğin henüz gerçekleşmediğini ve adamın, yeknesak zenginliğini karmakarışık bir halde sunan, geleceğe ilişkin tek bir belirti bile vermeyen gecenin içinde dolaşıp durduğunu, şunu ya da bunu seçmek durumunda olmadığını unuturuz.

Hayatımdaki anların, hatırlanan bir hayatın anları gibi birbirini izlemesini istemiştim. Böylece zamanı kuyruğundan yakalamaya çalışmaya da değebilirdi.

Pazar

Bu sabah, günlerden pazar olduğunu unutmuştum. Dışarı çıktım ve her zamanki gibi sokaklarda dolaşmaya başladım. *Eugénie Grandet*'yi yanıma almıştım. Parkın kapısını açarken, bir şeyin bana işaret yaptığı hissine kapıldım birden. Bahçe ıssız ve tenhaydı. Ama... nasıl anlatsam? Her zamanki gibi değildi, gülümsüyordu bana. Bir an parmaklığa abandım, sonra günlerden pazar olduğunu hatırladım. Oradaydı, ağaçların ve çimenlerin üzerinde belirsiz bir gülümseyiş gibi duruyordu. Onu dile getirmek olanaksızdı: "Bu bir park, mevsim kış, bu bir pazar sabahı," demek gerekiyordu çabucak.

Kapıyı bıraktım, burjuva evlerin ve sokakların bulunduğu tarafa yöneldim. Usul usul, "Bugün pazar," diyordum.

Bugün pazar. Dokların ardında, kıyı boyunca, yük istasyonunun yakınında, kentin çevresinde bomboş hangarlar ve karanlığın içinde kıpırdamadan duran makineler var. Bütün evlerde, pencerelerin ardında erkekler tıraş oluyor ve başlarını arkaya eğip bir karşılarındaki aynaya, bir soğuk gökyüzüne bakıp havanın güzel olup olmayacağını kestirmeye çalışıyorlar. Genelevler ilk müşterilerine, yani köylüler ve askerlere kapılarını açıyor. Kiliselerde, mum ışığında bir adam, diz çökmüş kadınların karşısında şarap içiyor. Bütün banliyölerde, fabrikaların bitmek bilmeyen duvarları arasında, uzun sıralar halinde kara taburlar yola koyulmuş, kentin merkezine doğru ağır ağır ilerliyorlar. Onları karşılamak için yollar ayaklanma günlerinin manzarasına bürünmüş, yani Tournebride Sokağı'ndakiler dışında, bütün mağazalarda kepenkler indirilmiş. Birazdan bu kara taburlar hiç ses çıkarmaksızın, ölü taklidi yapan sokakları kaplayacaklar. Önce Tourville'in demiryolu işçileriyle Saint-Symphorin sabun fabrikalarında çalışan karıları gelecek, sonra da Jouxtebouville'in küçük burjuvaları. Onlardan sonra, Pinot iplik fabrikası işçileri, daha sonra Saint-Maxence mahallesi tamircileri sökün edecek. Thiérache sakinleri en son, on bir tramvayıyla gelecekler. Kilitli mağazalar ve kapalı kapılar arasında, pazar günü kalabalığı birazdan ortaya çıkacak.

Bir saat on buçuğu vuruyor ve hemen yola koyuluyorum: Pazar günü bu saatte Bouville'de çok güzel bir gösteri vardır ama kilisedeki büyük ayinden çıkış saatini kaçırmamak gerekir.

Küçük Joséphin-Soulary Sokağı ölü, mahzen kokuyor. Ama her pazar olduğu gibi, tantanalı bir gürültüyle dolu, gelgit gibi bir gürültü bu. Président-Chamart Sokağı'na sapıyorum; bu sokaktaki bütün evler üç katlı ve kocaman beyaz panjurları var. Bu noterler sokağına da pazar gününün ağır gürültüsü çökmüş. Gillet Geçidi'nde gürültü daha da artıyor ve onu tanıyorum: İnsanların çıkardığı gürültü bu. Sonra birden, sol yanımda bir ışık-ses curcunası patlıyor. Geldim işte: Burası Tournebride Sokağı, benzerlerimin arasına katılmaktan başka yapacak bir şeyim yok. Beylerin, şapkalarını çıkararak nasıl selamlaştıklarını göreceğim.

Altmış yıl önce hiç kimse, Bouville sakinlerinin Küçük Prado diye adlandırdıkları Tournebride Sokağı'nın inanılmaz alın yazısını hayal bile edemezdi. 1847 tarihli bir kent planı görmüştüm; orada sokağın adı bile yoktu. O dönemde, kaldırımların arasından balık kafalarını ve artıklarını sürükleyen küçük bir derenin aktığı, pis kokulu, kara bir geçit olmalıydı. Ama 1873 yılı sonlarına doğru Millet Meclisi, Montmartre Tepesi'nde bir kilise inşa edilmesinin kamu yararına olacağını bildirdi. Birkaç ay geçmemişti ki, Bouville Belediye Başkanı'nın karısı bir düş gördü: En önemli saydığı azize, yani Azize Cecilia kendisine bir güzel çıkışmıştı. Seçkin kişilerin her pazar ayine katılmak için Saint-Réne ya da Saint-Claudien kiliselerine gitmeleri, üstelik esnafla birlikte ayine katılmaları dayanılacak şey miydi? Millet Meclisi bunun bir örneğini sunmamış mıydı? Tanrı'nın lütfu sayesinde Bouville, finansal bakımdan çok iyi durumdaydı. Bir kilise yaptırıp Tanrı'ya şükran borcunu ödemek doğru olmaz mıydı?

Bu düşe herkes hak verdi: Belediye Meclisi tarihî bir toplantı yaptı ve para toplama işini piskopos üstlendi. Yalnızca yer sorunu kalıyordu geriye. Armatörlük ve ticaret yapan eski aileler, kilisenin kendi oturdukları Coteau-Vert tepesinde yapılması gerektiğini ileri sürüyorlardı. Böylece, "İsa'nın Sacré-Cœur'ü, Paris'i nasıl koruyorsa Azize Cecilia da Bouville'i öyle koruyacaktı." Ama Maritime Bulvarı'nın sayıları pek az olan yeni zenginleri işi ağırdan aldılar. Gereken parayı vereceklerini fakat kilisenin Marignan Meydanı'nda yapılması gerektiğini bildirdiler. Para verdiklerine göre, kiliseden yararlanmaları gerekiyordu. Kendilerine türedi gözüyle bakan o kibirli burjuvalara güçlerini belli etmek hoşlarına gitmiyor değildi. Piskopos uzlaştırıcı bir yol buldu: Kilise, Coteau-Vert ile Maritime Bulvarı'na eşit uzaklıkta, Halle-aux-Morues Meydanı'na yapıldı. Bu meydana da Sainte-Cécile-de-la-Mer adı verildi. 1887 yılında bitirilen bu koskoca anıt, yaklaşık on dört milyona patladı.

Tournebride Sokağı genişti ama pislikten geçilmiyordu, ünü kötüydü, yeni baştan inşa edilmesi gerekiyordu, burada oturanlar kesin olarak Sainte-Cécile Meydanı'nın arkasına sürüldü. Böylece Küçük Prado, özellikle pazar günleri, çıtkırıldımlarla seçkinlerin buluşma yeri haline geldi. Birbiri ardına göz alıcı mağazalar açıldı. Bu mağazalar Paskalya pazartesi, Noel gecesi ve her pazar öğleye kadar açık oluyordu. Etli börekleriyle pek ünlü olan domuz kasabı Julien'in bitişiğinde Pastacı Foulon, üzerlerinde şekerden bir menekşe bulunan, ebegümeci yağından yapılmış konik biçimindeki lezzetli çöreklerini sergiler. Kitapçı Dupaty'nin vitrininde Plon'un son çıkardığı kitaplar, *denizcilik kuramı* ya da *yelkencilik kitabı* gibi teknik eserlerin yanı sıra, resimli büyük bir Bouville tarihi ya da mavi deriyle ciltlenmiş *Königsmark* ve Paul Doumer'nin, üzerinde mor çiçeklerin yer aldığı bej deri ciltli *Le Livre de mes fils*[1] gibi lüks baskılar da bulunur. "Özel Tasarım, Paris Modelleri" satan Ghislaine, çiçekçi Piégeois ile antikacı Paquin arasında yer alır.

1. (Fr.) Oğullarımın Kitabı. (Y.N.)

Dört manikürcü çalıştıran kuaför Gustave, sarı boyalı yepyeni bir binanın birinci katına yerleşmiştir.

İki yıl önce, Moulins-Gémeaux Çıkmazı ile Tournebride Sokağı'nın köşesinde bulunan cüretkâr bir dükkân hâlâ Tu-pu-nez adında bir böcek öldürücü ilacın reklamını yapıyordu. Balıkçıların, Sainte-Cécile Meydanı'nda bağırarak morina balığı sattıkları dönemde açılmıştı; tam yüz yıllıktı. Bu dükkânın camekânları ara sıra yıkanırdı. Üzerlerinde ateş rengi cepkenler bulunan, balmumundan yapılmış fare ve sıçanları bunca kir pasın içinden seçebilmek için çaba harcamak gerekiyordu. Bu hayvanlar bastonlara dayanarak, yüksek güverteli bir gemiden aşağıya iniyorlardı. Henüz karaya ayak basamadan, güzel giyimli fakat pislikten kapkara kesilmiş bir köylü kızı, farelerin üstüne Tu-pu-nez serperek hepsini kaçırıyordu. Bu dükkânı çok seviyordum, hiçbir şeye inanmayan, dik kafalı bir hali vardı. Fransa'nın en pahalıya mal olmuş kilisesinin yanı başında, böceklerin ve pisliğin de var olduğunu küstahça hatırlatıyordu.

Dükkân sahibi ihtiyar geçen yıl ölünce, yeğeni burayı başka birine sattı. Birkaç duvar yıkıldı ve iş çözüldü: Dükkân bir konferans salonu haline geldi. Adı da "La Bonbonnière". Geçen yıl Henry Bordeaux, bu salonda dağcılık üzerine bir konuşma yaptı.

Tournebride Sokağı'nda acele etmeye gelmez: Aileler burada ağır ağır yürürler. Kimi zaman bir sıra öne geçersiniz çünkü bütün bir aile Foulon'a ya da Piégeois'ya girmiştir. Fakat karşı yönden gelen aileler karşılaşıp birbirlerinin ellerine yapışınca durup beklemeniz gerekir. Kısa adımlarla ilerliyorum. Boyum, aşağı inen ve yukarı çıkan sıranın üstünden bakmaya elveriyor. Bir yığın şapka görüyorum, şapkalardan bir deniz sanki. Genellikle siyah ve sert malzemeden. Ara sıra bir tanesi bir kolun ucuna takılıp uçuyor, başlardan biri usulca kıpırdıyor ve sonra şapka ağır ağır yerine dönüyor. Tournebride Sokağı'nda, on altı numaradaki şapkacı Urbaine bir sembol gibi, altın püskülleri yerden iki metre aşağı inen kırmızı, kocaman bir piskopos şapkası asmış.

Duruyoruz: Püsküllerin tam altında bir topluluk belirdi. Yanımdaki adam kollarını iki yana salıvermiş, sabırsızca bekliyor. Porselen gibi solgun, dokunsanız kırılacak duygusu veren bu adam Ticaret Odası Başkanı Coffier olmalı. Hiç konuşmadığı için göz korkutucu biriymiş. Coteau-Vert'in tam tepesinde, pencereleri her zaman ardına kadar açık duran, tuğladan yapılmış büyük bir evde oturuyor. İşte bitti: Topluluk dağılıyor, yeniden yürüyoruz. Yeni bir grup peyda oldu ama pek yer kaplamıyor, ortaya çıkmasıyla Ghislaine'in vitrinine doğru itilmesi bir oluyor. Yürüyenler duraklamıyor bile, biraz yana kayıyorlar. El sıkışan altı kişinin önünden geçiyoruz. "Günaydın mösyö, günaydın sevgili mösyö, nasılsınız, şapkanızı takın mösyö üşüteceksiniz, teşekkür ederim hanımefendi, hava biraz soğuk, değil mi, sevgilim, sana Doktor Lefrançois'yı tanıştırayım, sizi tanıdığıma çok sevindim doktor, kocam, kendisini özenle tedavi eden Doktor Lefrançois'dan hep söz ederdi, şapkanızı giysenize doktor, üşüteceksiniz gerçi siz çabucak iyileşirsiniz değil mi, maalesef hanımefendi, doktorlar kendine en az özen gösteren insanlardır, doktor değerli bir müzisyendir, öyle mi, bilmiyordum bunu, keman mı çalıyorsunuz, doktor çok yeteneklidir."

Yanımdaki ufak tefek ihtiyar kesinlikle Coffier olmalı. Gruptaki kadınlardan biri, esmer bir kadın, hem doktora gülümsüyor hem de yanımdaki adama yiyecek gibi bakıyor. Sanki şöyle düşünüyor: "İşte Ticaret Odası Başkanı Mösyö Coffier. Ne kadar göz korkutucu görünüyor, söylenene göre çok soğuk bir adam." Ama Mösyö Coffier bakmaya bile tenezzül etmiyor: Maritime Bulvarı'nda oturan insanlar bunlar, onun dünyasıyla ilişkileri yok. Pazar günü selamlaşmalarını görmek için bu sokağa geleli beri, bulvarda oturanlarla yamaçta oturanları birbirinden ayırt etmeyi öğrendim. Yepyeni bir palto, fötr şapka, cafcaflı bir gömlek giyen ve yürürken sanki hava boşluğu yaratan biri muhakkak Maritime Bulvarı'ndandır. Coteau-Vert'de oturanlarsa iyice açıklayamadığım zavallı ve yitik görünüşleriyle ötekilerden ayrılırlar. Omuzları daracıktır, yıpranmış yüzlerinden küstahlık akar. Küçük bir çocuğu elinden tutan şu şişman adamın Vert'de yaşadığına yemin edebilirim. Yüzü kül rengi, kravatını sicim gibi bağlamış.

Şişman adam yanımıza yaklaşıyor, gözlerini Mösyö Coffier'ye dikmiş. Tam onunla karşılaşacağı sırada başını çevirip oğluyla şakalaşmaya başlıyor. Bir-iki adım daha atıyor, çocuğuna doğru eğilmiş, ondan başkasını gözü görmüyor; tam bir baba, sonra ansızın bize dönüyor. Ufak tefek ihtiyara şöyle bir bakıp koluyla havada bir daire çizerek geniş ve alelacele bir selam veriyor. Şaşkına dönen oğlan selam vermeye vakit bulamıyor: Yetişkinleri ilgilendiren bir mesele bu.

Basse-de-Vieille Sokağı'nın köşesinde bizim sıra, ayinden çıkan dindarların sırasıyla karşı karşıya geliyor. Bir düzine insan birbirine çarpıyor, kasırgaya tutulmuş gibi selamlaşıyor. Şapkalar o kadar hızlı çıkıyor ki ayrıntıları yakalayamıyorum. Bu yağlı ve solgun kalabalığın üstünde Sainte-Cécile Kilisesi'nin korkunç beyaz kütlesi yükseliyor: Karanlık gökyüzünün üstünde bir tebeşir beyazlığı; pırıl pırıl duvarlarının içinde bir miktar gece karanlığı tutuyor. Hafiften değişmiş düzenimizle yeniden yola koyuluyoruz. Mösyö Coffier arkamda kaldı. Maviler giyinmiş bir kadın sol yanıma abanıyor. Ayinden çıkmış, gün ışığından kamaşan gözlerini kırpıştırıp duruyor. Önünde yürüyen şu incecik boyunlu mösyö de kocası.

Karşı kaldırımda, bir adam kolundan tuttuğu karısının kulağına bir şeyler fısıldayıp gülmeye başlıyor. Kadının una bulanmış gibi solgun yüzündeki ifade ansızın siliniyor, önünü görmüyormuşçasına bir-iki adım atıyor. Bu işaretler aldatmaz insanı, mutlaka birini selamlayacaklar. Nitekim az sonra, adam elini havaya kaldırıyor. Parmakları şapkaya yaklaşıyor, tepesini kibarca tutmadan önce bir saniye duraklıyor. Daha kolay çıksın diye, başını eğip şapkasını yavaşça havalandırırken karısı ileriye atılıp yüzüne genç bir kız gülüşü konduruyor. Bir gölge eğilerek yanlarından geçiyor ama ikiz gülümseyişleri hemen kaybolmuyor, bir çeşit kalıntı gibi, dudaklarında birkaç saniye daha duruyor. Hizama geldiklerinde her zamanki duygusuz görünümlerine dönüyorlar ama ağızlarının çevresinde neşeye benzer bir şey var.

Bitti artık: Kalabalık seyrekleşti, şapka çıkarmalar azaldı, vitrinlerin pek çekiciliği kalmadı. Tournebride Sokağı'nın sonuna geldim. Sokağı geçip karşı kaldırımdan geri mi dönsem acaba? Bu kadar yeter sanki. Yeterince dazlak kafa, kuru, seçkin, silik insan yüzü gördüm. Marignan Meydanı'nı geçeceğim. Kalabalıktan sakına sakına uzaklaşırken tam yanımda, siyah bir şapkanın içinden gerçek bir beyefendi kafası çıkıveriyor. Maviler giymiş kadının kocası bu. Ah o kısa ve sık saçlarla kaplı dolikosefal kafa! Ah o gümüş tellerle süslenmiş, alımlı Amerikan bıyık! Hele o görgülü gülüşü yok mu? Burnunun üstüne bir de kelebek gözlük oturtmuş.

Karısına dönerek şöyle diyor:

"Fabrikaya yeni gelen tasarımcı bu. Burada ne işi var acaba? İyi bir çocuk, çekingen. Hoşuma gidiyor."

Genç tasarımcı, domuz kasabı Julien'in önünde duruyor, saçlarını yeni taramış, yüzü hâlâ kırmızı, gözleri yarı kapalı, inatçı bir hali var, sanki zevkten bitmiş. Bunun, Tournebride Sokağı'nı geçmeye cesaret ettiği ilk pazar olduğu besbelli. Komünyon alacakmış gibi. Ellerini arkasında kavuşturup heyecanlı bir mahcubiyetle ışıyan yüzünü vitrine çevirmiş. Maydanozla süslenmiş, pırıl pırıl parlayan jelatinli dört sosise görmeden bakıyor.

Bir kadın, dükkândan çıkıp koluna giriyor. Karısı bu; yüzü çiçekbozuğu olmasına rağmen çok genç. Tournebride Sokağı'nda ne kadar dolaşırsa dolaşsın kimse ona hanımefendi demez. Gözlerindeki müstehzi parıltı; açıkgöz ve bilgiç hali ele veriyor onu. Gerçek hanımefendiler ötebérinin fiyatını bilmezler, tatlı çılgınlıkları sever onlar; gözleri kış bahçelerinde yetiştirilmiş güzel çiçeklere benzer.

Saat biri vururken Vézelize lokantasına girdim. İhtiyarlar her zamanki gibi burada. İki tanesi yemeğe başlamış bile. Aperitif içerek kâğıt oynayan dört kişi de var. Ötekiler masalarının hazırlanmasını beklerken ayakta oyunu seyrediyorlar. İriyarı, gür sakallı adam borsa simsarıdır. Ötekisi Inscription Maritime'in[1] emekli müfettişlerinden. Yirmilik delikanlılar gibi yiyip içerler. Pazarları lahana turşusu tercih ederler. Geç gelenler yemeğe başlamış olanları sorguya çeker:

"Yine her zamanki gibi lahana turşusu mu?"

Oturup rahat bir nefes alırlar:

"Mariette küçüğüm, bir lahana turşusu ve bir bira, köpüksüz olsun!"

Mariette gürbüz bir kızdır. Dipteki masalardan birine oturduğum sırada Mariette'in vermut götürdüğü, kırmızı yüzlü ihtiyarlardan biri çatlayacakmış gibi öksürmeye başlıyor.

Öksürürken, "Biraz daha koysana canım!" diyor.

Bu kez kızma sırası, doldurma işini henüz bitirmemiş olan Mariette'de:

"Bırakın da koyayım. Size bir şey diyen oldu mu? Buluttan nem kapıyorsunuz."

1. Kraliyet donanması için hizmette bulunacak kişileri seçen kurum. (Y.N.)

Ötekiler gülmeye başlıyor.

"Ağzının payını aldın mı?"

Oturmaya hazırlanan borsa simsarı, Mariette'i omuzlarından tutuyor:

"Bugün pazar, sevgilinle sinemaya gitmiyor musun?"

"Ah tabii! Bugün Antoinette izinde. Gün boyu buradayım."

Borsa simsarı sinekkaydı tıraş olmuş, kasvetli bir ihtiyarın karşısına oturuyor. İhtiyar, elini kolunu sallayarak hemen bir hikâye anlatmaya koyuluyor. Ama borsa simsarı dinlemiyor onu: Yüzünü ekşitip sakalını çekiştiriyor. Birbirlerini hiç dinlemezler zaten.

Yanımda oturanları tanıyorum: Bu civarda yaşayan küçük tüccarlar. Pazar günü hizmetçileri izinlidir. O yüzden buraya gelirler, hep aynı masada otururlar. Adam az pişmiş, güzel bir dana pirzolası yer. Eti burnunun dibine getirip inceler, kokladığı da olur. Karısı ağır ağır yer. Kırk yaşlarında, iriyarı, sarışın bir kadındır, kırmızı yanakları ayva tüyleriyle kaplıdır. Saten bluzunun içinden güzel, diri göğüsleri belli olur. Her yemekte, bir şişe Bordeaux şarabını silip süpürür, erkeklerden aşağı kalmaz.

Eugénie Grandet'yi okuyacağım. Hoşuma gittiğinden değil, iş olsun diye. Rasgele bir sayfa açıyorum. Anayla kız, Eugénie'nin alevlenmeye başlayan sevdası hakkında konuşuyorlar:

> Eugénie annesinin elini öperken, "Anneciğim, ne kadar iyi kalplisin!" dedi.
>
> Bu sözler, annenin bitmez tükenmez acılarla yıpranmış yüzünü aydınlattı.
>
> "Onu beğenmiyor musun?" diye sordu Eugénie.
>
> Madam Grandet, yanıt vereceğine gülümsemekle yetindi. Biraz durduktan sonra alçak sesle, "Yoksa ona şimdiden âşık mısın? Doğru olmaz bu," dedi.

"Doğru olmaz mı? Niçin? Senin de, Nanon'un da hoşuna gidiyor. Niçin benim hoşuma gitmesin? Hadi anneciğim, neredeyse gelecek, masayı hazırlayalım."

İşini elinden bıraktı. Annesi de işini bırakırken, "Delisin sen," dedi.

Ama kızının deliliğine katılarak onu haklı çıkarmak hoşuna gitti.

Eugénie, Nanon'a seslendi:

"Ne var? Yine ne istiyorsunuz küçükhanım?"

"Öğle için krema var mı Nanon?"

"Öğle için mi? Evet var," dedi ihtiyar hizmetçi kadın.

"Öyleyse okkalı bir kahve yap ona. M. des Grassin söylemişti. Paris'te kahveyi çok okkalı yaparlarmış. Fazla koyarsın."

"Kahve nereden bulayım?"

"Satın al!"

"Ya beyefendi beni görürse?"

"O tarlada."

Yanımdakiler geldiğimden beri suskunlardı ama adamın sesi okumamı bölüverdi.

Neşeli ve esrarengiz bir tavırla karısına, "Gördün mü, ha?" diyor.

Kadın irkilerek kocasına bakıyor, bir düşten uyanıyor sanki. Adam yiyip içiyor, sonra yine şeytani bir tavır takınarak, "Hah, ha!" diyor.

Bir sessizlik. Kadın yeniden düşlere dalıyor.

Birden ürperiyor ve soruyor:

"Ne dedin?"

"Suzanne, dün."

Kadın, "Ha, evet," diyor. "Victor'u görmeye gitmişti."

"Ben sana ne demiştim?"

Kadın sabırsızlanmış gibi tabağını kenara itiyor:

"İyi değilmiş."

Tabağının kenarları, çiğneyip çıkardığı kül rengi et topaklarıyla dolu. Adam aklındaki düşünceye devam ediyor:

"Şu kadıncağız yok mu?"

Susuyor, yüzünde belirsiz bir gülüş var. Tam karşımızda, ihtiyar borsa simsarı soluyarak Mariette'in kolunu okşuyor. Bir an sonra:

"Geçen gün söylemiştim sana."

"Ne söylemiştin?"

"Victor'u görmeye gidecek demiştim." Sonra ürkmüş gibi bakarak soruyor: "Beğenmedin mi yemeği?"

"İyi değil."

Adam ciddiyetle, "Doğru, eskisi gibi değil. Hécart zamanında başkaydı burası. Hécart nerede şimdi, biliyor musun?" diyor.

"Domrémy'de değil mi?"

"Evet, öyle. Kim söyledi sana?"

"Sen söyledin, pazar günü."

Kadın, kâğıt masa örtüsünün üzerine düşmüş bir parça ekmek içini alıp yiyor. Sonra ellerini masanın kenarında gezdirerek, kâğıdı düzeltmeye çalışıyor:

"Biliyor musun, düşüncen doğru değil. Suzanne daha çok..."

"Belli olmaz yavrucuğum, belli olmaz," diyor adam dalgın dalgın. Mariette'le göz göze gelmeye çalışıyor, ona el ediyor.

"Hava sıcak."

Mariette dostane bir tavırla masanın kenarına dayanıyor.

"Evet, çok sıcak," diyor kadın inleyerek. "Neredeyse bayılacağım. Et de iyi değil. Patrona söyleyeceğim bunu. Eskiden başkaydı. Mariette'ciğim pencereyi biraz açın bari."

Adam yine neşeleniyor:

"Baksana, gözlerini görmedin mi?"
"Ne zaman canım?"
Adam sabırsızlanarak karısının taklidini yapıyor:
"Ne zaman canım? Hep böylesin zaten! Ne zaman olacak, çıkmaz ayın son çarşambasında."
"Ha! Dün demek istiyorsun."
Adam gülüyor, uzaklara bakıyor. Hızla bir şeyler söylüyor. Kaptırmış kendini:
"Kabahat işleyen kedilerin gözlerini andırıyor."
Adam o kadar hoşnut ki, sanki söylemek istediği şeyi unutuyor. Art niyet gütmeksizin bu kez kadın neşeleniyor:
"Ah sen yok musun sen!"
Adamın omzuna usul usul vuruyor:
"Ah seni arlanmaz seni!"
Adam kendinden daha emin tekrarlıyor:
"Kabahat işleyen kedilerin gözlerini andırıyor."
Ama kadın gülmüyor artık:
"Yok canım! Şaka bir yana, saygıdeğer bir kızdır o."
Adam eğilip kadının kulağına uzun bir hikâye fısıldıyor. Kadın ağzını açıp bakıyor bir an, yüzü hem gergin hem gülümser gibi, neredeyse koyuverecek kendini. Sonra ansızın geriye kaykılıp kocasının ellerini tırmalamaya başlıyor:
"Doğru değil bu, doğru değil bu!"
Adam makul ve ciddi bir sesle:
"Doğru olmasa ne diye böyle şeyler söylesin yavrucuğum?"
"Hayır, hayır."
"Ama böyle söyledi... Bak şimdi..."
Kadın gülmeye başlıyor:
"Gülüyorum çünkü René'yi düşünüyorum."
"Evet."
Adam da gülüyor. Kadın ciddi ve pes bir sesle yeniden söz alıyor:

"Demek salı günü farkına varmış bunun?"
"Hayır, perşembe."
"Olmaz! Salı günüdür. Nedenini biliyorsun..."
Eliyle havada elipse benzer bir şekil çiziyor.
Uzun bir sessizlik. Adam, ekmek içlerini yemeğin sosuna batırıyor. Mariette tabakları değiştirip tart getiriyor onlara. Birazdan ben de bir tart alacağım. Kadın yarı düş halinde, dudaklarının ucunda beliren utangaç ve kibirli bir gülüşle söze birden başlıyor, ağır ağır konuşuyor:
"Yok canım, biliyorsun sen!"
Kadının sesindeki şehvet adamı harekete geçiriyor. Tombul eliyle karısının ensesini okşamaya başlıyor.
Kadın gülümseyerek, "Charles, yapma sevgilim, huylanıyorum," diye fısıldıyor dolu ağzıyla.
Elimdeki kitabı okumaya çalışıyorum:

"Kahve nereden bulayım?"
"Satın al."
"Ya beyefendi beni görürse?"

Kadının söylediklerini duyuyorum hâlâ:
"Marthe'ı güldüreceğim, ona anlatacağım..."
Tartı yedikten sonra sesleri kesildi. Mariette erik getirdi onlara. Kadın meşgul, ağzındaki çekirdekleri kaşığına kibarca çıkarıyor. Gözlerini tavana çevirmiş olan kocası eliyle masanın üzerinde tempo tutuyor. Susmak onların doğal hali sanki, konuşmak da ara sıra geçirdikleri bir nöbet.

"Kahve nereden bulayım?"
"Satın al."

Kitabı kapatıyorum. Dolaşmaya çıkacağım.
Vézelise'den çıktığımda saat üçe geliyordu. Öğleüs-

tünü, hantallaşmış gövdemde hissediyordum. Bu benim değil, yüz bin Bouville sakininin birlikte yaşayacakları bir öğleüstüydü. Pazarları uzun ve zengin bir öğle yemeği yedikten sonra, bu saatte sofradan kalkıyorlardı; onlar için bir şey sona ermişti. Pazar günü, uçarı gençliğini kaybetmişti biraz. Pilici ve tartı sindirmek, dışarı çıkmak için giyinmek gerekiyordu.

Eldorado Sineması'nın zili, açık havada çınlıyor. Güpegündüz duyulan bu zil, pazar gününe özgü olağan gürültülerdendir. Yeşil duvar boyunca yüzden fazla insan kuyruk olmuş. Tatlı karanlığın, gevşemenin ve coşkunun saatini; beyazperdenin, suyun altında bir çakıltaşı gibi parıldayacağı, kendileri için düşler kurmaya, konuşmaya başlayacağı saati bekliyorlar tutkuyla. Boş bir istek bu: Ne yapsalar da içlerinde bir şey kasılıp kalacak çünkü pazar günleri mahvolacak diye korkuyorlar. Birazdan, her pazar olduğu gibi, hayal kırıklığına uğrayacaklar. Berbat bir film izleyecekler; yanlarında oturan kişi piposunu içip yere tükürecek ya da Lucien kabalık edip duracak, bir tek tatlı söz söylemeyecek ya da bir pazar günü sinemaya gittiler diye bel ağrısı tutacak. Birazdan, her pazar olduğu gibi, karanlık sinema salonunda ufacık, boğuk öfkeler büyüyüp duracak.

Sessiz Bressen Sokağı'ndan geçiyorum. Güneş bulutları dağıtmıştı, ortalık günlük güneşlikti. La Vague adlı villadan bir aile çıkmıştı. Kızları, kaldırımın üzerinde eldivenlerini ilikliyordu. Otuz yaşlarında olmalıydı. Merdivenin ilk basamağında duran anne, derin derin soluyarak güvenle önüne bakıyordu. Babanın geniş sırtından başka bir şey görmüyordum. Eğilmiş, kapıyı kilitliyordu. Onlar dönünceye kadar ev bomboş ve karanlık kalacak. Daha önce terk edilmiş ve kilitlenmiş komşu evlerdeki mobilyalar ve döşemeler usul usul çatırdıyordur. Çıkmadan önce yemek odasının şöminesindeki ateşi söndürmüşlerdi. Baba, kadınların yanına geldi. Üçü birden tek söz söylemeden yola koyuldular. Nereye gidiyorlardı acaba? Pazar günü mezarlığa ya da akrabalara gidilir. Yapılacak hiçbir iş yoksa Jetée'ye gezintiye çıkılır. Benim yapacak işim yoktu: Jetée-Promenade'a çıkan Bressen Sokağı boyunca yürüdüm.

Gökyüzü soluk maviydi: Ötede beride duman görülüyordu; sürüklenip giden bir bulut ara sıra güneşin önünden geçiyordu. Jetée-Promenade boyunca uzayan beyaz çimento parmaklığı ta uzaktan seçebiliyorum. Parmaklıkların aralıklarından deniz parıldıyor. Deminki aile sağa, Coteau-Vert'e çıkan Aumonier-Hilaire Sokağı'na saptı. Ağır ağır yürüdüklerini gördüm. Asfalt ışıltısının üzerinde üç kara lekeyi andırıyorlardı. Sola dönüp deniz kıyısında dolaşan kalabalığa katıldım.

Kalabalık sabahkinden daha karışıktı. Bütün bu insanlar, öğle yemeğinden önce fevkalade gururlandıkları o güzelim toplumsal hiyerarşiyi sürdürecek gücü yitirmişler sanki. İşinsanları ve memurlar omuz omuza yürüyorlar; hırpani işçilerin kendilerine çarpmalarına ve bu yüzden yer değiştirmek zorunda kalmalarına bile ses çıkarmıyorlar. Aristokratlar, seçkinler ve meslektaşlar, bu miskin kalabalığın içinde eriyip gitmişler. Kalabalığın dışında yalnızca, neyin nesi olduğu anlaşılmayan tek tük insanlar var.

Uzakta bir ışık birikintisi görüyorum; alçalan deniz bu. Birkaç kaya parçası, bu aydınlık yüzeyi delip çıkıyordu. Dalgakıranı dalgalardan korumak amacıyla dibine dökülmüş ve aralarında durmadan dalgaların uğuldadığı yapışık dört köşe taşların yakınında, kumun üzerinde balıkçı kayıkları duruyordu. Dış limanın girişinde, güneşin ağarttığı göğe karşı, bir tarak dubası heyula gibi gölgesini düşürüyordu. Bu makine her gün, gece yarısına dek korkunç gürültüler çıkarıp dünyayı birbirine katar.

Ama pazar günü işçiler onu kendi haline bırakır. İçinde sadece nöbetçi kalır. Sesi çıkmaz bu yüzden.

Güneş, bir kadeh beyaz şarap gibi aydınlık ve donuktu. Işığı insan gövdelerini zar zor aydınlatıyordu, onlara gölge ve derinlik vermiyordu: Çehreler ve eller soluk altın rengi lekeler gibiydi. Bütün bu pardösülü adamlar sanki yerden bir karış yukarıda salınıp duruyorlardı. Ara sıra rüzgâr, su gibi titrek gölgeler seriyordu üzerimize. Çehreler bir an sönüyor, tebeşir beyazına dönüyordu.

Pazardı bugün. Parmaklıklı sayfiye evleri arasında sıkışan kalabalık, Grand Hôtel de la Compagnie Transatlantique'in koca binasının ardında dağılıp gitmek üzere küme küme ilerliyordu. Ne çok çocuk var! Arabaların içinde, kucakta, anne babalarının yanında ya da önünde ikişer-üçer ukalaca yürüyen çocuklar. Bütün bu yüzleri, bir pazar sabahının tazeliği içinde, birkaç saat önce, neredeyse zaferleriyle övünür halde görmüştüm. Oysa şimdi güneşe belenmiş vaziyette, durgunluk, gevşeklik ve bir çeşit inatçılıktan başka şey ifade etmiyorlardı.

Neredeyse hareketsiz: Hâlâ selamlaşanlar var ama sabahın verdiği abartılı ve gergin neşeden yoksun selamlaşmalar bunlar. Hepsi biraz geriye kaykılmış, bakışlar uzaklarda, mantolarını şişirerek iten rüzgâra bırakmışlar kendilerini. Ara sıra, hemen kesilen kısa bir gülüş, bir annenin bağırışı duyuluyordu. "Jeannot, Jeannot, gelir misin buraya!" Sonra sessizlik. Sarı tütünün hafif kokusu: Satış temsilcileri içer bunu. Salambo, Ayşe; yani pazar günü sigaraları. Daha çok gevşemiş bazı yüzlerde, biraz hüzün görür gibi oluyorum: Hayır, hüzünlü değillerdi, neşeli de değillerdi. Dinleniyorlardı sadece. Fal taşı gibi açılmış sabit gözleri, denizi ve gökyüzünü yansıtmaktan başka bir şey yapmıyordu. Birazdan evlerine dönecekler; yemek odasındaki masada, ailece bir fincan çay içecekler. Şu an olabildiğince az çaba sarfederek yaşamak, davranışlarında, sözlerinde, düşüncelerinde tutumlu davranmak istiyorlardı. Yüzlerindeki çizgileri, göz kenarlarındaki kırışıkları, haftalık çalışmanın verdiği şiddetli yorgunluğu ortadan kaldırmak için bir tek gün vardı ellerinde, tek bir gün. Dakikaların ellerinden kayıp gittiğini hissediyorlardı. Pazartesi sabahı dokuzda evden çıkmak için gerekli gücü toplayacak zamanı bulacaklar mı acaba? Deniz havası canlandırıyordu onları. Derin derin solumaları bu yüzden. Uyuyan insanlar gibi düzenli ve derin soluk alıp vermeleri dışında canlılıklarını kanıtlayacak bir şey yoktu. Parmaklarımın ucuna basarak yürüyordum. Dinlenip duran şu acıklı insanlar arasında, kaskatı ve taptaze gövdemi ne yapacağımı bilemiyordum.

Deniz arduvaz rengine bürünmüştü şimdi, ağır ağır yükseliyordu. Gece epey yükselmiş olacak. Jetée-Promenade bu gece, Victor-Noir Bulvarı'ndan daha ıssız olacak. İleride, sol tarafta, kanalın üzerinde kırmızı bir ışık görülecek.

Güneş, denize doğru ağır ağır alçalıyordu. Alçalırken Norman tipi bir köşkün camını aydınlatıyordu. Gözleri kamaşan bir kadın, elini tembel tembel gözlerine götürüp başını salladı.

Kesik bir gülüşle, "Gaston, gözlerimi kamaştırıyor bu!" dedi.

Kocası, "Tatlı tatlı ışık saçıyor. Isıtmıyor ama izlemesi zevk veriyor insana," diye yanıtladı onu.

Kadın denize bakarak sözüne devam etti:

"Buradan görülüyor sanmıştım."

"Görülmez şimdi. Güneş engel oluyor."

Güney ucu, tarak dubası ile dış liman rıhtımı arasından görülebilen Caillebotte Adası'ndan söz ediyorlardı herhalde.

Işık yumuşadı. Bu değişken saatte, bir şey geceyi haber veriyordu. Pazar günü şimdiden geçmişe karışmıştı. Villalar ve gri parmaklık, yakın geçmişte kalmış anılara benziyordu. İnsanların yüzlerindeki aylak ifade teker teker kayboluyordu, bazıları neredeyse hassaslaşmıştı bile.

Hamile bir kadın, kaba görünümlü bir delikanlıya yaslanmıştı:

"Bak, bak, orada işte!" diyordu.

"Ne?"

"Bak, bak, martılar orada işte!".

Delikanlı omuz silkti: Martı falan yoktu ortada. Gökyüzü neredeyse tamamen arınmıştı. Ufuk çizgisinde biraz pembelik vardı yalnız.

"Martıların sesini duydum. Bak dinle, bağrışıyorlar."

Delikanlı, "Bir şey gıcırdamış olmalı," dedi.

Bir gaz lambası yandı. Sanırım lambacı geçmiş olmalı. Çocuklar onu gözler çünkü onlara eve dönüş işareti verir. Gerçi güneşin son yansılarından biriymiş bu. Gökyüzü hâlâ aydınlıktı ama yeryüzü alacakaranlığa gömülmüştü. Kalabalık dağılmaya başladı. Denizin iç çekişleri iyice duyuluyordu. İki eliyle parmaklığa abanmış genç bir kadın, dudak boyasının karasıyla çizgilenmiş mavi yüzünü gökyüzüne çevirdi. Bir an, "İnsanları sevecek miyim yoksa?" diye düşündüm. Ama ne de olsa bu onların pazarıydı, benim değil.

İlk yanan ışık Caillebotte Feneri'ydi. Bir oğlan çocuğu yanımda durup kendinden geçmişçesine, "Aa, fenere bak!" dedi.

İşte o zaman, yüreğimin yüce bir serüven duygusuyla kabardığını hissettim.

* * *

Sola dönüp Voiliers Sokağı'ndan geçerek Küçük Prado'ya geliyorum. Vitrinlerin demir kepenkleri indirildi. Tournebride Sokağı aydınlık fakat ıssız, kısa süren sabahki şatafatını kaybetmiş; bu saatte onu öteki sokaklardan ayıran bir şey yok. Sert bir rüzgâr esmeye başladı. Tenekeden yapılmış piskopos şapkasının gıcırdadığını duyuyorum.

Yalnızım. İnsanların çoğu evlerine gitti; radyo dinleyerek akşam gazetelerini okuyorlar. Pazar günü ağızlarında bir kül tadı bırakarak sona eriyor ve şimdiden pazartesiyi düşünüyorlar. Ama benim için ne pazartesi ne de pazar var: Benim payıma düşen düzensiz bir biçimde geçip giden günler ve bunun gibi bir anda ortaya çıkıveren parıltılar.

Hiçbir şey değişmedi fakat yine de her şey başka bir biçimde var olup gidiyor. Anlatamıyorum. Bulantı'ya benziyor bu, ama aynı zamanda tam tersi: Sonunda başımdan bir serüven geçiyor. Kendimi sorguya çekince bunun, *kendim olmaklığım ve burada bulunmaklığım olduğunu* görüyorum. Geceyi yarıp geçen *ben*'im. Bir roman kahramanı gibi mutluyum.

Bir şeyler olacak: Basse-de-Vieille Sokağı'nın karanlığında beni bekleyen bir şey var; hayatım orada, bu sessiz sokağın köşesinde başlayacak. Bir alın yazısını gerçekleştirircesine yürüdüğümü görüyorum. Sokağın köşesinde, beyaz bir kilometre taşını andıran bir cisim var. Uzaktan kapkara görünüyor. Her adım atışımda biraz daha ağarıyor. Yavaş yavaş aydınlanan bu cisim olağanüstü bir etki bırakıyor bende. Büsbütün aydınlık ve beyaz olduğunda yanında duracağım onun, o zaman serüven başlayacak. Karanlığın içinden beliren şu beyaz fener öyle yakınımda ki şimdi; korkuyorum: Bir ara geri dönmeyi düşünüyorum. Ama bu büyüyü bozmak imkânsız. İlerliyor, elimi uzatıyor ve taşı tutuyorum.

İşte Basse-de-Vieille Sokağı ve devasa kitlesi karanlığın içinde büzülmüş, camları parıldayan Sainte-Cécile

Kilisesi. Teneke şapka gıcırdıyor. Dünya mı çekip küçüldü yoksa sesler ve şekiller arasında böylesine güçlü bir birlik kuran ben miyim, bilemiyorum. Çevremdeki nesnelerin, olduklarından başka bir şey olduklarını bile kavrayamıyorum.

Bir an duruyorum, bekliyorum, kalbim çarpıyor, ıssız meydana göz atıyorum. Bir şey yok. Sert bir rüzgâr esmeye başladı. Aldanmışım, Basse-de-Vieille Sokağı bir durak sadece: Beni bekleyen şey, Ducoton Sokağı'nın bitiminde.

Yeniden yürümeye koyulmak için acele etmiyorum. Mutluluğumun doruğuna erişmiş gibiyim. Marsilya'da, Şanghay'da, Meknès'te, böyle bir tatmin yaşamak için neler yapmamıştım? Bugün başka bir şey ummuyorum, bomboş bir pazar gününün sonunda eve dönüyorum: İşte o orada.

Yeniden yürüyorum. Rüzgâr, bir vapur düdüğünün çığlığını getiriyor. Yapayalnızım ama bir kente inen ordu gibi yürüyorum. Tam şu anda, denizin üzerinde müzikle çalkalanan gemiler var; Avrupa'nın bütün kentlerinde ışıklar yanıyor; Berlin sokaklarında komünistlerle Naziler çarpışıyor; işsizler New York kaldırımlarını arşınlayıp duruyorlar; sıcak odalarda, makyaj masalarının karşısına geçmiş kadınlar kirpiklerini boyuyorlar. Ve ben burada, bu ıssız sokaktayım. Neukölln'deki bir pencereden sıkılan her kurşun; taşınan yaralıların her hıçkırığı; süslenen kadınların kusursuz ve zarif her el hareketi her adımıma, kalbimin her atışına yanıt veriyor.

Gillet Pasajı'nın önünde ne yapacağımı bilemiyorum. Pasajın sonunda beklemiyorlar mı beni? Ama Tournebride Sokağı'nın sonunda, Ducoton Meydanı'nda ortaya çıkmak için beni bekleyen bir şey de var. İçim sıkıntı dolu; en ufak hareketim bile beni rehin alıyor. Benden ne istendiğini kestiremiyorum. Yine de seçmem gerek.

Gillet Pasajı'nı gözden çıkarıyorum; orada benim için ne saklanmış olduğunu hiçbir zaman öğrenemeyeceğim.

Ducoton Meydanı bomboş. Aldandım mı yoksa? Böyle bir duruma boyun eğemem. Gerçekten hiçbir şey olmayacak mı? Kafe Mably'nin ışıklarına yaklaşıyorum. Şaşkınım, içeri girip girmeyeceğimi bilmiyorum: Buğulanmış, kocaman camlardan içeriye bakıyorum.

Kafe ağzına kadar dolu. Islak elbiselerden tüten buhar ve içilen sigaralar yüzünden hava mavileşmiş. Kasiyer kadın yerinde. İyi tanırım onu: Benim gibi kızıl saçlıdır, bir mide hastalığından mustarip. Gövdelerinden koparıldıklarında kimi zaman çıkan menekşe kokusunu andıran hüzünlü bir gülüşle orada, etekliğinin altında ağır ağır çürüyor. Tepeden tırnağa titriyorum: O... evet, beni bekleyen o. Tezgâhın arkasında dimdik duruyor, gülümsüyordu. Bu kafenin içinden bir şey gerilere, pazar gününe ait dağınık anlara gidip onları birbirine yapıştırıyor; onlara anlam kazandırıyor. Bütün bu günü burada noktalamak, alnım şu cama dayalı, nar rengi bir perde üzerinde beliren şu incecik yüzü görmek için yaşadım. Her şey durdu, hayatım durdu işte. Bu devasa cam, su gibi mavi bu ağır hava, suyun dibindeki şu semiz, beyaz bitki ve ben, hareketsiz, dopdolu bir bütün oluşturuyoruz: Mutluyum.

Kendimi yeniden Redoute Bulvarı'nda bulduğumda içimde acı bir pişmanlıktan başka hiçbir şey kalmamıştı. Şöyle diyordum: "Yeryüzünde, serüven duygusu kadar bağlı olduğum başka bir şey yok belki. Ama bu duygu istediği zaman geliyor, sonra hemen kaçıp gidiyor. Gittiği zaman nasıl bomboş kalıyorum! Yoksa hayatımı yok yere harcadığımı anlatmak için mi bana bu kısa ve alaycı ziyaretlerde bulunuyor?"

Ardımda, kentin içinde, geniş ve dümdüz yollarda, lambaların soğuk aydınlığında, korkunç bir toplumsal olay can çekişiyordu: Pazar gününün bitişiydi bu.

Pazartesi

Dün nasıl da şu tumturaklı, saçma cümleyi yazabilmişim:

"Yalnızım ama bir kente inen ordu gibi yürüyorum."

Cümleler kurmak zorunda değilim. Belli durumları açığa çıkarmak için yazıyorum ben. Edebiyattan kaçınmalıyım. Sözcükleri aramadan, çalakalem yazmak gerek.

Aslında beni tiksindiren şey, dün gece kendimi pek yüce hissetmiş olmak. Yirmi yaşındayken kafayı çeker, sonra Descartes gibi bir adam olduğumu ileri sürerdim. Kendimi hamasetle şişirdiğimi çok iyi bilsem de engel olmazdım buna, hoşuma giderdi. Ertesi gün, kusmuk dolu bir yatakta uyanmış gibi yüreğim daralırdı. Sarhoşken kusmuşluğum yok ama keşke olsa! Dün akşam sarhoş bile değildim. Bir budala gibi yücelttim kendimi. Su gibi saydam, soyut düşüncelerle temizlemeliyim benliğimi.

Şu serüven duygusu katiyen olaylardan gelmiyor: Kanıtlandı. Bu daha ziyade anların art arda geliş biçimine bağlı. Nasıl olduğunu anlatayım: Ansızın zamanın akıp gittiğini, bir anın ötekine, onun da bir diğerine götürdüğünü, her anın kaybolup gittiğini, onu durdurmaya kalkmanın boş olduğunu falan hissederiz. O zaman bu özelliği, anların *içinde* ortaya çıkan olaylara atfederiz; yani biçime ait olanı öze veririz. Şu durmadan sözü edilen zaman akışını pek görmeyiz. Bir kadın görürüz, ihtiyarlayacağını düşünürüz ama ihtiyarladığını *görmeyiz*. Ara sıra kadını ihtiyarlarken *göreceğimizi düşünür, onunla birlikte yaşlanacağımızı hissederiz:* İşte serüven duygusu budur.

Yanlış hatırlamıyorsam buna, zamanın geri çevrilmezliği diyorlar. Öyleyse serüven duygusu, zamanın geri çevrilmezliğinden başka bir şey olmamalı. Öyleyse, bu duyguyu niçin her zaman yaşamıyoruz? Yoksa zamanın geri çevrilmez olmadığı anlar mı var? Her istediğimizi yapabileceğimizi sandığımız anlar vardır, önden gidebilir, geri dönebilirsiniz, bunların önemi yoktur. Öte yandan, anların sıkıştığı, yeniden başlamamızın olanaksız olduğu ve atışımızın boşa gitmemesi gerektiği başka anlar da vardır.

Anny, zamanın verebileceği her şeyi çekip almasını bilirdi. Ben Aden'de, o Cibuti'de bulunduğu sırada, yirmi dört saat için kendisini görmeye gittiğimde, yanından ayrılmaya altmış dakika kalana dek çeşitli anlaşmazlıklar çıkarırdı. Saniyelerin bir bir geçişini duymak için altmış dakika elverişli bir süredir. O korkunç akşamlardan birini hatırlıyorum: Gece yarısı yanından ayrılmam gerekiyordu. Bir açık hava sinemasına gitmiştik, umutsuzduk, o da benim kadar umutsuzdu. Ama oyunu yöneten oydu. Saat on birde asıl film başlayınca, tek söz etmeden elimi tutup avuçlarında sıktı. İçimi acı bir neşenin kapladığını duydum. Saatime bakmadan on bir olduğunu anladım. O andan sonra dakikaların bir bir aktığını duymaya başladık. O gece, birbirimizi üç ay görmemek üzere ayrılıyorduk. Bir ara perdeden aydınlık bir imge geçti, ortalık ağardı, başımı çevirince Anny'nin ağladığını gördüm. Sonra tam saat on ikide elimi iyice sıktıktan sonra bıraktı; ayağa kalktım ve tek bir söz söylemeden yanından ayrıldım. İyi iş çıkarmıştı.

Akşam saat yedi

Bugün çalıştım. Fena değildi, altı sayfa yazdım, hoşuma da gitti. Pavel Petroviç'in dönemiyle ilgili soyut düşünceler üzerinde çalışmak daha da hoşuma gitti. Dünkü cümbüşten sonra, bugün akşama kadar uslu durdum. Yüreğime başvurmak gerekmeyecekti! Ama Rus otokrasisinin temellerini bir bir açarken huzurlu hissediyordum.

Şu Rollebon canımı sıkıyor sadece. Her şeyi sırlarla örtülü. 1804 yılının Ağustos ayında Ukrayna'da ne işi vardı? Yolculuğundan, üstü kapalı sözcüklerle söz ediyor.

"Gelecek kuşaklar, hiçbir başarının ödüllendiremeyeceği çabalarımın kabaca bir yana itilmekten ve sessizce katlanılan küçümsenmelerden daha fazlasına layık olup olmadığı konusunda yargıya varacaktır. Bunlara katlanırken, alaycıları susturacak ve korkutacak kozları elimde bulundurduğum da unutulmamalıdır."

Bundan önce bir kere aldanmıştım: Bouville'e yaptığı ve hakkında gizli kapaklı ukalaca laflar ettiği küçük bir yolculuk hakkındaydı bu. Sözlerini ve hareketlerini irdelemek için tam bir ayımı harcamıştım. Oysa bütün yaptığı, yanında çalışan çiftçilerden birinin kızını gebe bırakmak olmuştu. Yoksa Rollebon salt kötü bir oyuncudan mı ibaret?

Şu yalancı ve küçük züppeye karşı kötü niyet beslemek geliyor içimden; belki de kin bu: Başkalarına yalan söylemesi hoşuma gitse de beni bundan ayrı tutmasını isterdim. Bütün bu ölülerin üstünden, çarşılardaki yankesiciler gibi anlaşabileceğimizi ve onun en sonunda bana gerçeği söyleyeceğini ummuştum! Oysa bana hiç ama hiçbir şey söylemiyor; aldattığı XVIII. Louis ya da Aleksandre'a söylediğinden fazlasını değil. Rollebon'un esaslı biri olması benim için fazlasıyla önem teşkil ediyor. Besbelli bir hergele, kim değil ki? Ama büyük bir hergele mi yoksa küçük mü? Yaşıyor olsa elimi sürmek bile istemeyeceğim biri uğruna zaman kaybedecek kadar değer biçmem tarih araştırmalarına. Rollebon hakkında ne biliyorum? Onun hayatından daha güzel bir hayat tasarlanamaz: Ama o hayatı gerçekten yaşadı mı? Mektupları bu denli resmî yazılmış olmasaydı... Ah! Bakışının neye benzediğini bilebilseydim, belki de başını alımlı bir şekilde yana eğiyordu ya da kurnazca dik tutuyor ve işaretparmağını burnunun kenarına dayıyordu ya da bazen iki yaldızlı yalan arasında kısa bir öfkeye kapılıyor ama onu hemen bastırıyordu. Ama o bir ölü: Rollebon'dan geriye kalan sadece *Traité de stratégie* ve *Réflexions sur la vertu*[1] isimli eserler.

Kendimi bıraksam, onu zihnimde iyice canlandırabileceğim. Sayısız kurban yaratan alaycılığının altında basit ve çocuksu bir adam var. Pek az düşünüyordu ama her zaman gerekeni yapıyordu. Hergeleliği saf, kendiliğinden ve hesapsız kitapsız bir hergelelikti; erdeme karşı duyduğu sevgi kadar içtendi. Kendisine yardım edenlere ve dostlarına ihanet ettiği zaman olaylara ağırbaşlılıkla dönüyor ve onlardan ahlaki sonuçlar çıkarıyordu. Başkalarının üzerinde hakkı olduğunu ve başkalarının da kendisi üzerinde hakkı olduğunu bir an aklından bile geçirmemişti: Hayatın ona verdiği yetenekleri gerekçesiz ve nedensiz kabul ederdi. Her şeye sıkı sıkıya bağlanır ama kolayca kurtulmasını bilirdi. Ne mektuplarını ne de kitaplarını kendisi kaleme almıştı: Onları para karşılığı yazmanlara yazdırmıştı.

Çıkardığım sonuç buysa Rollebon üzerine bir roman yazmam daha doğru olurdu.

Gece saat on bir

Akşam yemeğini Rendez-vous des Cheminots'da yedim. Patron kadın oradaydı, sırf nezaketen onunla yatmak zorunda kaldım. Biraz tiksindiriyor beni, hem çok beyaz hem de yeni doğmuş bir bebek gibi kokuyor. Tutkularının doruk noktasında başımı göğsünün üzerine bastırıyordu: Güzel bir şey yaptığını sanıyor. Ben çar-

1. (Fr.) Strateji Kitabı ve Erdem Üzerine Düşünceler. (Y.N.)

şafın altından dalgın dalgın cinsel organını okşuyordum; sonra kolum ağırlaşıp düşüyordu. M. de Rollebon'u düşünüyordum: Onun hayatıyla ilgili bir roman yazmaktan beni ne alıkoyabilir ki? Kolumu kadının gövdesinde aşağı bıraktım ve ansızın üzerinden kocaman, kıllı yapraklar sarkan bodur ağaçlarla dolu küçük bir bahçe gördüm. Karıncalar, kırkayaklar ve güveler cirit atıyordu. Daha korkunç hayvanlar da vardı: Gövdeleri, pişmiş güvercinlerin altına konan kızarmış ekmek dilimlerini andırıyordu, yengeç gibi yan yan yürüyorlardı. Geniş yapraklar hayvanlarla kaplıydı. Hintincirlerinin ve kaktüslerin ardında, parkın Velléda'sı[1] kadının cinsel organını işaret ediyordu. "Bu bahçe kusmuk kokuyor!" diye haykırdım.

Kadın, "Sizi uyandırmak istemezdim ama altımdaki çarşaf katlanmış, ayrıca Paris treninden inen müşterilerle ilgilenmek için gitmem gerekiyor," dedi.

Büyük Perhiz arifesi

Maurice Barrès'in kıçına şaplak attım. Üç asker arkadaştık, birimizin yüzünün orta yerinde bir delik vardı. Maurice Barrès yanımıza yaklaşıp, "Çok güzel!" dedi ve hepimize birer küçük menekşe demeti verdi. Kafası delinmiş olan asker, "Bunu nereye sokacağımı bilemiyorum," dedi. Maurice Barrès askere, "Kafanızdaki deliğe sokmanız gerekiyor," diye karşılık verdi. Asker, "Ben onu senin kıçına sokacağım," dedi. Sonra Maurice Barrès'i yatırıp pantolonunu çıkardık. Donunun altından kırmızı bir kardinal elbisesi çıktı. Elbiseyi çıkardık; Maurice

1. Roma İmparatorluğu döneminde yaşayan meşhur kadın kâhin. Civilis İsyanı'nın Galyalıların lehine biteceğini ve lejyonların yok edileceğini bilerek ünlenmiştir. (Y.N.)

Barrès, "Dikkat edin, pantolonun paçasında topuğa geçirilen bantlardan var!" diye bağırıyordu. Kanatıncaya kadar şaplak attık ona, sonra da kaba etlerinin üzerine menekşe yapraklarıyla süslenmiş bir Déroulède portresi çizdik.

Bir süredir sık sık düşlerimi hatırlamaya başladım. Uyurken durmadan sağa sola dönüyor olmalıyım çünkü yorganımı her sabah yerde buluyorum. Bugün Büyük Perhiz arifesi ama Bouville'de bunun pek önemi yoktur; bütün kentte kıyafet değiştirip maske takanların sayısı yüzü geçmez.

Merdivenden inerken patron kadın seslendi:

"Bir mektup var size!"

Bir mektup: Sonuncu mektup, geçen mayıs ayında Rouen Kütüphanesi müdüründen gelmişti. Patron kadın beni çalışma odasına götürdü; sarı, uzun, kalın bir zarf verdi: Anny mektup yazmış. Beş yıldır haber almamıştım ondan. Mektup önce Paris'teki eski adresime gitmiş. Üzerinde 1 Şubat tarihi var.

Çıkıyorum; mektubu parmaklarımın arasında tutuyor, açmaya cesaret edemiyorum. Anny mektup kâğıdını değiştirmemiş. Acaba Piccadilly'deki küçük kitapçıdan mı alıyor hâlâ? Saçını da değiştirmediğini, kesmek istemediği gür sarı saçlarını aynı biçimde tarıyor sanırım. Yüzünü kurtarmak için aynaların önünde sabırla savaşıyor olmalı: Bunu gösteriş ya da yaşlanmaktan korktuğu için yapmaz, nasılsa öyle kalmak, değişmemek ister o. Anny'de en sevdiğim şey, görünümündeki en ufak çizgiye bile gösterdiği o sert ve güçlü bağlılıktı.

Mor mürekkeple (mürekkebini de değiştirmemiş) yazılmış adresin katı harfleri hâlâ parlıyor:

Mösyö Antoine Roquentin.

Zarfların üstünde adımı okumak hoşuma gider. Sislerin arasından Anny'nin gülüşlerinden birini yakaladım, gözlerini, yana eğik başını gözümün önüne getirdim. Oturduğum zaman gelir, önüme dikilirdi gülümseyerek. Başım belinin hizasında dururdu. Omuzlarımdan tutup gergin kollarıyla sarsardı beni.

Zarf ağır, içinde en az altı sayfa olmalı. Eski oturduğum yerdeki kapıcı kadının kargacık burgacık harfleri şu güzelim yazıyı biraz kapatmış:

Printania Oteli, Bouville.

Bu küçük harfler parıldamıyor.

Zarfı açarken deminki yanılgıdan kurtulmam beni altı yıl gençleştirdi.

"Anny zarflarını böyle şişirmek için ne yapıyor bilmiyorum: İçinden hiçbir şey çıkmıyor."

Bu cümleyi, tıpkı şu an gibi, zarfın içinden dörde katlanmış bir kâğıt parçası çıkarmaya çalışırken, 1924 yılı baharında belki yüz kere söylemişimdir. Zarfın astarı müthiş: Koyu yeşil, üstünde altın rengi yıldızlar var; kolalanmış, kalın bir kumaşı andırıyor. Ağırlığının dörtte üçü bu astardan.

Anny, kurşunkalemle şunları yazmış:

Birkaç gün sonra Paris'ten geçeceğim. 20 Şubat günü, Espagne Oteli'ne gelip beni gör lütfen ("Lütfen"i satırın üzerine ekleyip acayip bir yay çizerek "beni gör"e bitiştirmiş). Seni görmem *gerek*. Anny.

Meknès'te ya da Tanca'da gece eve döndüğümde, yatağımın üzerinde kimi zaman bir not buluyordum. "Seni hemen görmek istiyorum." Koşuyordum. Anny, kaşları havada, şaşırmış gibi kapıyı açıyordu bana: Söyleyecek bir şeyi yoktu, hatta geldiğim için biraz kızıyordu. Gideceğim; belki görmek istemeyecek beni. Ya da otelin girişinde, "Bu isimde kimse yok otelimizde," diyecekler. Ama bunu yapacağını sanmıyorum. Tabii, bir hafta sonra düşüncesini değiştirdiğini ve başka zaman görüşeceğimizi yazabilir.

Herkes işinin başında. Tatsız tuzsuz bir Büyük Perhiz arifesi başlıyor. Mutilés Sokağı her yağmur öncesi olduğu gibi, ıslak odun kokuyor. Bu acayip günleri sevmem. Sinemalar gündüz gösterimleri yapar; okullar kapalıdır, havada dikkat ettiğinizde hemen kaybolan ama insanları etkileyip duran belirsiz bir bayram havası vardır.

Anny'yi görmeye gideceğim tabii ama bunun beni neşelendirdiğini söyleyemem. Mektubunu aldığımdan beri içime bir tembellik çöktü. İyi ki saat on iki, aç değilim fakat vakit geçirmek için yemek yiyeceğim. Horlogers Sokağı'nda Chez Camille'e giriyorum.

Sessiz bir yer burası; bütün gece lahana turşusuyla güveç bulabilirsiniz. Tiyatrodan çıkanlar buraya uğrarlar, kente gece varan karnı acıkmış yolculara polisler burayı tavsiye eder. Sekiz mermer masası var. Deri kaplama bir bank duvar boyunca uzanıyor. Pas rengi lekelerle bezeli iki ayna. Kapıda ve iki pencerede buzlu camlar. Tezgâh bir oyuğun içinde. Kenarda da bir salon var ama burası çiftler için; oraya girmedim hiç.

"Bana jambonlu bir omlet verin."

Masalara bakan kırmızı yanaklı, iriyarı kız, bir erkekle konuşurken gülmeden edemez.

"Sanırım veremeyeceğim. Patatesli bir omlet istemez misiniz? Dolap kilitli, jambonu çıkaramam: Sadece patron keser onu."

Bir güveç ısmarlıyorum. Patronun adı Camille. Kabadayı bir adam.

Garson kız uzaklaşıyor. Şu eski ve loş yerde yapayalnızım. Cüzdanımda Anny'den gelen bir mektup var. Yapay bir utanç, mektubu yeniden okumaktan alıkoyuyor beni. Cümleleri bir bir hatırlamaya çalışıyorum.

Sevgili Antoine'ım.

Gülümsüyorum: Anny'nin "Sevgili Antoine'ım" yazmadığı besbelli.

Altı yıl önceydi. Anlaşarak ayrılmıştık birbirimizden, Tokyo'ya girmeye karar vermiştim. Ona bir şeyler yazmıştım. "Sevgilim benim!" diye başlayamıyordum artık; bütün masumiyetimle, "Sevgili Anny'm" diye başlamıştım.

Anny, "Senin densizliğine hayran kalıyorum," diye yanıt vermişti bana. "Ben, senin sevgili Anny'n değilim ve hiçbir zaman da olmadım. Senin de benim sevgili Antoine'ım olmadığına inanmanı isterim. Bana nasıl hitap edeceğini bilmiyorsan etmesen daha iyi."

Mektubu cüzdanımdan çıkarıyorum. "Sevgili Antoine' ım" yazmamış. Mektubun sonunda nazik sözler de etmemiş: "Seni görmem gerek. Anny." Duygularını sezinlememi sağlayacak bir bulgu yok. Bundan yakınacak değilim: Kusursuzluğa olan sevgisini görüyorum bu mektupta. Anny "kusursuz anlar" gerçekleştirmek isterdi hep. Durum elverişli değilse hiçbir şeyden tat almaz olur, gözleri ölü gibi bakar, ergenlik çağında koca bir kız gibi tembel tembel dolaşırdı. Ya da benimle kavga etmek isterdi:

"Bir burjuva gibi ciddiyetle sümkürüyor, mendiline haz alarak öksürüyorsun," derdi.

Yanıt vermemek, beklemek gerekiyordu: Birden, farkında olmadan yaptığım bir hareket, bir işaret gibi ürpertiyordu onu; yüzündeki gevşemiş, güzel çizgileri sertleştiriyor ve iğneyle kuyu kazmayı andıran işine başlıyordu. Büyüleyici ve dayanılmaz bir sihirbazdı sanki; dört bir yanına bakarak şarkılar mırıldanır, gülümseyerek ayağa kalkar, beni omuzlarımdan tutup sarsmaya gelir ve birkaç dakika boyunca, çevresindeki nesnelere emirler verir gibi yapardı. Benden ne beklediğini hızlıca ve alçak bir sesle açıklardı:

"Dinle beni. Biraz çaba göstereceksin değil mi? Geçen seferki budalalığını unutma. Bu ânın ne kadar güzel olabileceğini görmüyor musun? Gökyüzüne bak. Halının üzerindeki güneş ışınlarının rengine bak! Yeşil elbisem üstümde, makyaj da yapmadım, yüzüm soluk. Geriye gidip karanlığın içinde otur, ne yapman gerektiğini anlıyorsun değil mi? Hadi, başla! Ne ahmaksın! Bir şeyler söylesene bana!"

Bu teşebbüsün başarıya ulaşmasının bana bağlı olduğunu hissediyordum: O ânın karanlık bir anlamı vardı, onu düzeltmek, kusursuzlaştırmak gerekiyordu; belli hareketler yapılmalı, belli sözler söylenmeliydi. Sorumluluğumun yükü altında eziliyor, gözlerimi fal taşı gibi açıyor fakat bir şey göremiyordum. Anny'nin o an için yarattığı törenlerin arasında debelenip duruyor ve onları, kaba ellerimle birer örümcek ağıymış gibi bozuyordum. O zamanlar Anny benden nefret ediyordu.

Onu görmeye gideceğim tabii ki. Anny'yi hâlâ beğeniyor ve derinden seviyorum. Kusursuz anlar yaratma oyununda, bir başkası daha becerikli ve daha şanslı olabilmiştir umarım.

"Şu lanet saçların her şeyi bozuyor," derdi. "Kızıl saçlı bir adam ne işe yarar zaten?"

Gülümserdi. Önce gözlerini, sonra da incecik gövdesini unuttum. Gülüşünü elimden geldiği kadar uzun bir süre aklımda tuttum, sonra, üç yıl önce onu da kaybettim. Biraz önce, patron kadının verdiği mektubu alırken bu gülüş birdenbire geri geldi; Anny'yi gülümserken gördüğümü sandım. Bunu yeniden hatırlamaya çalışıyorum: Anny'nin bende uyandırdığı şefkati yeniden hissetmem gerek. Bu şefkat orada, yakınımda duruyor, sadece ortaya çıkmak istiyor. Ama gülüş geri gelmiyor: Sona erdi. Bomboş ve kupkuru kalıyorum.

Soğuktan titreyen bir adam içeri giriyor:

"Hanımlar, beyler, merhaba."

Yeşilimsi pardösüsünü çıkarmadan oturuyor. Parmaklarını kenetleyip ince, uzun ellerini ovuşturuyor.

"Ne istersiniz?"

İrkiliyor, gözleri endişeli:

"Ne mi? Bir Byrrh[1] alayım, suyla."

Garson kız kıpırdamıyor. Aynadan bakınca uyuyor gibi görünüyor. Gözleri açık aslında ama bunlar göz değil, sadece birer yarık. Hep böyledir, müşterilere hizmet ederken ağırdan alır, siparişleri uzun uzun düşünüp düşlere dalar. Tezgâhın üzerinden alacağı şişeyi, üzerinde kırmızı harfler bulunan beyaz etiketi, bardağa koyacağı yapışkan, kara sıvıyı düşünüyor olmalı. Sanki kendisi içecekmiş gibi.

Anny'nin mektubunu yine cüzdanıma koyuyorum: Verebileceği her şeyi verdi bana; mektuptan yola çıkarak, onu eline alıp katlayarak zarfın içine koyan kadına varamam. Geçmişte kalan birini düşünmek gerçekten mümkün müdür? Birbirimizi sevdiğimiz sürece en önemsiz anların, en hafif acıların bile bizden kopup geride kalmasına göz yummamıştık. Sesleri, kokuları, gün ışığının nüanslarını, hatta birbirimize açıklamadığımız düşünceleri bile alıp götürmüştük, böylece canlılıklarını yitirmediler: Bugün dahi bize acı ya da sevinç veriyorlar. Bir anı değil; söndürülmez ve yakıcı bir aşk, geriye çekilmek, gölgeye ya da bir kuytuya sığınmak imkânsız. Üç yıl tek bir an gibi duruyor. Anny'yle bu yüzden ayrılmıştık: Bu ağır yükü kaldıramıyorduk. Ve Anny beni ansızın bıraktığın-

1. Hafif alkollü, aperatif bir kırmızı şarap. (Y.N.)

da, üç yıl tek darbeyle geçmişe gömüldü. Acı bile çekmemiştim, içim boşalmış gibiydi. Sonra zaman yeniden akmaya başladı ve boşluk genişledi. En sonunda Saygon'da, Fransa'ya dönmeyi kararlaştırdığım sırada, geçmişten kalan her şey (yabancı yüzler, yerler, büyük ırmaklar boyunca uzanan rıhtımlar) birden silindi. Geçmişim, uçsuz bucaksız bir delikten başka şey değil artık. Şimdi de tezgâhın yanında düşlere dalan şu siyah korsajlı garson kızla, şu ufak tefek adamcağızdan ibaret. Hayatımla ilgili bildiğim her şeyi, kitaplardan öğrendim gibi geliyor. Benares sarayları, Cüzamlı Kral Terası, Java tapınakları ve kırık dökük, koca merdivenleri bir an için gözlerime yansımış ama oldukları yerde kalmışlardı. Printania Oteli'nin önünden geçen tramvay, geceleri camlarına vuran neon ışıklı yazıyı alıp götürmüyor; bir an aydınlanıyor ve sonra karanlık pencerelerde uzaklaşıp gidiyor.

Şu adam gözünü benden ayırmıyor: Canımı sıkmaya başladı. Kendini önemli hissetirmek istediği belli. Garson kız istediklerini getirmeye karar verdi sonunda. İri, esmer kolunu tembelce kaldırıp şişeyi tutuyor ve bir bardakla birlikte getiriyor.

"Buyrun mösyö."

"Adım Achille,"diyor nazikçe.

Kız yanıt vermeden bardağı dolduruyor. Adam birden parmağını burnundan çekip iki elini de masaya dayıyor, başını arkaya atıyor, gözleri parıldıyor. Soğuk bir sesle, "Zavallı kız," diyor.

Kız şaşırıyor. Ben de şaşırıyorum. Adamın yüzünde anlatılmaz bir ifade var, sanki bir başkası konuşmuş da şaşırmış gibi. Üçümüz de tedirginiz.

Hayal gücünden yoksun olduğu için ilk olarak kız kendini toparlıyor. Mösyö Achille'i küçümseyerek süzüyor. Adamı tek eliyle olduğu yerden alıp dışarı atabileceğini biliyor:

"Niçin zavallı kızmışım ben?"

Adam duraksıyor. Kıza bakıyor, çekiniyor gibi, sonra gülüyor. Yüzünde binlerce kırışık beliriyor, bileklerini oynatarak belirsiz bir jest yapıyor:

"Kızdı. Ne var bunda sanki? Lafın gelişi böyle denir. Kötü bir niyet yok."

Kız sırtını dönüp tezgâhın arkasına gidiyor. Epey alındığı belli. Adam hâlâ gülüyor:

"Ha! Ha! Ağzımdan kaçtı, canım. Kızdın mı? Kızmış!" diyor, bana söyler gibi.

Başımı öte yana çeviriyorum. Kadehini kaldırıyor ama içmeye niyeti yok, bir şey hatırlamak ister gibi, çekingen ve şaşkın halde gözlerini kırpıştırıyor. Kız tezgâhın arkasına oturup eline bir iş aldı. Ortalık sessizleşiyor: Ama bu biraz önceki sessizlik gibi değil. İşte yağmur başladı: Buzlu camlara hafifçe vuruyor. Sokakta hâlâ kılık değiştirmiş çocuklar varsa karton maskeleri hamur gibi olacak, renkleri birbirine karışacak.

Kız lambaları yaktı; saat henüz iki ama gökyüzü tamamen karardığı için elindeki işi göremiyor. Tatlı ışık; insanlar evlerindedir şimdi; onlar da ışıklarını yakmışlardır şüphesiz. Bir şeyler okur, ara sıra pencereden gökyüzüne bakarlar. Onlar için... durum aynı değil. Onlar başka türlü yaşlanmışlardır. Aile mirası eşyaların, armağanların arasında yaşayıp giderler; mobilyaların her biri birer anıdır. Asma saatler, madalyalar, portreler, denizkabukları, kâğıt tutacakları, paravanlar, şallar. Dolaplar şişelerle, kumaşlarla, pılı pırtıyla, gazetelerle doludur; her şeyi saklamışlardır. Geçmiş, mal sahibinin lüksüdür.

Ben geçmişimi nerede saklayacağım? Geçmişinizi cebinizde saklayamazsınız; onu koyacak bir eviniz olmalı. Benim gövdemden başka bir şeyim yok; yapayalnız bir adam salt gövdesiyle anıları saklamaktan keyif alamaz. Anılar üzerinden geçip gider onun. Ama yakınmamalıyım: Sadece özgür olmayı istemiştim ben.

Ufak tefek adam kıpırdıyor, içini çekiyor. Paltosuna iyice sarılmış ama ara sıra şöyle bir doğruluyor, mağrur bir tavır takınıyor. Onun da geçmişi yok. İyice araştırılsa, artık kendisini görmeye gelmeyen kuzenlerinden birinin evinde, onu bir düğünde, kıvrık bir yaka, kolalı gömlek ve ince bir delikanlı bıyığıyla gösteren bir fotoğraf bulunur. Benim böyle bir fotoğrafım bile kalmamıştır sanırım.

İşte yine bana bakıyor. Bu kez konuşacak; kaskatı kesildiğimi hissediyorum. Aramızda bir yakınlık duygusu yok: Birbirimize benziyoruz sadece. O da benim gibi yalnız fakat yalnızlığın içine daha çok batmış. Kendi Bulantı'sını ya da ona benzer bir şeyi bekliyor olmalı. Demek beni *tanıyan*, yüzüme baktıktan sonra, "Bu da bizden," diyen insanlar var artık. Yani? Benden ne istiyor öyleyse? Birbirimize yardım edemeyeceğimizi biliyor olması gerekir. Aileler anılarının ortasında, evlerinde şimdi. Biz de burada anısız, iki yıkıntıdan başka bir şey değiliz. Ayağa kalkıp bana bir söz söylese yerimden sıçrardım.

Kapı büyük bir gürültüyle açılıyor. Gelen Doktor Rogé.

"Hepinize merhaba!"

Gövdesini güçbela taşıyan uzun bacaklarının üzerinde yalpalayarak, kuşkucu ve vahşi bir tavırla içeri giriyor. Pazar günleri onu Vézelise'de sık sık görürüm ama beni tanımaz. Joinville'li eski antrenörler gibi iridir: Kolları baldır genişliğinde; göğüs çevresi ise yüz on santim fakat ayakta duramıyor.

"Jeanne, Jeanne yavrucuğum!"

Geniş fötr şapkasını asmak için portmantoya kadar hızla yürüyor. İşini bir yana koyan kız, doktorun yağmurluğunu çıkarmak için uyuklayarak ağır ağır ilerliyor.

"Ne içeceksiniz doktor?"

Doktor, kızı ciddiyetle gözden geçiriyor. Güzel yüzlü erkek böyle olur işte. Yaşam ve tutkularla yıpranmış, çökmüş. Ama doktor hayatı anlamış ve tutkularını yenmeyi bilmiş.

Derin bir sesle, "Ne istediğimi bilmiyorum ki," diyor. Tam karşımdaki koltuğun üzerine bıraktı kendini, alnını siliyor. Ayaklarının üzerinde durma zorunluluğundan kurtulunca rahatlıyor. Buyurgan ve kocaman siyah gözleri, insanı sindiriyor.

"Ne mi içeyim... şey, şey, şey... Bir Calvados[1] alayım yavrum."

Karşısındaki kocaman, yıpranmış yüzü kıpırdamadan seyrediyor kız. Düşlere dalmış. Ufak tefek adam başını kaldırıp bir yükten kurtulmuş gibi gülümsüyor. Doğru: Bu devasa herif bizi kurtardı. İkimizi de avcuna alacak korkunç bir şey gerçekleşecekti yoksa. Rahat bir nefes alıyorum: Artık insanların arasındayız.

"Benim Calvados geliyor mu?"

Kız kendini toparlayıp uzaklaşıyor. Doktor kalın kollarını uzatıp masayı kenarlarından tutuyor. Mösyö Achille çok keyifli; doktorun ilgisini çekmek istiyor. Ama öyle cılız bir gövdesi var ki, koltuğun üstünde ne kadar debelenirse debelensin gürültü çıkaramıyor.

Kız Calvados'u getirdi. Bir baş işaretiyle doktora, yan masadaki ufak tefek adamı gösteriyor. Doktor Rogé, gövdesini ağır ağır çeviriyor. Boynunu döndüremiyor.

"Bak hele! Aşağılık herif, senin burada ne işin var, ölmedin mi daha?" diyor.

Sonra kıza dönüyor:

"Bunu buraya alıyorsunuz demek?"

Yırtıcı gözlerle bakıyor. Her şeyi yerli yerine koyan, dümdüz bir bakış bu. Açıklıyor:

"Kaçığın biri, hepsi bu."

1. Normandiya bölgesine özgü ünlü elma brendisi. (Y.N.)

kilen büyük bir gezgin" dedirtebilirim. Evet: Müslümanlar çömelerek işerler; Hindistan'daki ebe kadınlar çavdarmahmuzu yerine, tezekte dövülmüş cam kullanırlar. Borneo'da bir kız âdet görünce, evinin damında üç gün ve üç gece geçirir. Venedik'te gondolla yapılan cenaze törenlerini, Seville'deki Kutsal Hafta bayramlarını, Oberammergau'daki Çile Oyunu'nu[1] gördüm. Bütün bunlar bildiklerimin ufak bir parçası tabii.

Bir iskemlenin üzerinde arkaya yaslanıp neşeyle, "Sevgili madam, Jihlava'yı bilir misiniz acaba? 1924 yılında ziyaret ettiğim ilgi çekici, küçük bir Moravya kentidir bu..." diye söze başlayabilirim.

Görmüş geçirmiş biri olan başyargıç, hikâyem sona erince şöyle ekler:

"Ne kadar doğru mösyö, ne kadar insancıl bir şey. Meslek hayatına atıldığım sırada ben de böyle bir olayla karşılaşmıştım. 1902 yılıydı. Limoges'da yargıç adayı olarak bulunuyordum."

Ama gençken bu sözlerle epey canımı sıkmışlardı. Oysa ailemde bu işin üstatlarından yoktu. Amatörleri de unutmamak gerekir. Kafelerde başkalarını dinleyen kâtipler, işçiler, satıcılardır bunlar. Kırklı yaşlara gelince, bir türlü dışarı dökemedikleri tecrübelerle şiştiklerini hissederler. İyi ki çocuk yapmışlardır, böylece tecrübelerini hemen oracıkta kullanabilirler. Geçmişlerinin boşa gitmediğine, anılarının bir araya gelip ağır ağır Bilgelik halini aldığına inandırmak isterler sizi. Kullanışlı geçmiş! Cep geçmişi; şahane özdeyişlerle dolu, küçücük yaldızlı kitap.

"İnanın bana, tecrübelerime dayanarak konuşuyorum. Bütün bildiğimi hayattan öğrendim." Hayat, onlar

1. Her on yılda bir bölge halkı tarafından düzenlenen İsa'nın çarmıha gerilişinin sahnelendiği tiyatro temsilleri. (Y.N.)

için düşünme sorumluluğunu üzerine alır mı? Bu kişiler yeniyi eskiyle; eskiyi de daha eskiyle açıklar. Bu bakımdan Lenin'i bir Rus Robespierre'ine, Robespierre'i de bir Fransız Cromwell'ine döndüren tarihçilere benzerler: Sonuç olarak hiçbir şey anlamazlar... İtibarlarının ardında huysuz bir tembellik olduğu tahmin edilir: Görünümlerin, önlerinden bir bir geçişini seyreder, esner ve güneş altında yeni bir şey olmadığını düşünürler. Doktor Rogé, "Bir kaçık," derken, özel olarak hatırlamadığı öteki kaçıkları düşünüyordu belli belirsiz. Artık Mösyö Achille'in yapacağı hiçbir şey bizi şaşırtamaz: *Çünkü* o bir kaçıktır!

Oysa bir kaçık değil: Korkuyor. Neden korkuyor acaba? Herhangi bir şeyi anlamak istediğimizde, tek başımıza onun karşısında dururuz, kimse yardım etmez; dünyanın tüm geçmişi işe yaramaz olur. Sonra bu şey ortadan kaybolur, onunla birlikte anladığımız şey de silinip gider.

Genel düşünceler daha umut vericidir. Üstelik tecrübe, üstatları ve hatta amatörleri bile sonunda hep haklı çıkarırlar. Bilgelikleri onlara olabildiğince az gürültü çıkarmayı, az yaşamayı, bir köşede unutulmayı öğütler. En iyi hikâyeleri, terbiye edilmiş ihtiyatsızlar ve ilginç tipler hakkındadır. Evet, böyle: Kimse aksini söyleyemez. Belki Mösyö Achille'in içi rahat değildir. Belki babasının ya da ablasının öğütlerini tutsaydı şimdi bu duruma düşmeyeceğini düşünüyordur. Doktorun konuşmaya hakkı var: Hayatını boşa harcamadı o; yararlı bir insan olmasını bildi. Şu enkazın üzerinde dinginlikle, güçlü bir şekilde yükseliyor; o bir kaya.

Doktor Rogé Calvados'unu içti. İri gövdesi gevşiyor, gözkapakları iniyor. Yüzünü, gözsüz olarak ilk kez görüyorum: Büyük Perhiz arifesi olduğundan bugün dükkânlarda satılan karton maskelere benziyor. Yanaklarının pembeliği iğrenç... Birden kavrıyorum gerçeği: Bu adam yakında ölecek. Bunu o da biliyor, aynaya bakması kâfi. Her gün, cesedine biraz daha benziyor. Tecrübe dedikleri bu işte. Tecrübelerin, ölüm koktuğunu sık sık düşünmem de bu yüzden; onların son savunmasıdır bu. Doktor buna inanmak, yapayalnız, bomboş, geçmişsiz biri olduğunu, zekâsının körelip vücudunun çürümeye yüz tuttuğunu görmezden gelmek, bu korkunç gerçeği örtmek ister. O zaman bunun yerine koyacağı küçücük çılgınlığını yaratmaya, onu en kullanışlı hale getirmeye çalışır: Yani ilerleme kaydettiğini söyler kendine. Ara sıra düşüncelerinin içinde kayboluyor ve her şey zihninin içinde dönmeye mi başlıyor? Çünkü muhakemesi, gençlik zamanındaki gücünü kaybetmiştir. Kitaplarda okuduklarını anlamıyor mu? Çünkü artık kitaplardan çok uzaklaşmıştır. Artık sevişemiyor mu? Çünkü bunu eskiden yapmıştı. Geçmişte sevişmiş olmak hâlâ sevişebilmekten iyidir: Aradan zaman geçmiş olduğundan insan doğru yargılara varır, karşılaştırmalar yapar, üzerinde düşünür. Böylece doktor, kadavrayı andıran korkunç yüzünü aynada görmeye dayanabilmek için, tecrübenin bütün izlerinin yüzüne kazındığına inanmaya çalışmaktadır.

Doktor hafifçe başını çeviriyor. Gözkapakları açıldı, uykuyla kızarmış gözlerini bana dikiyor. Gülümsüyorum. Bu gülüşün, kendinden gizlemek istediği her şeyi ona açıkça göstermesini istiyorum. "Gebereceğimi *bilen* biri işte!" derse kendine gelebilir ancak. Ama gözkapakları yeniden iniyor: Uyuklamaya başladı. Uykusunu gözetlemeyi M. Achille'e bırakıp dışarı çıkıyorum.

Yağmur dindi, hava yumuşak, gökyüzü güzelim kara imgeler sürükleyip duruyor. Kusursuz bir an yaratabilmek için her şey tamam. Anny olsaydı, bu imgeleri yansıtabilmek için, gönüllerimizde küçücük, karanlık gelgitler yaratırdı. Ama ben fırsatı kullanmayı bilmiyorum: İçim boşalmış ve yatışmış halde, şu boşa harcanan gökyüzünün altında rasgele yürüyorum.

Çarşamba

Korkmamak gerek.

Perşembe

Dört sayfa yazdım. Sonra uzun bir mutluluk ânı. Tarihin değeri üzerinde uzun uzadıya düşünmem gerek. Ondan nefret etme riskini göze almış olurum. Hayatımı haklı çıkaracak tek şeyin, şu anda M. de Rollebon olduğunu unutmamalıyım.

Tam bir hafta sonra Anny'yi görmeye gideceğim.

Cuma

Redoute Bulvarı'nda öyle yoğun bir sis vardı ki, yol boyu Caserne'in duvarına temas ederek yürümenin akıllıca olduğunu düşündüm. Sağ tarafımdaki otomobiller farlarından çıkan, önlerindeki puslu ışığı takip ediyordu; kaldırımın nerede bittiği belli değildi. Çevremde insanlar vardı; ayak seslerini, kimi zaman da mırıltılarını duyuyor ama kimseyi görmüyordum. Bir kere omzumun hizasında bir kadın başı belirdi fakat sis hemen yuttu onu; bir defa da biri nefes nefese yanımdan geçti. Nereye gittiğimi bilmiyordum, dalmıştım: İhtiyatla ilerlemek, ayağın ucuyla yeri yoklamak, hatta elleri ileriye uzatmak gerekiyordu. Bu hareketler hiç hoşuma gitmiyordu. Yine de otele dönmek de istemiyordum, yakalanmıştım. Yarım saat sonra, ta uzakta mavimsi bir buhar gördüm. Oraya yöneldim, çok geçmeden büyük bir ışıltının kıyısına geldim. Tam ortada, ışıklarıyla sisi delip geçen Kafe Mably'yi seçtim.

Kafe Mably'de on iki tane lamba bulunur ama yalnızca ikisi yakılmıştı: Biri tezgâhın üstünde, öteki tavanda. Kafenin biricik garsonu beni karanlık bir köşeye sürüklüyor.

"Burası olmaz efendim, temizlik yapıyorum."

Sırtında bir ceket var, yeleksiz, kolalı yakasını takmamış, menekşe rengi, çizgili, beyaz bir gömlek giymiş. Esniyor, elleriyle saçlarının arasından geçirerek ters ters bakıyor bana.

"Sütsüz kahve ve kruvasan."

Karşılık vermiyor. Gözlerini ovuşturup uzaklaşıyor. Gözlerime kadar karanlık içindeyim, buz gibi, pis bir karanlık. Kaloriferin yanmadığı belli oluyor.

Kafede başkaları da var. Balmumu tenli bir kadın tam karşımda oturmuş ve bluzunu okşamak ya da siyah şapkasını düzeltmek için elleri durmadan hareket ediyor. Yanında hiç ses çıkarmadan çöreğini yiyen iriyarı, sarışın bir adam var. Sessizlik dayanılacak gibi değil, pipomu yakmak istedim fakat kibrit çıtırtısıyla onların dikkatini çekmek canımı sıkacaktı.

Telefon sesi. Eller durdu: Bluzun üzerinde kaldı. Garson acele etmiyor. Telefonu açmaya gitmeden önce temizliğini sakin sakin bitirdi. "Alo, Mösyö Georges, siz misiniz? Günaydın efendim... Evet Mösyö Georges... Patron burada değil... Evet, neredeyse iner... Doğru, bu sisli havada... Genel olarak saat sekizde iner... Evet Mösyö Georges, ben ona bildiririm. Hoşçakalın Mösyö Georges."

Sis, gri renkli ağır bir kadife perde gibi abanıyordu camlara. Bir ara bir yüz cama yapıştı, sonra kayboldu.

Kadın sızlanırcasına, "Ayakkabılarımı bağlasana," dedi.

Adam başını çevirmeden, "Çözülmemiş ki," diye karşılık veriyor.

Kadın sinirleniyor, elleri bluzunda ve boynunda dev örümcekler gibi dolaşıyor.

"Çözüldü, çözüldü, hadi bağla."

Adam kızgın bir tavırla eğildi, masanın altında kadının ayağına dokundu:

"Oldu."

Kadın neşeyle gülümsedi. Adam, garsonu çağırdı.

"Borcumuz ne kadar?"

"Kaç çörek var?"

Onlara baktığım belli olmasın diye gözlerimi çevirmiştim. Çıtırtılar çok geçmeden kesildi; bir etek ucu ve üzeri çamurlu bir çift bot gördüm. Bunların ardından adamın sivri burunlu, cilalanmış ayakkabıları ilişti gözüme. Bana doğru geldi, durdu, yarım dönüş yaptı. Adam paltosunu giydi. O sırada kaskatı bir kolun ucundan sarkan bir el, eteklik boyunca aşağı inmeye koyuldu, bir an tereddüt etti, sonra etekliği yokladı.

"Hazır mısın?" dedi adam.

El açıldı ve sağ botun üzerindeki iri bir çamur lekesine dokundu. Sonra gözden kayboldu.

Adam, "Of!" dedi.

Portmantonun yanında duran bir valizi aldı. Çıktılar, sisin içinde gözden kaybolduklarını gördüm.

Garson kahvemi getirirken, "Sanatçı bunlar," dedi. "Ciné-Palace'ta, antrakttaki gösteriyi yapanlar. Kadın gözlerini bağlayıp seyircilerin isimlerini ve yaşlarını biliyor. Bugün gidiyorlar çünkü program cuma günleri değişir."

Sanatçıların kalktığı masada duran bir kruvasan tabağını almaya gidiyor.

"Gerek yok."

O kruvasanları yemek istemiyor canım.

"Lambaları söndüreyim. Sabahın dokuzunda tek müşteri için iki lamba yandığını görse patron çıkışır bana."

Kafenin içine alacakaranlık çöküyor. Gri ve kahverengine bulanmış cılız bir aydınlık yukarıdaki camlardan dökülüyor.

"Mösyö Fasquelle'i görmek istiyorum."

Yaşlı kadının içeri girdiğini fark etmemiştim. Buz gibi bir esinti içimi titretti.

"Mösyö Fasquelle henüz inmedi."

"Beni Madam Florent gönderdi. Biraz rahatsız. Bugün gelemeyecek."

Madam Florent, kasada duran kızıl saçlı kadın.

Yaşlı kadın, "Bu havalar midesine iyi gelmiyor," diye devam etti.

Garson ciddi bir tavır takındı:

"Evet, sis yüzünden... Mösyö Fasquelle'de de aynı sıkıntı var. Aşağı inmemesine şaşıyorum. Demin biri telefon etti. Her zaman sekizde inerdi."

Yaşlı kadın düşünmeden tavana bakıyor:

"Yukarıda mı?"

"Evet, odası orada."

Kadın kendi kendine konuşuyormuş gibi mırıldanarak, "Ölmüş olmasın..." diyor.

Garson çok kızıyor: "Rica ederim, rica ederim!"

Ölmüş olmasın... Bu düşünce zihnimden şöyle bir geçmişti. Böyle sisli havalarda insan böyle düşüncelere dalar zaten.

Yaşlı kadın gitti. Ben de öyle yapmalıydım: Burası karanlık ve soğuk. Sis kapının altından sızıyor, yavaşça yükselerek her şeyi kaplıyordu. Kent Kütüphanesi'nde hem ışık hem sıcaklık bulabilirdim.

Bir yüz yeniden cama yapışıyor, ağzını burnunu oynatıyor.

Garson öfkeyle, "Dur biraz," diyor. Sonra koşarak dışarı çıkıyor.

Yüz kayboldu, yapayalnız kaldım. Odamdan çıktığım için kızıyorum kendime. Sis şimdi orayı da sarmıştır, içeri girmeye çekinirim.

Kasanın arkasında, karanlıkta bir şey çıtırdadı. Hususi merdivenin bulunduğu yerden geliyor. Yoksa patron aşağı mı iniyor? Hayır: Kimse görünmedi; basamaklar kendi kendine çıtırdamış. Mösyö Fasquelle hâlâ uyuyordu. Ya da başımın üzerinde cansız yatıyordu. Sisli bir sabah yatağında ölü bulundu. Altbaşlık: Hiçbir şeyden haberi olmayan müşteriler kafede yiyip içiyorlardı...

Acaba hâlâ yatağında mı? Çarşafları yere düşürüp kafasını döşemeye çarparak düşmüş olmasın?

Mösyö Fasquelle'i iyi tanırım, ara sıra bana sağlığımı sorardı. İriyarı, güleç yüzlü, tertemiz sakallı bir adamdır: Ölmüşse, nedeni kalp krizi olmalı. Dili ağzından fırlamış, yüzü patlıcan rengine dönmüştür. Sakalı tavana dönük, boynu kıvırcık kılların altında mosmor yatıyordur.

Hususi merdiven karanlığın içinde gözden kayboluyor. Tırabzan babasını zar zor görebiliyorum. Bu karanlığın geçilmesi gerek. Merdiven çıtırdar. Yukarıda, oda kapısının önüne gelirim...

Ceset orada, başımın üstünde. Işığı açar, emin olmak için ılık tenine dokunurum. Daha fazla dayanamıyorum, yerimden kalkıyorum. Garson beni merdivende yakalarsa bir gürültü duyduğumu söylerim.

Garson nefes nefese, hızla içeri girdi.

"Buyrun mösyö!"

Budala! Üzerime doğru geliyor.

"Borcunuz iki frank."

"Yukarıdan bir gürültü duydum," diyorum.

"Tabii, vakit biraz geç oldu!"

"Evet ama bildiğimiz gürültülerden değildi. Hırıltıya benziyordu. Sonra boğuk bir ses duyuldu."

Camlarını sis kaplamış şu küçücük, karanlık yerde buna kolaylıkla inanılabilirdi. Adamın gözlerini nasıl açtığını hiç unutmayacağım.

Düzenbazca, "Çıkıp bakmalısınız," dedim.

"Hayır, olmaz," dedi. "Bana yapmadığını bırakmaz. Saat kaç?"

"On."

"İnmezse saat on buçukta çıkıp bakarım."

Kapıya doğru ilerledim.

"Gidiyor musunuz? Kalmayacak mısınız?"

"Hayır."

"Gerçekten hırıltı mı duydunuz?"

Çıkarken, "Bilmem," dedim. "Aklımda bunun gibi bir şey vardı, belki o yüzdendir."

Sis kalkmış biraz. Tournebride Sokağı'na erişmek için acele ediyorum: Işıklarına ihtiyacım var. Hayal kırıklığına uğradım: Işık var, evet, mağazaların vitrinlerinden aşağı akıp duruyor. Fakat bunlar neşe vermiyor: Sis yüzünden bembeyaz kesilmiş, duş suyu gibi insanın omuzlarına dökülüyor.

Bir yığın insan var, çoğu kadın. Hizmetçiler, gündelikçiler, dükkân sahipleri hatta hanımefendiler. Hani şu, "Alışverişi kendim yaparım, bu daha güvenli," diyen cinsten hanımefendiler. Camekânların önünde biraz duruyor, sonra içeri giriyorlar.

Domuz kasabı Julien'in önünde durdum. Ara sıra, sosisleri ve domuz sucukları işaret eden bir el görüyorum; camın ardında, tombul, sarışın bir kız, göğüs bağır açık, eğilip ölü et parçasını eline alıyor. Buradan beş dakika ileride, Mösyö Fasquelle odasında cansız yatıyor.

Dayanacak sağlam bir şey, beni düşüncelerimden koruyacak bir sığınak aradım. Bulamadım: Sis ağır ağır dağılmıştı ama sokakta tedirginlik veren bir şey sürüklenip duruyordu. Belki de gerçek bir tehlike değildi: Soluklaşmış, saydamlaşmıştı. Fakat nihayetinde insanın içine korku salan da buydu. Alnımı cama dayadım. Rus usulü hazırlanmış yumurtanın mayonezinin üzerinde, koyu kırmızı bir damla gördüm: Kandı bu. Sarının üzerindeki bu kırmızı midemi bulandırıyordu.

Ansızın bir görü peyda oldu: Birisi yüzükoyun düşmüştü, kanı tabaklara akıyordu. Yumurta kana belenmişti, tepesindeki domates dilimi fırlamış, yamyassı olmuş; kırmızı üstünde kırmızı. Mayonez biraz akmış: Kan dereciğini iki kola ayıran bir sarı krema birikintisi.

"Amma saçma iş! Kendimi toparlamalıyım. Çalışmak için kütüphaneye gideceğim."

Çalışmak mı? Tek satır bile yazmayacağımı gayet iyi biliyordum. Bir gün daha gitti. Parktan geçerken, her zaman oturduğum bankın üstünde kıpırtısız duran mavi bir pelerin gördüm. İşte üşümeyen biri.

Okuma salonuna girdiğimde, Otodidakt dışarı çıkıyordu. Yakaladı beni:

"Size teşekkür etmeliyim mösyö. Verdiğiniz fotoğraflara bakarak unutulmaz saatler geçirdim."

Onu görünce içime bir umut doğdu: Belki iki kişi bugünü daha kolay geçiririz. Ama Otodidakt'la birlikte sadece görünüşte iki kişi olur insan.

Elindeki kitaba vuruyor. *Dinler Tarihi* kitabı bu.

"Bu kapsamlı sentez için Nouçapié'den daha uygun kimse olamazdı. Öyle değil mi mösyö?"

Yorgun bir hali vardı, elleri titriyordu.

"Pek iyi görünmüyorsunuz," diyorum.

"Evet mösyö, haklısınız. Başıma berbat bir şey geldi de."

Kütüphane görevlisi bize doğru yaklaşıyor. Ufak tefek, öfkeli bir Korsikalı; askeri mızıka şeflerininkine benzer bıyıkları vardır. Ayakkabılarını gıcırdatarak, masaların arasında saatlerce dolaşır. Kışın mendillere tükürür durur, sonra onları sobanın üzerinde kurutur.

Otodidakt yanıma sokuluyor. Neredeyse soluğunu yüzümde duyacağım.

Bir sır veriyormuş gibi, "Bu adamın önünde hiçbir şey söyleyemem size," diyor. "Lütfederseniz..."

"Neyi?"

Kızarıyor, kalçalarını zarifçe kıvırıyor.

"Mösyö, ah mösyö! Peki, açıkça söyleyeyim. Çarşamba günü benimle birlikte öğle yemeğine gelme lütfunda bulunur musunuz?"

"Zevkle..."

Kendimi asmayı ne kadar istiyorsam onunla yemeğe gitmeyi de o kadar istiyorum.

"Beni mutlu ettiniz," diyor Otodidakt. Sonra hemen ekliyor: "İsterseniz gelip sizi evden alayım." Birden ortadan kayboluyor. Düşünmek için zaman tanırsa fikrimi değiştireceğimden korkuyor herhalde.

Saat on bir buçuk. İkiye çeyrek kalaya kadar çalıştım. Verimsiz bir çalışma: Önümdeki kitaba bakıyordum ama aklım Kafe Mably'deydi. Mösyö Fasquelle aşağı indi mi acaba? Aslında onun ölmüş olduğuna pek inanmıyordum, canımı sıkan da buydu. Bu kaypak düşünceden ne kurtulabiliyor ne de ona inanabiliyordum. Korsikalının ayakkabıları döşemenin üstünde gıcırdayıp duruyordu. Birkaç kere gelip önümde dikildi; benimle konuşmak istiyor gibi bir hali vardı. Ama fikrini değiştirip uzaklaşıyordu.

Saat bire doğru kimse kalmadı. Acıkmamıştım, dışarı çıkmak istemiyordum hiç. Biraz daha çalıştım; sonra aniden yerimden sıçradım: Sessizliğin altında kalmışım gibi bir duygu kaplamıştı içimi.

Başımı kaldırdım: Yapayalnızdım. Korsikalı, kütüphanenin kapıcılığını yapan karısının yanına inmiş olmalıydı; onun ayak seslerini duymak isterdim. Oysa sobanın içinde, düşen bir kömürün çıkardığı hafif gürültüyü işittim. İçeriyi sis kaplamıştı: Çoktan dağılmış olan gerçek sis değildi bu – duvarlardan ve kaldırımlardan yükselen, sokakları hâlâ dolduran başka bir sisti. Şeylerin tutarsızlığının bir çeşidi. Kitaplar yine yerindeydi, rafları üzerine elbette alfabetik sıraya göre dizilmişler, kara ya da kahverengi sırtlarıyla etiketleri görünüyor. GK fe. 7996 (Genel Kullanım - Fransız Edebiyatı) ya da GK db. (Genel Kullanım - Doğa Bilimleri). Ama... nasıl açıklasam? Bu güçlü ve tıkız kitaplar, soba, yeşil lambalar, geniş pencereler ve merdivenlerle birlikte genellikle geleceği sınırlar. Bu duvarlar arasında durdukça gerçekleşecek her olay, sobanın sağında ya da solunda gerçekleşmek zorundadır. Elinde kesik başıyla Aziz Denis bile gelse içeriye sağdan girmesi, Fransız edebiyatına ayrılmış raflarla kadın okurların masasının arasından geçmesi gerekecektir. Yere basmayıp yirmi santim yüksekten uçsa dahi kanlı boynu tam üçüncü rafın hizasına gelecektir. Böylece bu nesneler, hiç olmazsa, olasılığın sınırlarını belirliyorlar.

Oysa bugün hiçbir şey belirledikleri yok: Kendi varlıkları bile sorguya çekilmiş gibi, bir andan ötekine geçerken, güçlük çekiyorlar sanki. Okuduğum kitabı avucumda kuvvetle sıkıyordum: Fakat en güçlü duyum bile körelmiş. Hiçbir şey gerçek gelmiyor; bir anda kaldırılıp atılabilecek bir karton dekorun ortasındayım sanki. Dünya soluğunu tutmuş, geçen gün Mösyö Achille'in beklediği gibi, bunalımını, Bulantı'sını bekliyordu.

Kalktım. Gücünü yitirmiş bu nesnelerin arasında duramıyordum. Pencereden, Impétraz'ın kellesine bir göz atmaya gittim. Mırıldanıyordum. *Her şey* olabilir; *her şey* gerçekleşebilir. İnsanların uydurduğu korkunç şeylerden bahsetmiyorum tabii, yani Impétraz, birden dans etmeye başlamayacak. O başka bir şey.

Belki bir saat, belki bir dakika sonra yıkılıp gidecek bu sallantılı varlıklara korkuyla bakıyordum: Evet, orada, bazısı hayvan türlerinin değişmeyen biçimlerini, bazısı da evrendeki enerji niceliğinin büsbütün muhafaza edildiğini açıklayan bu bilgi dolu kitapların arasındaydım; orada, camları, ışığı belli bir oranla yansıtan bir pencerenin önünde ayakta duruyordum. Bunlar ne zayıf bariyerler! Dünyanın her gün aynı yüzle ortaya çıkma nedeni tembellik sanırım. Ama bugün değişmek istiyor sanki. Öyleyse *her şey*, evet *her şey* olabilir.

Kaybedecek vaktim yok; bu tedirginliğin temelinde Kafe Mably'deki olaylar yatıyor. Oraya dönmeli, Mösyö Fasquelle'i dipdiri karşımda görmeli ve gerekirse sakalına ya da ellerine dokunmalıyım. Belki o zaman kurtulurum.

Pardösümü alıp apar topar sırtıma attım ve fırlayıp çıktım. Parkı geçerken pelerinli adamın hâlâ orada olduğunu gördüm; soğuktan kızarmış kulaklarının arasında koskoca, solgun bir yüzü var.

Kafe Mably uzaktan ışık saçıyor, on iki lambası da yanmış olmalı. Adımlarımı sıklaştırıyorum, bir an önce bitirmeliyim bu işi. Önce büyük camdan içeri baktım, kimsecikler yoktu. Ne kasiyer ne de garson. Mösyö Fasquelle de yok.

İçeri girmek için büyük bir çaba harcadım ama oturmadım. "Garson!" diye seslendim. Kimse karşılık vermedi. Masalardan birinde boş bir fincan. Tabağın içinde tek şeker.

"Kimse yok mu?"

Askıda bir manto var. Alçak bir masanın üstünde, siyah karton kutular içinde dergiler. Soluğumu tutarak çevremi dinliyorum. Hususi merdiven hafifçe çıtırdadı.

Dışarıdan, bir vapur düdüğü. Gözlerimi merdivenden ayırmadan, geri geri giderek dışarı çıktım.

Biliyorum, öğleden sonra saat ikide tek tük müşteri olur, Mösyö Fasquelle gribe yakalanmış; alışveriş yapsın diye garsonu dışarı göndermiştir. Belki de doktor getirmesini istemiştir. Evet ama Mösyö Fasquelle'i görmek *ihtiyacı* duymuştum işte. Tournebride Sokağı'nın girişinde, geriye dönüp ıssız ve ışıklı kafeyi tiksintiyle seyrettim. Birinci katın panjurları kapalıydı.

Sınırsız bir korku kapladı içimi. Nereye gittiğimi bilmiyordum. Rıhtım boyunca koştum; Beauvoisis Mahallesi'nin bomboş sokaklarına döndüm; evler, hüzünlü gözlerle kaçışımı seyrediyorlardı. Kasvetle tekrarlıyordum: "Nereye gitmeli? Nereye gitmeli?" *Her şey* olabilir. Ara sıra yüreğim korkuyla çarparken birden geri dönüyordum: Neler oluyordu arkamda? Belki de arkamda başlayacaktı ve ben döndüğümde iş işten geçmiş olacaktı. Gözümü nesnelere diktiğim sürece hiçbir şey çıkmayacaktı: Her şeye bakmaya çalışıyordum; kaldırımlara, evlere, gaz lambalarına; bakışlarım onları yakalamak ve dönüşümlerinin ortasında durdurmak için nesnelerin birinden ötekine hızla gidip geliyordu. Her zamanki doğal hallerinden eser yoktu ama ben ısrarla kendi kendime şöyle diyordum: Bu bir gaz lambası, bu bir çeşme. Ve bakışımın gücüyle onları günlük görünüşlerine indirgemeye çalışıyordum. Yolumun üzerinde sık sık kafelere rastlıyordum: Café des Bretons, Bar de la Marine. Duruyor, pembe tül perdelerin önünde, karar veremiyordum: Bu kapalı yerler belki de esirgenmişti, belki hâlâ dünkü dünyanın, kıyıda kalmış, unutulmuş bir bölümünü barındırıyorlardı. Ama kapıyı itmek, içeri girmek gerekiyordu. Cesaret edemiyordum, çekip gidiyordum. Evlerin kapıları hepsinden fazla korkutuyordu beni. Kendiliklerinden açılmalarından korkuyordum. Sonunda sokağın ortasından yürümeye koyuldum.

Ansızın Bassins du Nord rıhtımına çıktım. Balıkçı kayıkları, küçük yatlar. Ayağımı, taşa gömülmüş bir halkanın üzerine dayadım. Burada, evlerden ve kapılardan uzakta biraz rahat edecektim. Yer yer kara lekelerle kaplı durgun suyun üzerinde bir şişe mantarı yüzüyordu.

"Ya suyun *altında*? Suyun *altında* neler olabileceğini düşünmedin."

Bir hayvan mı? Yarısı çamura gömülmüş koca bir kabuk mu? Bir düzine ayak, çamuru ağır ağır eşeliyor. Hayvan ara sıra şöyle bir kalkıyor. Suyun dibinde bir kıpırtı, bir dalgalanma arayarak yaklaştım. Mantar, kara lekelerin arasında öylece duruyor.

O sırada sesler duydum. Vakit gelmişti. Geri dönüp yeniden yürümeye başladım.

Castiglione Sokağı'nda, konuşan iki adama yetiştim. Ayak seslerimi duyunca, sapır sapır titreyip birden geriye döndüler. Kaygı dolu gözlerle önce bana, sonra herhangi bir şey geliyor mu diye arkama baktıklarını gördüm. Demek onlar da benim gibiydi, demek onlar da korkuyordu. Yanlarından geçerken bakıştık, neredeyse konuşacaktık. Ama bakışlarda ansızın bir karşı çıkma ifadesi belirdi: Böyle bir günde her önüne gelenle konuşulmaz.

Kendimi soluk soluğa Boulibet Sokağı'nda buldum. Zarlar çoktan atılmıştı. Kütüphaneye dönüyordum. Bir roman alacak, okumaya çalışacaktım. Parkın parmaklıkları boyunca ilerlerken, pelerinli adamı yeniden gördüm. Hâlâ bomboş parkta oturuyordu, burnu kulaklarına kadar kızarmıştı.

Kapıyı açacağım sırada, yüzündeki ifade durmama neden oldu. Gözlerini kısıyor ve yüzünde belli belirsiz, aptalca ve yapmacık bir gülüş beliriyordu. Aynı zamanda bakışlarını tam önünde duran fakat göremediğim bir şeye dikmişti. Öyle sert ve şiddetli bakıyordu ki, ansızın dönmekten kendimi alamadım.

Bir ayağı havada, ağzı açık, on yaşlarında küçük bir kız, karşısında büyülenmiş gibi atkısını çekiştirerek adamı seyrediyor ve sivri yüzünü ileriye uzatıyordu.

Biri sanki güzel bir şaka yapacakmış gibi, adam kendi kendine gülümsüyordu. Birden elleri, ayaklarına kadar inen pelerinin ceplerinde, yerinden kalktı. Bir-iki adım attı, gözlerinin akı göründü. Yere yıkılacak sandım. Ama uykulu uykulu gülümsemeye devam ediyordu.

Birden anladım: Pelerin! Buna bir son vermek istedim. Öksürmem ya da kapıyı itmem yeterdi. Ama şimdi de küçük kızın yüzündeki ifadeyle büyülemiştim. Korkudan kaşı gözü gerilmiş, yüreği küt küt atıyor olmalıydı. Buna rağmen faremsi çenesinde güçlü ve kötücül bir şey de görüyordum. Bu merak değil, daha çok kendinden emin bir bekleyişti. Güçsüz hissediyordum: Dışarıdaydım, parkın kıyısında onların minik dramasının karşısındaydım; oysa onlar arzularının karanlık gücüyle birbirlerine kenetlenmişler, çift olmuşlardı. Soluğumu tuttum, arkamdaki adam pelerinin eteklerini açtığında bu çokbilmiş yüzde nasıl bir ifade belireceğini görmek istiyordum.

Ama kız birdenbire kendini toparlayıp koşmaya başladı. Pelerinli herif beni görmüştü: O yüzden durmuştu. Bir an yolun ortasında hareketsiz kaldı, sonra iki büklüm yürüdü. Pelerini baldırlarına çarpıyordu.

Kapıyı itip hemen ona yetiştim.

"Hey, baksana!" diye seslendim.

Titremeye başladı.

Yanından geçerken kibarca, "Kentin üzerinde büyük bir tehlike dolaşıyor," dedim.

Kütüphaneye girdim, masalardan birinde duran *Parma Manastırı*'nı aldım. Okumaya dalmaya, Stendhal'in duru İtalya'sında bir sığınak bulmaya çalışıyordum. Ara sıra, kısa sanrılara kapılıp dalıyordum ama sonra durmadan boğazını temizleyen ufak tefek bir ihtiyarla, iskemlesinin arkasına yaslanıp düş kuran bir delikanlının karşısında, korkutucu günün içine yeniden düşüyordum.

Saatler geçiyordu, pencereler kararmıştı. Odasında, kütüphaneye gelen son kitapları damgalayan Korsikalıyı saymazsak dört kişiydik. Ufak tefek ihtiyar, sarışın delikanlı, üniversiteyi bitirmek üzere olan genç bir kadın ve ben. Ara sıra içimizden biri başını kaldırıyor, korkuyormuş gibi ötekilere hızlı ve şüpheci bir bakış atıyordu. Bir ara ihtiyar gülmeye başladı; genç kadının tepeden tırnağa titrediğini gördüm. Ama ihtiyarın elindeki kitabın adını tersinden okudum: Komik bir romandı bu.

Yediye on var. Kütüphanenin yedide kapandığını düşündüm birden. Bir kez daha kentin içine fırlatılıp atılacaktım. Nereye gidecektim? Ne yapacaktım?

İhtiyar, romanını bitirmişti. Ama gitmiyordu. Düzenli ve sert sesler çıkararak parmağını masaya vuruyordu.

Korsikalı, "Beyler, birazdan kapatıyoruz," dedi.

Delikanlı irkildi, bana şöyle bir baktı. Genç kadın Korsikalıya dönmüştü, sonra kitabını yeniden eline aldı ve okumaya dalmış göründü.

Korsikalı beş dakika sonra, "Kapatıyoruz," dedi.

İhtiyar kararsız bir tavırla başını salladı. Genç kadın kitabını itti fakat ayağa kalkmadı.

Korsikalı şaşırmıştı. Ne yaptığını bilmeden bir-iki adım attı, sonra bir elektrik düğmesini çevirdi. Okurların masalarındaki lambalar söndü. Yalnız ortadaki ışık yanıyor.

Delikanlı esefle, ağır ağır yerinden kalktı. Bakalım kim paltosunu daha uzun sürede giyecekti? Dışarı çıktığımda kadın hâlâ oturuyordu. Bir elini kitabının üzerine koymuştu.

Aşağıda, giriş kapısı geceye açılıyordu. En önde giden delikanlı döndü, merdivenden yavaşça indi, holü geçti, eşikte bir an durduktan sonra gecenin içine dalarak gözden kayboldu.

Merdivenin bitimine gelince başımı kaldırdım. Az sonra ihtiyar, pardösüsünü ilikleyerek okuma salonundan çıktı. O ilk üç basamağı inerken, ben de bütün gücümü toplayıp gözlerimi kapayarak karanlığa daldım.

Serin bir okşama hissettim yüzümde. Uzakta birisi ıslık çalıyordu. Gözlerimi açtım: Yağmur yağıyordu. Tatlı ve durgun bir yağmur. Alan dört lambayla usul usul aydınlanıyordu. Yağmur altında taşrada bir alan. Delikanlı büyük adımlarla ilerliyordu; ıslık çalan oydu. Durumdan habersiz olan diğer iki kişiye, korkmadan dışarı çıkabileceklerini ve tehlikenin geçtiğini anlatmak için bağırmak geldi içimden.

Ufak tefek ihtiyar eşikte göründü. Sıkıntıyla yanağını kaşıdı, sonra ağız dolusu gülümseyip şemsiyesini açtı.

Cumartesi sabahı

Tatlı bir güneş, havanın gün boyu güzel olacağını gösteren hafif bir sis. Kahvaltımı Kafe Mably'de yaptım.

Kasada duran Madam Florent tatlılıkla gülümsedi.

Oturduğum yerden ona seslendim:

"Mösyö Fasquelle hasta mı?"

"Evet mösyö, şiddetli bir gribe yakalanmış: Birkaç gün yataktan çıkmaması gerekiyor. Bu sabah Dunkerque'ten kızı geldi. Ona bakmak için burada kalıyor."

Mektubu alalı beri, Anny'yi yeniden göreceğim diye ilk defa açıktan açığa mutluyum. Altı yıl boyunca neler yaptı acaba? Karşılaştığımız zaman sıkılacak mıyız? Anny tedirginlik nedir bilmez. Sanki yanından dün ayrılmışım gibi karşılayacak beni. Yeter ki budalalık yapıp da en başta kızdırmayayım onu. Yanına gittiğim zaman elimi uzatmamaya dikkat etmeliyim: Bundan nefret eder.

Acaba kaç gün birlikte kalacağız? Belki de Bouville'e getiririm onu. Burada birkaç saat yaşaması, Printania Oteli'nde bir gece kalması yeter. Ondan sonra her şey değişebilir, bir daha korkmayabilirim.

Öğleden sonra

Geçen yıl, Bouville Müzesi'ni ilk gezişimde Olivier Blévigne'in portresi beni şaşırtmıştı. Oranlarında mı sorun vardı? Yoksa perspektifinde mi? Bilmiyorum ama bir şey tedirgin ediyordu beni: Bu milletvekili tuvalinin içinde iğreti duruyordu.

Sonraları onu sık sık seyretmeye gittim. Ama tedirginliğim geçmedi. Roma Ödülü ve altı madalya almış Bordurin'in bir çizim hatası yapmış olacağını kabul etmek istemiyordum.

Bu öğleden sonra, sahibi savaş sırasında vatana ihanetle suçlanmış bir şantaj dergisinin, yani *Satirique Bouvillois*'nın koleksiyonunu karıştırırken gerçeği yakaladım. Hemen kütüphaneden çıkıp şöyle bir dolaşmak üzere müzeye gittim.

Loş holü hızla geçtim. Siyah-beyaz zemin döşemelerinin üzerinde ses çıkarmadan yürüyordum. Etrafımdaki alçıdan kalabalık kollarını büküyordu. İki büyük kapıdan geçerken kırık vazolar, tabaklar, kaidesinin üzerinde mavi ve sarı renkli bir satyr gördüm. Burası seramiğe ve daha küçük sanatlara ayrılmış olan Bernard-Palissy Salonu'ydu. Fakat beni eğlendirmiyor. Bir adam ve karalar giymiş bir kadın, bu pişirilmiş nesneleri huşuyla seyrediyorlardı.

Büyük Salon'un –ya da Bordurin-Renaudas Salonu– girişinin üstüne, muhtemelen kısa bir süre önce, bilmediğim koca bir tuval asmışlar. Richard Séverand imzasını taşıyor. Adı *Bekârın Ölümü*. Devlet hediyesi.

Yarı beline kadar çıplak, gövdesi ölülerinki gibi yeşile çalmış olan bekâr, toplanmamış bir yatağın üzerine yığılmıştı. Dağınık çarşaflar ve örtüler, uzun zaman can çekiştiğini gösteriyordu. Mösyö Fasquelle'i düşünerek gülümsedim. Yalnız değildi o: Kızı bakıyordu ona. Tuvalde, suratından kötülük akan bir hizmetçi, yani bekâr adamın hem metresi hem hizmetkârı olan bir kadın, bir komodinin gözünü açmış paraları sayıyordu. Yarı karanlık içinde açık kalmış bir kapıdan, altdudağında bir sigara sallanan, kasketli bir adamın belirdiği görülüyordu. Duvarın yanında, bir kedi kayıtsızca sütünü içiyordu.

Bu adam yalnızca kendisi için yaşamıştı. Hak ettiği acı cezanın sonucunda, gözlerini kapamak için ölüm döşeğinin başına kimse gelmemişti. Bu tablo beni son bir kere uyarıyordu: Henüz vakit vardı, geri dönebilirdim. Ama ilerlersem şunu aklımdan çıkarmamalıydım: Gireceğim salonda yüz elli portre asılıydı ve ailelerinin yanında ya da yetimler okulunda genç yaşta ölen birkaçı sayılmazsa, portrelerde görülenlerin hiçbiri bekâr, çoluk çocuksuz, vasiyetini bırakmadan ve cenaze törenleri yapılmadan ölmemişti. O gün, her zaman olduğu gibi, Tanrı ve insanlarla ahenk içinde, hakları olan sonsuz yaşamı istemek üzere yavaşça ölümün içine süzülmüşlerdi.

Çünkü onlar her şeye, hayata, çalışmaya, zenginliğe, buyruk vermeye, saygı duyulmaya ve sonunda ölümsüzlüğe hak kazanmışlardı.

Bir an toparlanıp içeri girdim. Bir görevli, pencerenin yanında uyukluyordu. Pencerelerden giren sarı ışık, tabloların üzerinde lekeler bırakıyordu. Bu koskoca, dört köşe salonda, girdiğimi görüp korkarak kaçan bir kediden başka canlı yoktu. Buna rağmen yüz elli çift gözün üstüme dikildiğini hissediyordum.

1875 ile 1910 yıllarında yaşamış kadın-erkek, Bouville'in tüm ileri gelenleri, Renaudas ve Bordurin tarafından titizlikle canlandırılmış halde buradalar.

Erkekler, Sainte-Cécile de la Mer'i inşa ettirmişlerdi. "Bütün iyi niyetli kimseleri güçlü bir oluşum halinde bir araya getirmek, ulusal kalkınmaya yardım etmek ve kargaşa çıkarmak isteyen tarafları başarısızlığa uğratmak amacıyla" 1882'de Bouville Tacir ve Armatörler Federasyonu'nu kurmuşlardı. Bouville'i odun kömür indirmek için en donanımlı Fransız ticaret limanı haline getirmişlerdi. Rıhtımların uzatılıp genişletilmesi de onların eseriydi. Limanı yeterince genişletmişler ve tabanı sürekli kazıtmak suretiyle denizin çekildiği zamanlarda 10 metre 70 santimlik ankraj derinliği elde etmişlerdi. 1869 yılında 5.000 ton olan balıkçı filosu, yirmi yıl içinde onlar sayesinde 18.000 tona yükselmişti. İşçi sınıfının en iyi temsilcilerinin yükselişini kolaylaştırmak konusunda hiçbir fedakârlıktan çekinmeyerek, kendi başlarına, çeşitli teknik ve meslek bilgileri veren merkezler açtılar. Onların ilgisi sayesinde bu merkezler gelişip yayıldı. 1898 yılında ünlü liman grevini kırarak 1914'te oğullarını vatan uğruna feda ettiler.

Bu savaşçı insanlara uygun olan eşleri de yardım dernekleri, kreşler, dikiş atölyeleri açtılar. Ama her şeyden önce onlar birer zevce ve anneydiler. Güzel evlatlar yetiştirip onlara Fransa'yı Fransa yapan geleneklere saygı duymayı, dinlerini, haklarını ve görevlerini öğrettiler.

Portrelerin genel rengi koyu kahverengiye çalıyor. Ağırbaşlılığı koruma kaygısıyla canlı renklerden kaçınılmış. İhtiyarların resimlerini yapmaktan hoşlanan Renaudas'nın portrelerinde, kır düşmüş saçlar ve favoriler siyah fon üzerinde belirgin biçimde ortaya çıkıyor. Hele el çizmekte herkesi geride bırakıyor. Teknik açıdan daha zayıf olan Bordurin'de eller pek umursanmasa da takma yakalar beyaz mermer gibi parıldıyor.

Hava çok sıcaktı. Görevlinin hafifçe horladığı duyuluyordu. Duvarlara şöyle bir bakıyorum, eller ve gözler görüyorum; ötede beride bir ışık lekesi bir yüzü kemiriyordu. Olivier Blévigne'in portresine yönelirken, bir şey durdurdu beni. Duvarın üst tarafından, Tacir Pacôme, duru bakışlarını üzerime dikmişti.

Ayakta, başını hafifçe arkaya atmış, gri pantolonuna dayadığı elinde bir silindir şapka ve bir çift eldiven tutuyordu. Belli bir hayranlık duymaktan alıkoyamadım kendimi. Hiçbir bayağılık söz konusu değildi, eleştirilecek bir yanı da yoktu: küçücük ayaklar, incecik eller, savaşçılara özgü geniş omuzlar, bir parça fanteziyle birlikte gösterişsiz bir incelik. Ziyaretçilere nazik bir şekilde yüzünün kırışıksız pürüzsüzlüğünü sunuyordu, hatta dudaklarının üzerinde bir gülüşün gölgesi salınıyordu. Ama gri gözleri gülümsemiyordu. Elli yaşlarında olmalıydı: Oysa otuz yaşında gibi genç ve tazeydi. Yakışıklıydı.

Onda bir kusur aramaktan vazgeçtim. Fakat o yakamı bırakmadı. Gözlerinde sabit ve değişmez bir hüküm gördüm.

Bir anda bizi birbirimizden ayıran gerçeği kavradım: Onun hakkında düşünebileceklerim ona erişmiyordu; romanlarda rastlanan ruhbilimden fazlası gelmiyordu elimden. Oysa onun hükmü beni bir kılıç gibi biçiyor ve var olma hakkımı sorguya çekiyordu. Doğruydu bu, farkına varmıştım zaten: Benim var olmaya hakkım yoktu. Rasgele ortaya çıkmıştım, bir taş, bir bitki, bir mikrop gibi varlığımı sürdürüyordum. Hayatım her bakımdan küçük mutluluklara itiliyordu. Kimi zaman ne idüğü belirsiz işaretler gönderiyor, kimi zaman da sonuçsuz bir vızıltıdan başka bir şey duyulmuyordu.

Oysa Milli Savunma'daki Pacôme'un oğlu, artık ölmüş olan şu kusursuz, yakışıklı adam, yani Jean Pacôme için durum böyle değildi: Kalp atışları ve organlarının boğuk mırıltıları, sahip olduğu anlık ve katışıksız küçük haklar gibi geliyordu onun kulağına. Altmış yıl boyunca, yaşama hakkını kullanmaktan bir an geri durmamıştı. O güzel gri gözler! Tek bir kuşku bile karartmamıştı onları. Üstelik Pacôme bir kere bile aldanmamıştı.

Görevlerini, görevlerinin hepsini, evlat, koca, baba ve önder olarak ödevlerini yapmaktan geri kalmamıştı. Haklarını da istemekten çekinmemişti. Çocuk olarak sağlam bir ailede yetiştirilme; mirasçı olarak lekesiz bir isme ve iyi bir işe sahip olma; koca olarak iyi bakılma, sevgi ve şefkatle karşılanma; baba olarak saygı görme; önder olaraksa tek söz söylemeksizin itaat edilme haklarını istemişti. Çünkü hak denen şey, görevin öteki yüzüdür. Kazandığı eşsiz başarı (Pacôme'lar bugün, Bouville'in en zengin ailesidir) onu hiçbir zaman şaşırtmamış olsa gerekti. Mutlu olduğunu bir kere bile söylememiş, bir şeyden keyif aldığında kendini kaptırıp koyvermemiş, "Dinleniyorum biraz," demişti herhalde. Böylece keyif almak da haklarının arasına dahil olup saldırgan boşunalığını kaybetmişti. Solda, mavimsi gri saçlarının biraz yukarısındaki hizada, bir etajerin üzerinde duran kitaplar gözüme çarptı. Ciltleri çok güzeldi; klasikler olduğu belliydi. Pacôme geceleri uyumadan önce, ihtiyar Montaigne'den birkaç sayfa ya da Horatius'dan Latince bir şiir okuyordu kuşkusuz. Ara sıra, sırf bilgi edinmek için, bir çağdaş eser de okumuş olmalıydı. Barrès ve Bourget'yi böyle tanımıştı. Bir süre sonra elindeki kitabı bir yana koyuyordu. Gülümsüyordu. Bakışı, o güzel canlılığını kaybederek dalgınlaşıyordu. "İnsanın görevini yerine getirmesi hem ne kadar güç hem de ne kadar kolay," diyordu kendi kendine.

Bunun dışında hiçbir zaman dönüp kendine bakmamıştı: Bir önderdi o.

Duvarlarda asılı başka önderler de vardı: Önderlerden başka bir şey yoktu zaten. Koltuğunda oturan şu bakır çalığı, iri ihtiyar da önderdi. Beyaz yeleği, gümüş rengi saçlarıyla uyumlu. (Ahlaki örnekler sunmak amacıyla yapılmış ve aslına uygunluk tasasıyla dolup taşan bu portrelerde sanat kaygısı vardı.) İnce, uzun elini bir erkek çocuğunun başına koymuş. Battaniye örtülü dizlerinin üzerinde açık bir kitap duruyordu. Ama bakışları uzaklarda dolaşıyordu. Gençlerin görmediği her şeyi görüyordu o. Portresinin altındaki yaldızlı tahta plakada adı yazıyordu: Pacôme, Parrottin ya da Chaigneau olmalı. İsmini okumak aklıma gelmedi: Yakınları, bu çocuk ve kendisi için o sadece bir büyükbabaydı. Torununa gelecekteki görevlerinin kapsamına ilişkin bilgiler verme zamanının geldiğini düşündüğünde, kendisinden üçüncü kişi olarak söz edecekti:

"Canım yavrucuğum, gelecek yıl daha çalışkan, daha uslu olacağını söyle bakayım büyükbabaya. Gelecek yıl büyükbaba belki burada olmaz."

Hayatının sonlarında çevresindekilere bağışlayıcı iyiliğini saçıp duruyordu. Beni bile görse –gerçi ben onun bakışlarına saydam gelirdim– gözlerinde bir lütuf belirir, bir zamanlar benim de büyükannemle büyükbabam olduğunu düşünürdü. Büyükbaba hiçbir şey istemiyordu: Bu yaşta istek kalmaz insanda. İçeri girdiğinde biraz daha alçak sesle konuşulması; o geçerken kendisine azıcık farklı bir şefkat ve saygılı bir tebessüm gösterilmesi; gelinin ara sıra, "Büyükbaba bir tanedir; hepimizden daha dinç," demesi; büyükbabanın, elini başına koyarak torununun öfkesini yatıştıran yegâne kişi olması ve, "Bu gibi üzüntüleri yatıştırmayı yalnız ben bilirim," diyebilmesi; oğlunun yılda birkaç kez hassas meseleler hakkında kendisine akıl danışması ve huzur içinde, bilgelik dolu sakin bir hayat sürmesi yeterdi ona. Yaşlı adamın eli torununun buklelerine ancak değiyordu: Neredeyse onu kutsuyordu. Ne düşünüyordu acaba? Her şeyden söz etme ve her konuda kendisine son sözü söyleme hakkı veren şerefli geçmişini düşünüyordu tabii. Geçen gün düşüncemi sonuna vardırmamıştım aslında. Tecrübe denilen şey, ölüme karşı bir savunma olmaktan fazlasıydı; tecrübe bir haktı: İhtiyarların hakkı.

Koca kılıcıyla duvarda asılı duran General Aubry de bir önderdi. Impétraz'ın dostu, kültürlü Başkan Hébert de öyle. Tam dudağının altında sivri sakalla noktalanmış bitimsiz bir çenesi var; yüzü, simetrik ve uzun. Gözden kaçan bir ayrımı ortaya koymuş ya da hafifçe geğirir, esaslı bir itirazda bulunur gibi çenesini neşeyle ileri uzatmış. Hayallere dalmış gitmiş, elinde bir tüy kalem var: Bu adam da, yüce Tanrım, manzumeler yazarak dinleniyordu. Ama önderlere özgü kartal gözleri vardı.

Ya askerler? Salonun tam ortasındaydım; bütün bu vakur bakışlar üzerimde toplanıyordu. Ben ne büyükbaba ne baba ne de kocaydım. Oy vermiyordum, ödediğim vergiler önemsizdi; seçmen ya da vergi ödeyen biri olduğumu söyleyip övünemezdim. Yirmi yıllık itaatin bir memura kazandırdığı saygıdeğerlik hakkımdan bile yoksundum. Hayatım beni gerçekten kaygılandırmaya başlamıştı. Yoksa sadece bir dış görünüş müydüm ben?

Birden, "Yahu askerim ben!" dedim kendi kendime. Bu beni içtenlikle güldürdü.

Ellilik bir şişko, kibarca, tatlı tatlı gülümsüyor bana. Renaudas severek yapmıştı onun resmini. Bu biçimli, küçücük tombul kulakları, gergin, uzun, ince parmaklı gerçek bilgin ya da sanatçı ellerini canlandırmak için en yumuşak fırça darbeleri bile yeterli değildi. Adamı tanımıyordum; önünden birçok kez geçtiğim halde gözüme çarpmamış olmalıydı. Tuvale yaklaştım. Altında, "Rémy Parrottin, 1849'da Bouville'de doğdu. Paris Tıp Fakültesi'nde profesörlük yaptı," yazıyordu.

Doktor Wakefield, bana Parrottin'den şöyle söz etmişti: "Hayatımda tek bir defa büyük adama rastladım. Bu Rémy Parrottin'di. 1904 yılının kışında derslerine devam etmiştim. (Doğum konularını incelemek için iki yıl Paris'te kaldığımı biliyorsunuz.) Bir önderin ne demek olduğunu bana o gösterdi. Mayasında vardı bu. Bizi büyülüyordu, istese dünyanın öbür ucuna götürebilirdi. Aynı zamanda bir centilmendi: Çok zengindi, parasının büyük bir kısmını yoksul öğrencilere yardım etmek için kullanıyordu."

Bu bilim prensi hakkında ilk kez bilgi edindiğimde, böyle güçlü duygular uyandırmıştı bende. Şu anda önündeydim, bana gülümsüyordu. Gülüşünde öyle bir zekâ, öyle bir hoşluk var ki! Etli gövdesi büyük bir meşin koltuğun çukurunda sakin sakin dinleniyor. Bu alçakgönüllü bilgin, karşılaştığı insanların ezilip büzülmelerine meydan vermezdi. Bakışlarındaki incelik olmasa onu sıradan bir adamcağız sanabilirdiniz.

Gördüğü saygı ve sevginin nedenini kavramak için uzun boylu düşünmek gerekmiyordu: Seviliyordu çünkü her şeyi anlıyor ve kendisine her şey açıklanabiliyordu. Kısacası, biraz Renan'a benziyordu ama daha da seçkindi. Şöyle konuşanlardan biriydi:

"Sosyalistler mi? Ben onlardan daha ileri gidiyorum!" Bu tehlikeli yolda onun peşine düşüyorsanız, tir tir titreyerek, aile, vatan, mülkiyet hakkı ve en kutsal değerler gibi şeyleri bir yana bırakmanız gerekiyordu. Hatta bir ara seçkin burjuvaların yönetim hakkından bile kuşkulanılıyordu. Bir adım daha attığınızda ansızın her şey, sağlam nedenler yani eskiden beri ileri sürülen nedenler üzerinde kusursuz biçimde yeniden kuruluyordu.

Geri dönüp baktığınızda sosyalistlerin çok arkalarda minnacık kaldıklarını ve mendillerini sallayarak, "Bizi beklesenize," diye seslendiklerini görüyordunuz.

Üstat Parrottin'in hafifçe gülümseyerek söylediği gibi, "ruhları doğurtmak"tan hoşlandığını Wakefield'den öğrenmiştim. Genç kaldığından gençlerle ahbaplık ediyordu: Tıp öğrenimi gören iyi aile çocuklarını sık sık evine çağırırdı. Wakefield, birçok kez üstadın evine öğle yemeğine gitmişti. Yemekten sonra, sigara salonuna geçiliyordu. Üstat, ilk sigaralarını içen bu öğrencilere yetişkin birer erkek gibi davranıyordu: Purolar veriyordu onlara. Bir divana uzanıyor, çevresinde heves dolu öğrenciler, gözleri yarı kapalı, uzun uzun konuşuyordu. Anılardan söz ediyor, hikâyeler anlatıyor, bunlardan net ve derin ahlak dersleri çıkarıyordu. Bu iyi yetişmiş delikanlılar arasında dik başlı biri görürse, onunla özel olarak ilgileniyordu. Delikanlıyı konuşturuyor, dikkatle dinliyor, üzerinde düşünmesi için fikirler ve konular veriyordu. Yakınlarının anlayışsızlıklarından bıkmış, yüce düşüncelerle dolu bu delikanlı günün birinde üstadın kendisini yalnız kabul etmesini istiyor ve çekingenlikten kekeleyerek en içten düşüncelerini, kızgınlıklarını, umutlarını ona açıklıyordu. Parrottin de anlayışla kucaklıyordu onu. "Anlıyorum sizi, ilk görüşümde anlamıştım zaten," diyordu. Sonra konuşmaya başlıyorlardı. Parrottin delikanlıdan daha ileriye gidiyor, hatta öyle uzaklaştıkça uzaklaşıyordu ki delikanlı onun ardından gelmekte güçlük çekiyordu. Bu çeşit birkaç görüşmeden sonra, genç isyankârın durumunda gözle görülür bir düzelme ortaya çıkıyordu. Delikanlı kendini iyice anlıyor, varlığını ailesine bağlayan derin ilişkileri görmeye alışıyor ve seçkinlerin o güzel görevini idrak ediyordu. Parrottin'i adım adım takip eden sürüden çıkmış bu kuzu sonunda her şeyi anlamış ve pişman olmuş vaziyette, kendini ansızın yuvaya dönmüş buluyordu. Wakefield, "O benim iyileştirdiğim bedenlerden daha fazla ruhu iyileştirmiştir," derdi sözünü bitirirken.

Rémy Parrottin nezaketle gülümsüyordu bana. Duraksıyor, durumumu anlamaya çalışıyordu. Anlayıp beni de yavaşça sürüye döndürmek istiyor. Ama ondan korkmadım: Ben sürüden çıkmış bir kuzu değildim. Kırışıksız güzel alnına, küçücük göbeğine, dizinin üzerine koymuş olduğu eline baktım. Gülümseyişine karşılık verip yanından ayrıldım.

SAB[1] başkanı olan kardeşi Jean Parrottin, ellerini üzeri kâğıtlarla dolu bir masanın kenarlarına dayamıştı; duruşuyla ziyaretçilere toplantının sona ermiş olduğunu anlatıyordu. Olağanüstü bir bakışı vardı. Soyuttu sanki ve katışıksız bir hakla parlıyordu. Görkemli gözleri yüzünün tamamını kaplayıp bitirmişti. Bu parıltının altında birbirine kenetlenmiş, incecik iki dudak gördüm. Mistiklerin dudaklarını andırıyordu. "Çok garip," dedim kendi kendime, "Rémy Parrottin'e benziyor." Büyük üstada döndüm: Bu benzerlik bakımından değerlendirince, üstadın tatlı yüzünde ansızın ne idüğü belirsiz bir çaresizlik ve kuruluk belirdiğini gördüm. Jean Parrottin'e döndüm yine.

Bu adam tek fikirliliğin basitliğine sahipti. Ondan geriye yalnızca kemikler, cansız etler ve katışıksız hak kalmıştı. "Tam bir sahip olma vakası," diye düşündüm. Hak bir kimseyi ele geçirmesin, kurtuluş diye bir şey yoktur artık. Jean Parrottin bütün hayatını hakkını düşünmeye vermişti: Başka bir şeye değil. Her müze gezişimde hissettiğim hafif baş ağrısına karşılık, bu adam da o zahmetli gerektiği şekilde ilgilenilme hakkını şakaklarında hissetmiş olmalıydı. Onu fazlaca düşündürmek, dikkatini

1. SAB yani Stourm ar Brezhoneg, Breton dilini korumak ve yaşatmak amacıyla kurulmuş, 1984 yılında resmî statüye kavuşmuştur. (Y.N.)

tatsız gerçeklere, ölebileceğine, başkalarının acılarına çekmek gerekmiyordu. Sokrates'ten beri birkaç yüce söz söylemenin gelenek haline geldiği ölüm döşeğine uzandığında, amcalarımdan birinin yanı başında on iki gece uykusuz bekleyen karısına dediği gibi, o da, "Thérèse sana teşekkür etmiyorum çünkü sen sadece görevini yaptın," demiştir. Bir insan bu kadar ileri gidince, onu saygıyla selamlamaktan başka yapacak bir şey yoktur.

Şaşkın şaşkın seyrettiğim gözleri, artık gitmem gerektiğini söylüyordu. Ama gitmedim, açıkça kabalık ettim. Escurial Kütüphanesi'nde II. Felipe'nin bir tablosunu uzun uzadıya seyrettiğim için, hakla parıldayan bir yüze dosdoğru bakılınca bu pırıltının kaybolduğunu ve yerini küllü bir kalıntının aldığını biliyordum: Beni ilgilendiren bu kalıntıydı.

Parrottin iyi dayanıyordu. Ama birden bakışı söndü, tablo karardı. Ne kalmıştı geriye? Kör gözler, ölü bir yılanı andıran ipince bir ağız ve yanaklar. Solgun ve tombul çocuk yanakları: Tuvalin üzerinde yayılıyor. SAB memurları böyle bir şeyden kuşkulanmamışlardı hiç: Parrottin'in bürosunda gerektiği kadar uzun süre kalamıyorlardı. İçeri girdiklerinde, o korkunç bakış bir duvar gibi yükseliyordu önlerinde. Yumuşak ve beyaz yanaklar, bu bakışın ardında gizliydi. Karısı kaç yıl sonra fark etmişti acaba onları? İki yıl? Beş yıl? Bir gün kocası yanında yatarken ve burnu ay ışığıyla aydınlanmışken ya da sıcak bastırdığında çenesinin üzerinde bir güneş ışığı lekesiyle bir koltukta kaykılmış, yediklerini sindirmekte zorluk çekerken ona dosdoğru bakabilmiş ve bu et yığını gözüne o an savunmasız, şişkin, salyalı ve belli belirsiz müstehcen görünmüştü. İşte bu andan sonra, Madam Parrottin'in komutayı ele aldığından kuşku duyulamazdı.

Bir-iki adım geriledim. Bir bakışta bütün bu büyük kişilikleri gözden geçirdim: Pacôme, Başkan Hébert, iki

Parrottin, General Aubry. Silindir şapkalar takmışlar; pazar günleri, Sainte-Cécile'i düşünde görmüş olan Madam Gratien'le, yani belediye başkanının karısıyla Tournebride Sokağı'nda karşılaşmışlardı. Bu kadını, sırrı bugün kaybolmuş olan fazlasıyla nazik, törensel tavırlarla selamlıyorlardı.

Resimleri asıllarına tıpatıp uygun yapılmıştı ama fırça etkisi, insan yüzlerinin o gizemli zayıflığını onların çehrelerinden silip atmıştı. En cansız yüzler bile porselen gibi duruyordu: Onlarla ağaçlar ve hayvanlar, toprak ya da su düşünceleri arasında bir benzerlik bulmaya çalışıyordum boş yere. Yaşadıkları sürece buna gereksinim duymamışlardı tabii. Ama iş gelecek kuşaklara miras kalmaya geldiğinde, Bouville'i çevreleyen denizi ve toprağı temizleme, kazma ve sulama yoluyla başkalaşıma uğrattıkları gibi, bu işlemleri yüzlerine de ustaca uygulatmak için kendilerini ünlü bir ressamın eline bırakmışlardı. Böylece Renaudas ve Bordurin'in yardımıyla bütün doğayı, hem dışlarındaki hem de içlerindeki doğayı buyrukları altına almışlardı. Bu karanlık resimler bana, tek süs olarak, insanın en güzel kazancıyla, yani İnsan ve Yurttaş Hakları buketiyle bezenmiş, insan tarafından yeniden ele alınan insanı gösteriyordu. İnsanın saltanatına içtenlikle hayran oluyordum.

İçeri bir erkek ve bir kadın girdi. Siyah giyinmişlerdi, fark edilmemeye çalışıyorlardı. Büyülenmiş gibi eşikte durdular, adam hemen şapkasını çıkardı.

Çok duygulanan kadın, "Ah!" dedi.

Adam kendini daha çabuk toparladı. Saygılı bir tonla, "Bütün bir dönem burada!" dedi.

"Evet, büyükannemin dönemi bu," diye karşılık verdi kadın.

Bir-iki adım atınca, Jean Parrottin'in bakışlarıyla karşılaştılar. Kadın ağzı açık kalakalmıştı fakat adam gurur duymuyordu: Alçakgönüllü birine benziyordu, caydırıcı bakışları ve kısa kesilen görüşmeleri yakından biliyordu herhalde. Karısının kolundan hafifçe çekti.

"Şuna bak," dedi.

Rémy Parrottin'in gülümseyişi, alçakgönüllülerin içine her zaman huzur vermişti. Kadın yaklaştı ve dikkatle okumaya koyuldu.

"Rémy Parrottin'in portresi, 1849'da Bouville'de doğdu. Paris Tıp Fakültesi'nde profesörlük yaptı. Ressam Renaudas."

"Bilim Akademisi üyesi Parrottin'in resmini, Enstitü üyesi Renaudas yapmış. İşte tarih!"

Kadın başını salladı, sonra büyük üstada baktı.

"Ne kadar hoş bir adam. Gözlerinden zekâ fışkırıyor sanki!" dedi.

Kocası samimi bir jestle, "Bouville'i Bouville yapan onlar işte," dedi.

Kadın içlenmişti.

"Hepsini bir araya koymakla iyi etmişler."

Bu koca salonda manevra yapan üç asker gibiydik. Ses çıkarmadan, saygıyla gülümseyip duran adam, bana tedirginlikle baktı ve gülümsemeyi kesti. Geri dönüp Olivier Blévigne'in portresinin karşısına geçtim. Tatlı bir neşe doldurdu içimi: Evet, haklıydım. Gerçekten çok eğlenceli bir şeydi bu!

Kadın bana yaklaştı.

Birden cesaretlenmiş gibi, "Gaston, gelsene buraya!" dedi.

Adam bize doğru geldi.

"Bu adamın adını taşıyan bir sokak da var. Olivier Blévigne Sokağı. Hani Jouxtebouville'e gelmeden önce Coteau-Vert'e çıkan sokak."

Sonra ekledi:

"Geçimsiz birine benziyor."

"Doğru! Huysuz insanlar kolayca muhatap buluyor olsa gerek."

Bu söz bana söylenmişti. Adam gözucuyla benden yana bakıp kendini beğenmiş, ince eleyip sık dokuyan biri gibi biraz sesli gülmeye başladı bu kez. Olivier Blévigne oydu sanki.

Olivier Blévigne gülmüyordu ama. Kasılmış çenesini ve sipsivri âdemelmasını bize doğru uzatıyordu.

Bir an sessizlik ve esriklik çöktü.

"Neredeyse konuşacak," dedi kadın.

Kocası kibarca açıkladı:

"Büyük bir pamuk taciriydi. Sonra politikaya atıldı. Milletvekili oldu."

Bunu ben de biliyordum. İki yıl önce, hakkında bilgi edinmek için Papaz Morellet'nin *Petit dictionnaire des grands hommes de Bouville*[1] adındaki kitabına bakmış, orada yazılanları not etmiştim.

"Bir önceki Blévigne Olivier-Martial'in oğlu Blévigne Olivier-Martial, 1849 yılında Bouville'de doğdu ve 1908'de yine Bouville'de öldü. Öğrenimini Paris'te hukuk okuyarak 1872'de tamamladı. Birçok Parisli gibi o da kendisini, Millet Meclisi'nin koruması altında, Versailles'a sığınmak zorunda bırakmış olan Komün Ayaklanması'ndan derinden etkilendiği için, gençlerin eğlenceden başka şey düşünmedikleri yaşta 'hayatını, düzenin yeniden kurulması uğruna harcamaya' adadı. Sözünü tuttu: Kentimize döner dönmez uzun yıllar boyunca, her akşam Bouville'in belli başlı tacirlerini ve armatörlerini bir araya getiren ünlü Club de l'Ordre'u kurdu. Şaka yollu, Jockey Club'tan daha kapalı olduğu söylenen bu aristokratlar kulübü, büyük ticaret limanımızın geleceğinde 1908 yılına kadar

1. (Fr.) Bouville'in Büyük Adamlarının Küçük Sözlüğü. (Y.N.)

önemli bir rol oynadı. Olivier Blévigne, 1880 yılında tacir Charles Pacôme'un (bkz. Pacôme) küçük kızı Marie-Louise Pacôme'la evlendi ve kayınbabası ölünce Pacôme-Blévigne ve Oğulları firmasını kurdu. Daha sonra da politikaya atılıp milletvekilliği adaylığını koydu.

Ünlü bir nutkunda şöyle diyordu: 'Öldürücü bir hastalık ülkemizi yiyip bitiriyor. Yani yönetici sınıf artık yönetmek istemiyor. Aileleri, öğrenimleri ve tecrübeleri dolayısıyla iktidara en yatkın kimseler feragat ve bezginlik yüzünden bu işten yüz çevirirlerse ülkeyi kim yönetecek beyler? Her zaman söyledim: Yönetmek seçkinlerin hakkı değil, temel görevidir. Beyler, rica ederim, otorite ilkesini yeniden tesis edelim.'

4 Ekim 1885'te ilk turda seçilmiş, daha sonra seçimleri sürekli kazanmıştı. Enerjik ve erkeksi belagatiyle birçok parlak söylevde bulunmuştu. Korkunç 1898 grevi patlak verdiği sırada Paris'teydi. Hemen Bouville'e gelip direniş hareketinin başına geçti. Grevcilerle görüşmeye önayak oldu. Geniş bir uzlaşma anlayışına dayanan bu görüşmeler, Jouxtebouville'deki ufak çaplı ayaklanmadan ötürü yarıda kaldı. Askerî kuvvetlerin zamanında işe karışmalarının ortalığı yatıştırdığı bilinmektedir.

Bir 'önder yapmak' istediği oğlu, Politeknik Okulu öğrencisi genç Octave'ın erken ölümü, Olivier Blévigne'yi feci şekilde sarstı. Bu acıdan kurtulamayıp iki yıl sonra, 1908 Şubat'ında öldü.

Derlenmiş nutukları: *Manevi Güçler* (1894. Tükenmiştir), *Cezalandırma Görevi* (1900. Bu koleksiyondaki nutukların hepsi Dreyfus Olayı'yla ilgilidir. Tükenmiştir), *İrade* (1902. Tükenmiştir). Ölümünden sonra, son nutukları ve yakınlarına yazdığı birkaç mektup *Labor Improbus* (1910, Plon) adı altında toplanmıştır. İkonografi: Olivier Blévigne'in, Bordurin tarafından yapılmış güzel bir portresi Bouville Müzesi'nde bulunmaktadır."

Güzel bir portre, öyle olsun bakalım. Olivier Blévigne'in küçük, siyah bıyıkları vardı. Zeytin rengine çalan yüzüyle Maurice Barrès'e biraz benziyordu. Birbirlerini tanıdıklarından kuşku duyulamaz: Aynı mecliste bulunmuşlardı. Ama Bouville milletvekilinde, Yurtseverler Birliği Başkanı'ndaki gevşeklik yoktu. Baston yutmuş gibi dimdikti ve tuvalin içinden, kutusundan çıkan yaylı oyuncak şeytan gibi fırlıyordu. Gözleri ışıldıyordu: Gözbebekleri kara, korneası kırmızımsıydı. Ufacık, etli dudaklarını sımsıkı kapamış, sağ elini göğsüne bastırmıştı.

Bu portre amma da canımı sıkıyordu! Blévigne bana kimi zaman çok iri, kimi zaman çok ufak tefek görünmüştü. Ama bugün işin içyüzünü biliyordum.

Satirique Bouvillois'yı karıştırırken gerçeği öğrenmiştim. Derginin 6 Kasım 1905 tarihli sayısı baştanbaşa Blévigne'le ilgiliydi. Blévigne kapakta, Rahip Combes'un yelesine asılı minicik bir yaratık gibi resmedilmişti. Altında "Aslanın Biti" yazıyordu. Daha birinci sayfadan her şey anlaşılıyordu. Olivier Blévigne'in boyu bir metre elli üç santimdi. Boyunun kısalığı ve meclisteki milletvekillerini birçok kere katıla katıla güldüren çatlak sesiyle alay ediyorlardı. Ayakkabılarının içine kauçuk parçaları koymakla suçluyorlardı onu. Oysa Pacôme ailesinin kızı Madam Blévigne at gibiydi. Dergi yazarı, "Karısı insanın diğer yarısıdır derler fakat onun yarısı, tam iki misli," diyordu.

Bir elli üç! Evet: Bordurin onun çevresini titizlikle, boyunu kısa gösterme riski olmayan nesnelerle çevirmişti: bir puf, alçak bir koltuk, üzerinde birkaç küçük kitap bulunan bir Acem masası. Ama onu, hemen yanında duran Jean Parrottin kadar büyük çizmişti. Tuvallerin boyutları da aynıydı. Bu yüzden birindeki alçak masa, ötekindeki koskoca masa kadar büyük gösterilmişti ve alçak puf, mukayese edilince Parrottin'in omzuna geliyordu. Göz, bu iki portre arasında kendiliğinden bir karşılaştırma yapıyordu: Duyduğum tedirginliğin nedeni buydu.

Gülmek gelmişti içimden: Bir elli üç! Blévigne'le konuşmak isteseydim eğilmek ya da dizlerimi bükmek zorunda kalacaktım. Burnunu sertçe havaya kaldırmasına şaşmıyordum artık: Kısa boylu insanların yazgısı, başlarının birkaç santim üstünde belirlenir hep.

Sanatın, insanı hayran bırakan bir gücü var. Şu çatlak sesli küçümen adamdan gelecekteki insanlara tehditkâr bir yüz, görkemli bir jest ve bir boğanın kanlanmış gözleri kalacak yalnızca. Ölüm, komünden korkmuş öğrenciyi, ufak tefek öfkeli milletvekilini silip götürmüş. Ama Club de l'Ordre'un başkanı, *Manevi Güçler*'in yazarı Bordurin sayesinde ölümsüzlüğe kavuşmuş.

"Ah! Zavallı minik Pipo!"[1]

Kadın boğukça haykırmıştı. "Bir önceki Blévigne Olivier-Martial'in oğlu..." Saygılı bir el tarafından Octave Blévigne'in portresinin altına yazılanları okumuştu:

"1904'te Politeknik'te öldü."

"Ölmüş! Genç Arondel gibi o da ölmüş. Zeki bir delikanlıya benziyor. Annesi kim bilir ne kadar üzülmüştür. Bu büyük okullar çok zordur zaten. Uykuda bile kafaları çalışır çocukların. Şu iki köşeli şapkaları seviyorum, ne kadar şık değil mi? Bunlara *casoar*[2] mı deniyor?"

"Hayır, *casoar* takan Saint-Cyr öğrencileridir."

Genç yaşta ölmüş Politeknik öğrencisini ben de seyretmeye koyuldum. Balmumu gibi teni ve bıyıkları, yakında öleceğini düşündürmeye yeterli herhalde. Alın yazısını önceden bilmiş olmalı: Duru gözlerinde geleceği gören bir itaat okunuyor. Yine de başını yukarıda tutuyordu. Bu üniformanın içinde Fransız ordusunu temsil ediyordu.

1. Fransa'da École Polytechnique öğrencilerine Pipo denir. (Y.N.)

2. *Shako* adı verilen şapkaların kenarına takılan Avustralya devekuşu tüyü; daha sonra şapka bu adı almıştır. (Y.N.)

Tu Marcellus eris! Manibus date lilia plenis...[1]

Koparılmış bir gül, ölü bir Politeknik öğrencisi. Bundan daha hüzünlü bir şey olabilir mi?

Uzun galeriyi ağır ağır geçtim. Alacakaranlıkta beliren seçkin yüzleri durmaksızın selamladım. Ticaret Mahkemesi Başkanı Mösyö Bossoire, Bağımsız Bouville Limanı Yönetim Kurulu Başkanı Mösyö Faby, ailesiyle birlikte tacir Mösyö Boulange, Bouville Belediye Başkanı Mösyö Rannequin, Bouville'de doğmuş olan Amerika Büyükelçisi ve şair M. de Lucien, vali kıyafetinde bilinmedik biri, yetimhane yöneticisi Mére Sainte-Marie-Louise, Mösyö ve Madam Théréson, Meslek Kurulu Başkanı Mösyö Thiboust-Gouron, Inscription Maritime'in başlıca yöneticileri Mösyö Bobot, Mösyö Brion, Minette, Grelot, Lefèbvre, Doktor ve Madam Pain, oğlu Pierre Bordurin tarafından yapılan Bordurin'in kendi portresi. Soğuk ve duru bakışlar, incecik yüz hatları ve ağızlar. Mösyö Boulange tutumlu ve sabırlıydı; Mére Sainte-Marie-Louise'de çalışkan bir dindarlık söz konusuydu. Mösyö Thiboust-Gouron, başkalarına olduğu gibi kendine de sert davranırdı. Madam Théréson, üstesinden gelinmez bir hastalığa karşı cesurca savaşıyordu. Yorgun ağzı, çektiği acıları dile getiriyordu. Fakat bu dindar kadın bir kez bile, "Acı çekiyorum," dememişti. Hastalığa yenik düşmüyordu: Yemek menüleri hazırlıyor ve hayır derneklerine yöneticilik yapıyordu. Kimi zaman bir söz söylerken gözkapaklarını yavaşça kapatıyor ve yaşamın yüzünden çekilip gittiği görülüyordu. Bu baygınlık birkaç saniyeden fazla sürmüyor, çok geçmeden Madam Théréson gözlerini açıyor, sözüne kaldığı yerden devam ediyordu. İş Kurumu'nun sa-

1. (Lat.) "Marcellus olacaksın sen. Bana kucak dolusu zambaklar verin..." Vergilius'un *Aeneis* destanından (VI. 883). (Y.N.)

lonundakiler bunu görünce, "Zavallı Madam Théréson, şikâyet nedir bilmez," diye fısıldaşıyorlardı.

Bordurin-Renaudas Salonu'nu baştanbaşa geçtim. Geri döndüm. Hoşça kalın küçücük, renkli tapınaklarının içinde, incelikten neredeyse kopacak güzel zambaklar; hoşça kalın gururumuz ve yaşama nedenimiz olan güzel zambaklar, hoşça kalın alçaklar.

Pazartesi

Rollebon'la ilgili kitabımı yazmıyorum artık, bu iş bitti, artık *yazamam* onu. Hayatımı ne yapacağım şimdi?

Saat üçtü. Masamın başına geçmiştim. Moskova'da çaldığım mektupları yanıma koymuştum; yazıyordum:

"En meşum söylentilerin yayılması için her şey yapılmıştı. 13 Eylül'de, yeğenine vasiyetnamesini hazırlamış olduğunu yazdığına göre, M. de Rollebon'un kendini bu dalavereye bile bile bırakmış olması gerekiyordu."

Marki buradaydı: Onu tarihsel varoluşun içine kesin olarak yerleştirmeyi beklerken, hayatımı kendisine ödünç veriyordum. Mide boşluğumda bir hafif sıcaklık gibi duyumsuyordum onu.

Aklıma, ileri sürdüğüm düşünceye yöneltilebilecek bir itiraz geldi ansızın: Rollebon yeğenine karşı dürüst davranmıyordu. Hazırlanan komplo başarısızlığa uğrayacak olursa yeğenini, I. Paul'le birlikte lehine tanıklık etmesi için kullanmak istiyordu. Bu vasiyetname hikâyesini kendini masum gösterme amacıyla uydurmuş olabilirdi.

Önemsiz bir itirazdı bu; kolaylıkla karşılanabilirdi. Ama derin düşüncelere dalmama yetti. Birden Chez Camille'deki şişman garson kızı, Mösyö Achille'in bitkin yüzünü, kendimi şu anda açıkça bırakılmış ve unutulmuş hissettiğim salonu yeniden gördüm. Bezginlikle şöyle dedim:

"Kendi geçmişimi elinde tutamamış olan ben, bir başkasının geçmişini kurtaracağımı nasıl umabilirim?"

Kalemi elime alıp yeniden bir şeyler yazmaya çabaladım. Geçmiş, şimdi ve dünya üzerine çeşitli düşüncelere dalmaktan bıkmıştım artık. Bir tek şey istiyordum yalnız: Kitabımı rahatça bitirmem için hiçbir şeyin beni engellememesi.

Ama beyaz sayfalara bakar bakmaz, kâğıtların görünüşü yüzünden kalakaldım. Elimde kalemimle, bu göz kamaştırıcı kâğıdı seyretmeye koyuldum: Öylesine sert ve ileriyi gören; öylesine burada bir şeydi ki! Şimdi'den başka bir şey yoktu onda. Üzerine az önce yazdığım sözcükler henüz kurumamıştı ama artık benim olmaktan çıkmışlardı.

"En meşum söylentilerin yayılması için her şey yapılmıştı..."

Bu cümleyi ben düşünmüştüm; başlangıçta benden bir parça gibiydi. Oysa şimdi kâğıdın üzerindeydi, bana karşı duruyordu. Artık tanımıyordum onu. Yeniden düşünmek bile elimden gelmiyordu. Orada karşımdaydı; kaynağını gösteren bir belirti aramak boşunaydı. Bir başkası yazmış olabilirdi onu. Ama ben, evet *ben*, onu yazmış olduğumdan emin değildim. Harfler artık parıldamıyordu, kurumuştu. O da kaybolmuştu: Kısa ömürlü pırıltılarından geriye bir şey kalmamıştı.

Çevreme kaygılı gözlerle baktım, şimdiden başka bir şey yoktu. Şimdileri içinde kabuk bağlamış, hafif ve sağlam mobilyalar, bir masa, bir yatak, bir aynalı dolap ve... ben. Şimdinin gerçek özü kendini açığa vuruyordu: Şimdi var olandı, şimdi olmayan hiçbir şey var değildi. Geçmiş var olan bir şey değildi. Hem de hiç. Ne eşyada ne de düşüncemde. Kendi geçmişimin benden kaçtığının çok uzun zamandan beri farkındaydım. Ama önceleri ulaşamayacağım bir yerde olduğuna inanıyordum. Benim gözümde geçmiş bir tür emeklilikti sadece: Bir başka var olma biçimi, bir tatil ve hareketsizlik haliydi. Rolünü oynayan her olay, usulca bir kutunun içine çekiliyor ve bir fahri olaya dönüşüyordu: Hiçliği düşünmek bu kadar zordur işte. Artık biliyorum: Şeyler göründükleri gibi, *onların ardında*... hiçbir şey yok.

Bu düşünce daha birkaç dakika etkisinde tuttu beni. Sonra ondan kurtulmak için sert bir kol hareketi yaparak kâğıtları kendime doğru çektim.

"...vasiyetnamesini hazırlamış olduğunu..."

İçimi muazzam bir sıkıntı kapladı birden; kalem mürekkep salarak parmaklarımın arasından kayıp düştü. Ne olmuştu acaba? Bulantı mı gelmişti? Hayır, oda her zamanki babacan havasını koruyordu. Masa her zamankinden daha ağır ve som, dolmakalem ise daha dolgun gelmiyordu. Sadece M. de Rollebon az önce ikinci kez ölmüştü.

Daha demin burada, durgunluğu ve sıcaklığıyla içimdeydi, ara sıra kıpraştığını hissediyordum. Büsbütün canlıydı, hatta bana göre Otodidakt'tan ya da Rendez-vous des Cheminots'nun patronundan daha canlıydı. Onun da huysuzlukları vardı tabii. Kimi zaman günlerce ortaya çıkmazdı fakat gizemli ve güzel havalarda, meteoroloji kâhini gibi, sık sık boy gösterirdi, o zaman onun solgun yüzünü ve mavi yanaklarını görürdüm. Ortaya çıkmadığında ise yüreğimin üzerine çöker, bana bir doluluk duygusu verirdi.

Şimdi bunlardan tek bir iz bile yok. Şu kuru mürekkep izlerinin taze pırıltıları nasıl yok olup gittiyse, onların izi de yok olup gitmişti. Benim kabahatimdi bu: Söylenmemesi gereken biricik sözü söylemiş, geçmiş diye bir şey yoktur demiştim. M. de Rollebon birden, hiç gürültü patırtı çıkarmadan, kendi hiçliğine dönmüştü.

Yazmış olduğu mektupları elime aldım, bir çeşit umutsuzlukla yokladım onları.

"Bizzat kendisi," dedim, "evet bizzat kendisi çizmişti bu çizgileri. Bu kâğıda eğilmiş, hareket halindeki kalem sayfaları buruşturmasın diye parmağını onların üzerine koymuştu."

Çok geç: Bu sözlerin artık anlamı kalmadı. Geriye kalan tek şey, avuçlarımda sıktığım bir tomar sarı kâğıttan ibaretti. Şu karmaşık hikâyeden de söz edilebilirdi tabii: Rollebon'un yeğeni 1810'da çar polisi tarafından öldürülmüş, belgelerine el konmuş, daha sonra bu belgeler gizli arşive alınmış; iktidarı ele geçiren Sovyetler tarafından, yüz on yıl sonra devlet kütüphanesine verilmiş, ben de onları bu kütüphaneden 1923'te çaldım. Ama bu hikâye kulağa doğru gelmiyordu, üstelik mektupları çalmış olduğum halde bu hırsızlıkla ilgili kesin bir anım yoktu. Bu kâğıtların odamdaki varlığını açıklamak için akla daha yakın yüz hikâye bulmak zor olmazdı: Hepsi de şu pürtüklü kâğıtların karşısında sabun köpüğü gibi bomboş ve hafif kalacaktı. Rollebon'la bağlantı kurabilmek için bunlara güveneceğime, ruh çağırma işine girişsem daha iyi olacaktı. Rollebon yoktu, evet yoktu artık. Geriye birkaç kemiği kalmışsa eğer bu kemikler tam bir bağımsızlıkla, kendileri için var olacaklar, biraz fosfat ve kalsiyum karbonatla salt tuza ve suya dönüşeceklerdi.

Son bir çaba gösterdim; markiyi gözümde canlandırmak için Mme de Genlis'in –genellikle– hatırladığım sözlerini tekrarladım: "Çiçekbozuğuyla çopurlaşmış, ufacık, ak pak, kırışık dolu bir yüz. Tuhaf bir kötülüğün dışa vurumu; ne yapsa da başkalarının bunu fark etmesinin önüne geçemiyor."

Yüzü, sivri burnu, mavi yanakları, gülümseyişi gözümün önünde uysallıkla canlandı. Yüz hatlarını istediğim gibi oluşturabiliyordum; hatta eskisinden daha kolay yapıyordum bunu. Ama düşüncemdeki bir imgeden, bir kurgudan başka şey değildi artık. Göğüs geçirip geriye bıraktım kendimi; iskemlenin sırtına yaslandım. Dayanılmaz bir yoksunluk duygusu kapladı içimi.

Saat dördü vuruyor. Kollarım iki yanıma sarkmış vaziyette, bir saattir iskemlenin üzerinde oturup duruyorum. Karanlık bastırmaya başladı. Bundan başka değişen bir şey yok odada: Beyaz kâğıt yine masanın üzerinde, dolmakalemin ve mürekkep şişesinin yanında... Ama başladığım bu sayfaya artık tek sözcük bile yazmayacağım. Mutilés Sokağı'nı ve Redoute Bulvarı'nı geçerek, arşivlere bakmak için bir daha kütüphaneye gitmeyeceğim.

Ayağa fırlayıp dışarı çıkmak, kendimi sersemletmek için herhangi bir şey yapmak geliyor içimden. Gelgelelim parmağımı oynatırsam, durgunluğumu azıcık olsun bozarsam başıma geleceği biliyorum. Onu *istemiyorum* henüz. Hep çok erken gerçekleşiyor. Kıpırdamıyorum; sayfanın üzerinde yarım bıraktığım paragrafı hiçbir şey düşünmeden okuyorum:

"En meşum söylentilerin yayılması için her şey yapılmıştı. 13 Eylül'de, yeğenine vasiyetnamesini hazırlamış olduğunu yazdığına göre, M. de Rollebon'un kendini bu dalavereye bile bile bırakmış olması gerekiyordu."

Koca Rollebon olayı, yüce bir tutku gibi sona erdi. Başka bir şey bulmak gerekecek. Birkaç yıl önce Şanghay'da, Mercier'nin bürosunda, bir düşten ansızın sıyrılıp uyanmıştım. Sonra bir başka düş kuruyor, kışın kapılarının üzerinde buz sarkıtları oluşacak kadar soğuk, köhne çar saraylarında yaşadığımı görüyordum. Bugün, beyaz bir kâğıt tomarının karşısında uyanıyorum. Meşaleler, buz eğlenceleri, üniformalar, soğuktan titreyen güzelim omuzlar, ortadan kayboldu. Onların yerine, ılık odada *bir şey* kaldı, görmek istemediğim bir şey.

M. de Rollebon benim ortağımdı: Var olmak için

onun bana, kendi varlığımı hissetmemek için de benim ona gereksinimim vardı. Ben hammaddeyi, yeniden satmak zorunda kaldığım, ne yapacağımı bilmediğim şu maddeyi yani varoluşu, *kendi* varoluşumu ona veriyordum. Ona düşense göstermekti. Marki karşımda duruyordu ve kendi hayatını bana *göstermek* için benim hayatımı ele geçirmişti. Var olduğumu fark etmiyordum artık; kendimde değil onda var oluyordum. Onun için yemek yiyor, onun için nefes alıyordum. Her hareketimin anlamı kendi dışımda, orada, tam karşımda, onda bulunuyordu. Kâğıdın üzerine harfler yazan elimi de, yazdığım cümleyi de görmüyordum artık. Ama kâğıdın ardında, ötesinde, bu hareketi istemiş olan ve bu hareketle varoluşunu uzatıp pekiştiren marki varlık nedenim olmuş, beni kendimden kurtarmıştı. Peki, şimdi ne yapacağım?

En önemlisi kıpırdamamak, *kıpırdamamak*... Ah!

Şu omuz hareketinin önüne geçemedim...

Bekleyip duran Şey toparlandı, üzerime atıldı, içime akıyor, dopdoluyum. O Şey benmişim, başka bir şey değil. Özgürlüğüne kavuşmuş, bağlarını koparmış varoluş üstüme çöküyor. Var oluyorum.

Var oluyorum. Tatlı, çok tatlı, çok ağır bir şey bu. Hem de hafif: Sanki bir başına havada uçuyor. Kıpraşıyor. Hızla dokunup geçiyor, eriyor, kayboluyor. Öyle tatlı, öyle tatlı ki. Ağzımda köpüklü bir su var. Yutuyorum, boğazımdan aşağı akıyor; okşuyor beni. İşte yeniden doğuyor, dilime değip geçen küçük, beyazımsı –ölçülü– bir su birikintisi eksilmiyor ağzımdan. Bu birikinti de benim. Dil de, boğaz da benim.

Masanın üzerinde açılmış elimi görüyorum. Yaşıyor; o da benim. Açılıyor; parmaklarım da açılıp düzeliyor. Tersine dönmüş. Tombul karnını gösteriyor bana. Sırtüstü düşmüş bir hayvanı andırıyor. Parmaklar, hayvanın bacakları. Onları ters dönmüş bir yengecin ayakları gibi hızla hareket ettirip eğleniyorum. Yengeç öldü: Bacakları çekilip toplanıyor, elimin ortasında birleşiyor. Tırnaklarımı görüyorum. Canlı olmayan tek parçam onlar. Bir kere daha. Elim dönüyor, karınüstü yayılıyor, sırtını gösteriyor şimdi. Biraz parlak, gümüşsü bir sırt. Parmak boğumlarında kıllar olmasa insanın bir balık diyeceği geliyor. Elimi hissediyorum. Kollarımın ucunda hareket eden bu iki hayvan da benim. Elim, bir ayağının tırnağıyla öteki bacaklarından birini kaşıyor. Benden bir parça olmayan masanın üzerinde, elimin ağırlığını hissediyorum. Bu ağırlık izlenimi sürüyor, bir türlü kaybolmuyor. Kaybolması için sebep yok. Uzayınca dayanılmaz bir şey oluyor... Elimi çekip cebime koyuyorum. Ama kumaşın ardındaki baldırımın sıcaklığını hissediyorum birden. Elimi cebimden hızla çıkarıyorum, iskemlenin sırtından sallandırıyorum. Kolumun ucunda, ağırlığını duyuyorum şimdi. Biraz aşağı çekiyor, varla yok arası, uyuşukça, yumuşak bir çekiş, elim var oluyor. Üzerinde durmuyorum: Nereye koysam da var olmaya devam edecek ve ben de var olduğunu hissedeceğim. Ortadan kaldıramam onu. Gövdemin geri kalan kısımlarını, gömleğimi kirleten nemli sıcaklığı, birisi kaşıkla karıştırıyormuş gibi içimde miskin miskin dönen sıcak içyağını, içimde dolaşıp duran, gidip gelen, yanlarımdan koltukaltlarıma yükselen ya da her zamanki köşelerinde sabahtan akşama körü körüne yaşayıp giden izlenimlerimi de ortadan kaldıramam.

İrkilerek yerimden fırlıyorum: Düşünmeyi durdurabilsem iyi olacaktı. Düşünceler her şeyden daha yavan. Etten bile yavan. Uzayıp dururlar, bitmez tükenmezler ve insanın ağzında acayip bir tat bırakırlar. Bir de düşüncelerin içinde kelimeler var; tamamlanmamış kelimeler, eksik kalmış cümleler durmadan geri gelirler: "Bitirmem gere... Varolu... Ölüm... M. de Rollebon öldü. Değilim... Varolu..." Böyle sürüp gidiyor, bitmek bilmiyor bir türlü.

Bu hepsinden kötü çünkü kendimi bu işin suç ortağı ve sorumlusu hissediyorum. Örneğin, bunun gibi acı verici bir geviş getirme hali: *Var olmaktayım*, işte onu sürdüren benim. Evet ben. Gövde bir kere yaşamaya başlayınca, bu işe kendi kendine devam eder. Fakat düşünceyi *ben* sürdürür, ben geliştiririm. Var olmaktayım. Var olmakta olduğumu düşünüyorum. Ah, şu varolma duygusu kıvrılan bir yılan gibi ve onu sürdüren benim, yavaşça... Düşünmeyi durdurabilseydim! Çabalıyorum, başarıyorum: Kafamın içi dumanla doluyor gibi... işte yeniden başladı: "Duman... düşünmemek... Düşünmek istemiyorum. Düşünmek istemediğimi düşünüyorum. Düşünmek istemediğimi düşünmemem gerek." Bitmek bilmeyecek mi bu?

Düşüncem, *ben*'den başka bir şey değil: Bu yüzden duramıyorum. Düşündüğüm için var oluyorum... ve düşünmekten alıkoyamıyorum kendimi. Şu anda bile var olmaktaysam –ki korkunç– bunun nedeni var olmaktan korkmamdır. Özlediğim hiçlikten kendimi çekip alan *benim*. Nefret ya da var olma tiksintisi, *kendimi* var etme, varoluşun içine oturtma biçimlerinden başka şey değil. Düşünceler, büyük bir baş dönmesi gibi ardımda doğuyor, başımın arkasında doğduklarını hissediyorum... Karşı durmazsam, önüme geçiyorlar, gözlerimin arasına geliyorlar. Çoğu kere karşı koyamıyorum, düşünce büyüdükçe büyüyor ve birden sınırsızlaşarak, tepeden tırnağa dolduruyor beni, var oluşumu yeniliyor.

Tükürüğüm şekerli, gövdem ılık; yavan hissediyorum. Çakım masanın üstünde. Açıyorum onu. Neden olmasın? Hiç değilse biraz değişiklik olur. Elimi not defterinin üzerine koyup ayasına sallıyorum çakıyı. Hareketim çok gergindi, bu yüzden çakının ağzı yana kaydı; yara derin değil. Kanıyor. Peki sonra? Ne değişti sanki? Beyaz kâğıdın ve az önce yazdığım satırların üzerinde biriken ve artık ben olmaktan çıkan küçük kan birikintisine doygunlukla bakıyorum. Bir beyaz kâğıt üzerinde dört satır, bir kan lekesi, güzel hatıra denen şey budur işte. Üzerine şöyle yazmalıyım: "Bugün Marki de Rollebon'la ilgili kitabımı yazmaktan vazgeçtim."

Elime bir şey sürecek miyim? Duraksıyorum. Kanın yeknesak sızışına bakıyorum. İşte pıhtılaşmaya başladı. Bitti. Kesiğin çevresindeki derim paslı bir renk aldı. Derinin altında diğerlerine benzeyen –hatta onlardan da yavan– bir duyum kaldı geriye.

Saat beş buçuğu vuruyor şimdi. Kalkıyorum; soğuk gömleğim etime yapışıyor. Çıkıyorum. Niçin? Niçin mi? Çıkmamam için sebep yok da ondan. Kalsam da, bir köşede sessizliğe gömülsem de kendimi unutamayacağım. Burada olacağım, ağırlığım döşemenin üzerine çökecek. Varım ben.

Yolda bir gazete alıyorum. Sansasyonel haberler. Küçük Lucienne'in cesedi bulundu! Mürekkep kokusu, kâğıt parmaklarımın arasında buruşuyor. Alçak herif kaçtı. Küçük kız tecavüze uğramış. Cesedi, parmakları çamura kenetlenmiş halde bulundu. Gazeteyi tostoparlak ediyorum, parmaklarım gazetenin üzerine kenetlenmiş; mürekkep kokusu, Tanrım, bugün her şey ne kadar güçlü var oluyor. Küçük Lucienne tecavüze uğramış. Boğulmuş. Cesedi morarmış ama hâlâ var olmakta. Fakat var olan artık kendisi değil. Elleri. Kendisi yok. Evler. Evlerin arasında yürüyorum, evlerin arasında kaldırımın üzerindeyim; ayağımın altında kaldırım var oluyor, suyun üzerime kapanışı gibi evler de üzerime kapanıyor. Benim, varım, düşünüyorum öyleyse varım; varım çünkü düşünüyorum, peki niçin düşünüyorum? Düşünmek istemiyorum artık; var olmak istemediğimi düşündüğüm için varım, düşünüyorum... çünkü... off! Kaçıyorum, alçak herif kaçtı, tecavüze uğramış gövde. Lucienne gövdesine süzülen öteki gövdeyi hissetti. Ben... işte ben... Tecavüze uğradı. Yumuşak, kanlı bir tecavüz arzusu ensemden yakalıyor beni, nazikçe kulaklarımın ardından, kulaklar ardımdan kaçıyor; kızıl saçlar, kafamın üstünde tarçıni renkte; ıslak otlar, onlar da mı benim bir parçam? Bu gazete de benden bir parça mı? Gazeteyi tutmak, varoluş varoluşa karşı, nesneler birbiri üstünde var oluyor, gazeteyi bırakıyorum. Ev birden beliriyor, ev var önümde, geçtiğim duvar boyunca varım; önümde duvar, bir adım, önümde duvar var; bir adım daha, duvar ardımda, bir parmak iç çamaşırımı tırmalıyor, tırmalıyor, tırmalıyor ve çamura bulanmış küçük kızın parmağını çekiyor, çamurlu dereden çıkan parmağımın üzerindeki çamur yavaşça düşüyor, yavaşça, yumuşuyor, boğulan küçük kızın parmaklarından daha az güçle tırmalıyor, alçak herif, çamuru tırmalıyorlardı, toprak daha az sert, parmaklar yavaşça kayıyor, önce başı düşüyor ve yuvarlanarak baldırımı okşuyor, varoluş yumuşaktır, yuvarlanır ve gidip gelir; evler arasında gidip geliyorum, varım, var olmaktayım, düşünüyorum, öyleyse gidip geliyorum, varım, varoluş düşen bir düşüştür, düşmeyecek, düşecek, parmak pencereyi tırmalıyor, varoluş bir kusurdur. Beyefendi. O yakışıklı beyefendi var. Beyefendi var olduğunu hissediyor. Hayır, kahkahaçiçeği gibi zarif ve kurumlu yürüyen beyefendi var olduğunu hissetmiyor. Açılmak; kesilen elim acıyor, var, var, var. Yakışıklı beyefendi var. Légion d'honneur, bıyık da var, hepsi bu kadar. Bir Légion d'honneur ve bıyıktan başka bir şey olmamak kim bilir ne kadar hoş bir şey, gerisini kimse görmüyor, beyefendi burnunun iki yanındaki bıyık uçlarını görüyor; düşünmüyorum öyleyse ben bir bıyığım. Ne sıska vücudunu ne de koca ayaklarını görüyor, pantolonunun içine iyice bakılsa gri renkli, küçük bir çift top bulunur. Légion d'honneur'ü var onun. Alçaklar var olma hakkına sahiptirler: "Varım çünkü bu benim hakkımdır." Var olma hakkım var, öyleyse düşünmeme hakkım da var: Parmak havaya kalkıyor. Yoksa... beyaz çarşafların açılışında yavaşça geriye düşen beyaz teni okşayacak koltukaltlarının çiçeklenmiş ıslaklığına etin iksirlerine tatlı sularına, fosforlanışına dokunacak başkasının varoluşuna ağır kırmızı ağdalı salgılarda varoluşun o tatlı kokusuna girecek ıslanmış yumuşak dudakların solgun kanla kızarmış varoluşla saydam bir cerahatle ıpıslak esneyen titrek dudakların gözler gibi yaşlanan şekerli yaş dudakların arasında var olmayı duyacak mıyım birazdan? Etten gövdem guruldayan suları yavaşça döndüren gövdem yağı döndüren döndükçe dönen, dönüp duran etim etimin tatlı ve şekerli suyu elimin kanı canım acıyor yaralanmış tatlı etime yürüyen yürüyorum, kaçıyorum eti yaralanmış bir ahlaksızım ben eti bu duvarlara varoluştan yaralanmış. Üşüyorum bir adım atıyorum üşüyorum bir adım sola dönüyorum sola dönüyor sola döndüğünü düşünüyor deli deli miyim? Delirmekten korktuğunu söylüyor varoluş varoluşta küçük mü görüyorsun duruyor vücut duruyor durduğunu düşünüyor nereden geliyor o? Ne yapıyor? Gidiyor korkuyor çok korkuyor ahlaksız istek bir sis gibi istek tiksinti var olmaktan tiksindiğini söyledi tiksiniyor mu, var olmaktan tiksinmekten yorgun. Koşuyor. Ne umuyor? Kaçmak için, kendini göle atmak için mi koşuyor? Koşuyor, kalp kalbi çarpıyor bayram bu, kalp var, bacaklar var soluk var koşarken solurken yavaşça vururken varlar yavaşça soluksuz soluksuzum, soluğunun kesildiğini söyledi; varoluş düşüncelerimi arkadan yakalıyor, yavaşça arkadan açıyor onları, arkadan zorluyorlar düşünmeye beni, yani bir şey olmaya, hafif varoluş kabarcıkları soluyan benim arkamda, istek sisinin kabarcığıdır o, aynada bir ölü gibi solgun, Rollebon öldü. Antoine Roquentin ölmedi, bayılsam, bayılmak istediğini söyledi. Koşuyor,

koşuyor dağ gelinciği (arkadan) *arkadan* küçük Lucienne zorlandı, arkadan varoluşla tecavüze uğradı, yalvarıyor, yalvardığı için utanç duyuyor, acıyın, imdat, imdat, öyleyse varım. Bar de la Marine'e giriyor küçük genelevin küçük aynaları, bankın üzerine yığılan koca kızıl saçlı lagar herif, küçük genelevin küçük aynalarına sopsolgun, pikap çalıyor, var, her şey dönüyor, pikap var kalp çarpıyor: Dönün, dönün hayatın suları, etimin pelteleri, tatlı sıvıları, tatlılar... pikap...

When the low moon begins to beam
Every night I dream a little dream.[1]

Ağır ve boğuk ses birden yükseliyor ve dünya yok oluyor, varoluşların dünyası yok oluyor. Etten, kemikten bir kadınındı bu ses, bir plağın önünde şarkı söylemişti, en güzel elbisesini giymiş, sesi plağa alınmıştı. Kadın: Ah! O da benim gibi, Rollebon gibi var olmuştu, onu tanımak isteği duymuyorum. Ama durum bu. Onun var olduğu söylenemez ki. Dönen plak var, sesle titreşen hava var, plağa kazınan ses var. Onu dinleyen ben de varım. Her şey dopdolu, varoluş her yerde, yoğun, ağır ve tatlı. Ama bütün bu tatlılığın ardında, ele geçmez, yakın ama yine de uzak, genç, acımasız ve durgun bu... evet, bu eğilip bükülmezlik var.

Salı

Hiçbir şey. Var olmuş.

1. (İng.) "Alçaktan parıldamaya başladığında ay / Her gece küçük bir düş görürüm." (Y.N.)

Çarşamba

Kâğıt masa örtüsünün üzerinde yuvarlak bir güneş ışını. Yuvarlağın içinde bir sinek zar zor yürüyor, sersemlemiş, ön ayaklarını birbirine sürtüyor ve ısınıyor. Ezersem ona iyilik etmiş olacağım. Yaldızlı tüyleri güneşle parlayan devasa parmağın ortaya çıktığını görmüyor.

Otodidakt, "Öldürmeyin mösyö!" diye bağırıyor.

Eziliyor, küçücük beyaz bağırsakları karnından dışarı fırlıyor, varoluştan kurtardım onu. Otodidakt'a dönüp, "Ona iyilik ettim," diyorum kuru bir sesle.

Burada ne işim var? Niçin burada olmayayım ki? Vakit öğle, uyku saatinin gelmesini bekliyorum. (İyi ki uykusuzluk çekmiyorum.) Dört gün sonra Anny'yi göreceğim. Şimdilik tek yaşama sebebim bu işte. Peki sonra? Anny benden ayrıldığında? Gizli gizli neler umduğumu biliyorum: Benden hiç ayrılmayacağını umuyorum. Oysa Anny'nin benim önümde yaşlanmayı hiçbir zaman kabul etmeyeceğini bilmem gerekiyor. Güçsüz ve yalnızım; ona ihtiyacım var. Güçlüyken görmek isterdim onu. Anny, yıkılmış insanlara hiç acımaz.

"İyi misiniz mösyö? Kendinizi iyi hissediyor musunuz?"

Otodidakt gülen gözlerle bakıyor bana. Yorgun bir köpek gibi ağzı açık, soluyor biraz. Saklamayacağım: Bu sabah onu gördüğüm için adeta mutlu olmuştum, konuşmak ihtiyacındaydım.

"Sizi masamda görmek beni nasıl memnun ediyor bilemezsiniz!" diyor. "Üşüyorsanız sobanın yanına oturabiliriz. Bu beyler birazdan kalkacak, hesaplarını istediler."

Birisi benimle ilgileniyor, üşüyüp üşümediğimi soruyor, bir başka adamla konuşuyorum: Yıllardır böyle bir şey gelmemişti başıma.

"Gidiyorlar, yer değiştirelim mi? İster misiniz?"

Kalkan iki adam sigaralarını yaktılar. Çıkıyorlar, işte açık havaya, güneşe kavuştular. Şapkalarını her iki elleriyle tutarak, büyük vitrinler boyunca ilerliyorlar. Gülüyorlar, rüzgâr paltolarını şişiriyor. Hayır, yer değiştirmek istemiyorum. Neye yarar? Hem sonra camların ardında, soyunma kabinlerinin beyaz damlarının arasından denizi görüyorum: yemyeşil, bütün.

Otodidakt, cüzdanından dikdörtgen şeklinde, mor renkli iki kart çıkarıyor. Birazdan kasaya verecek onları. Kartlardan birinin üzerinde yazanları tersinden okuyorum:

> Maison Bottanet, şehir yemekleri.
> Öğle yemeği sabit fiyat: 8 frank.
> İsteğe göre meze.
> Garnitürlü et.
> Peynir, tatlı ya da meyve.
> 20 kart 140 frank.

Kapının yanında, yuvarlak masada yemek yiyen adamı tanıdım şimdi. Sık sık Printania Oteli'ne gelir, gezici satış temsilcisidir. Dikkatli ve güleç bakışlarını arada bir bana çeviriyor ama beni görmüyor, yediklerini incelemeye dalmış. Kasanın öte yanında, kırmızı yüzlü, tıknaz iki kişi, şarap içip midye yiyorlar. İncecik sarı bıyıklı, kısa boylu olan bir hikâye anlatıyor ve yalnız kendisi gülüyor. Ara sıra susuyor, sonra pırıl pırıl beyaz dişlerini göstererek gülüyor. Öteki gülmüyor, bakışları kaskatı. Ama başını "evet" anlamında sık sık sallıyor. Pencerenin yanında, güzel beyaz saçları geriye taranmış, seçkin yüzlü, esmer, zayıf bir adam, düşünceli düşünceli gazetesini okuyor. Yanına, bankın üzerine deri bir çanta koymuş. Vichy marka madensuyu içiyor. Birazdan bütün bu insanlar dışarı çıkacak, yedikleriyle ağırlaşmış, esintiyle okşanmış, pardösüleri açık, yüzleri biraz kızarmış, kafaları biraz karışmış, kıyıdaki çocuklara ve denizdeki gemilere bakarak parmaklık boyunca yürüyecek, işlerine gidecekler. Ben hiçbir yere gitmeyeceğim; işim yok benim.

Otodidakt masum masum gülümsüyor, güneş seyrek saçlarının arasında oynaşıp duruyor.

"Sipariş vermek ister misiniz?"

Mönüyü bana uzatıyor. Mezelerden birini seçme hakkım var. Beş dilim sosis, kırmızı turp, karides ya da hardallı kereviz seçeceğim. Bourgogne salyangozu ek ücrete tabi.

Garson kıza, "Sosis alayım," diyorum.

Otodidakt listeyi elimden kapıyor.

"Daha iyi bir şey yok mu? İşte Bourgogne salyangozu var."

"Ben salyangoz sevmem de."

"Ah! İstiridye yemez misiniz?"

Garson kız, "Dört frank fazladır o," dedi.

"Olsun, istiridye getirin lütfen. Bana da turp."

Kızararak açıklıyor:

"Turpu çok severim de."

Ben de.

"Ardından ne istersiniz?" diye soruyor.

Et yemeklerine bakıyorum. Sığır kızartması yemek isterdim. Ama sabit mönüye dahil olmayan biricik yemeği, yani tavuğu yemek zorunda kalacağımı önceden biliyorum.

"Beyefendiye bir tavuk vereceksiniz. Bana da sığır kızartması matmazel," diyor garson kıza.

Mönüyü çeviriyor, şarap listesi arkada.

Ağırbaşlılıkla, "Şarap içelim," diyor.

"Eh, zaman değişti demek. Siz hiç içmezdiniz," diyor garson kız.

"Ara sıra bir kadeh şarabı kaldırabilirim. Bize bir sürahi Rosé d'Anjou getirir misiniz matmazel?"

Otodidakt mönüyü bırakıyor, ekmeğini küçük lokmalar haline getiriyor, çatal kaşığını peçetesine siliyor. Gazetesini okuyan beyaz saçlı adama bir göz attıktan sonra bana gülümsüyor.

"Doktorum yasakladığı halde buraya yanımda bir kitapla gelirim. Yerken okumak iyi değilmiş, insan lokmalarını iyice çiğneyemeden hızlıca yutuyormuş. Fakat midem demir gibidir, taş yesem öğütür. 1917 kışında, tutsaklığım sırasında, yemekler o kadar kötüydü ki herkes hasta olmuştu. Ben de hastalar arasında yer aldım tabii ama hiçbir şeyim yoktu."

Savaşta esir alınmış... Bundan ilk kez söz ediyor bana, şaşırıyorum: Onu Otodidakt'tan başka biri olarak hayal edemiyorum.

"Nerede tutsaktınız?"

Cevap vermiyor. Çatalını koyup bana olağanüstü bir gerilimle bakıyor. Dertlerini anlatacak işte: Kütüphanede başından kötü bir şey geçmiş olduğunu hatırlıyorum şimdi. Kulak kesiliyorum: Bütün istediğim, başkalarının dertlerini dinleyip acınmak. Bu beni değiştirecek. Derdim yok benim, mirasyedi gibi param da var. Ne patronum ne karım ne çocuklarım var; sadece ben varım, hepsi bu. Bu dert öyle belirsiz, öyle metafizik bir şey ki, utanıyorum doğrusu.

Otodidakt konuşmak istemiyor gibi. Bakışı çok acayip; görme amaçlı değil, ruhen anlaşabilmek için. Otodidakt'ın ruhu, çiçeklenip açtığı o muhteşem, kör gözlerine yükselmiş. Benimki de öyle yapsın, gelip burnunu camlara yapıştırsın: İkisi birlikte kibarlık taslasınlar.

Ruhen anlaşmak istemiyorum, daha bu kadar düşmedim. Geri çekiliyorum. Ama Otodidakt gözlerini gözlerimden ayırmadan, masanın üzerinden bana doğru eğiliyor. Garson kız iyi ki turplarını getirdi. İskemlesine yeniden yığılıyor, ruhu gözlerinden siliniyor, uysal uysal yemeye başlıyor.

"Dertlerinizi giderebildiniz mi?"

İrkiliyor.

"Hangi dertler mösyö?" diye soruyor korkmuş bir tavırla.

"Biliyorsunuz canım. Geçen gün söz etmiştiniz."

Kıpkırmızı kesiliyor, kuru bir sesle, "Ha, evet, geçen gün, hatırladım," diyor. "Kütüphanedeki Korsikalı yok mu, mösyö, işte o Korsikalı..."

Keçi inadıyla bir kere daha duraksıyor.

"Bu dedikoduları anlatarak canınızı sıkmak istemem mösyö."

Üzerinde durmuyorum. Hiç belli etmeden, olağanüstü bir hızla yiyor. İstiridyelerim geldiğinde, turplarını çoktan bitirmişti. Tabağının üzerinde bir yığın yeşil sapla, biraz ıslanmış tuzdan başka bir şey yok.

Dışarıda iki genç, kartondan yapılmış aşçı maketinin sağ elinde tuttuğu mönüye bakmak için duruyorlar (karton aşçının sol elinde bir tava var). Karar veremiyorlar. Kadın üşüyor, çenesini kürk yakasının içine sokuyor. Genç adam daha önce karar veriyor, kapıyı açıyor ve kadının geçmesi için kenara çekiliyor.

Kadın giriyor. Çevresine tatlı tatlı bakıyor, biraz titriyor.

Ciddi bir tonla, "Sıcak burası," diyor.

Delikanlı kapıyı kapıyor.

"Merhaba," diyor.

Otodidakt dönüp kibarca cevap veriyor:

"Merhaba."

Öteki müşteriler cevap vermiyorlar ama seçkin beyefendi gazetesini biraz indirip yeni gelenleri gözden geçiriyor.

"Teşekkür ederim, zahmet etmeyin."

Yardım etmek için koşan garson kız daha elini kaldırmadan, delikanlı çevik bir hareketle pardösüsünü çıkarıyor. Ceket yerine fermuarlı bir deri kazak giymiş. Biraz hayal kırıklığına uğrayan garson kız, genç kadına dönüyor. Ama delikanlı yine atılarak, yumuşak ve kesin hareketlerle kadının mantosunu çıkarmasına yardım ediyor. Yakınımızda bir yerde yan yana oturuyorlar. Birbirleriyle yeni tanışmışa benziyorlar. Genç kadının bezgin ve saf bir yüzü var, biraz küskün. Birden şapkasını çıkarıyor ve siyah saçlarını gülümseyerek tarazlıyor.

Otodidakt iyilik dolu bakışlarla onları uzun uzun seyrediyor, sonra bana dönerek sevgiyle göz kırpıyor. Sanki "ne kadar güzel bir çift" demek istiyor.

Çirkin değiller. Susuyorlar, birlikte olmaktan, birlikte görünmekten mutlular. Kimi zaman Anny ve ben, Piccadilly'de bir lokantaya girdiğimizde, duygulu bakışların üzerimize çevrildiğini hissederdik. Anny'nin canı sıkılırdı ama benim biraz koltuklarım kabarırdı doğrusu. Her şeyden çok şaşırırdım buna, çünkü ne şu delikanlıya yaraşan ak paklık vardı bende ne de başkalarını duygulandıracak kadar çirkindim. Gençtik sadece, başkalarının gençliğinden duygulanacak çağa erişmiş bulunuyorum şimdi. Ama duygulanmıyorum. Kadının koyu renkli, tatlı gözleri var; delikanlının şeftali rengi, hafif tüylü teni, irade gücünü gösteren küçük, sevimli çenesi göze çarpıyor. Beni ilgilendirdikleri doğru, ama biraz canımı da sıkıyorlar. Onları kendimden öyle uzak hissediyorum ki: Sıcaktan gevşiyorlar, yüreklerinde aynı hafif ve tatlı düş sürüp gidiyor. Tedirgin değiller, sarı duvarlara ve insanlara güvenle bakıyorlar, dünyayı şu haliyle makul buluyorlar; ikisi de belli bir süreliğine hayatının anlamını, ötekinin hayatında buluyor. Yakında ikisinin tek bir hayatı olacak: Anlamdan yoksun, ağır ve kayıtsız bir hayat, gelgelelim bunun farkına varmayacaklar.

Birbirlerinden çekiniyor gibi davranıyorlar. Delikanlı bu durumu sona erdirmeye kararlı, tedirgin bir hareketle parmaklarının ucuyla kadının elini tutuyor. Kadın ağır ağır soluyor, ikisi birden mönünün üzerine eğiliyorlar. Evet, ikisi de mutlu. Peki ya sonra?

Otodidakt neşeleniyor, biraz gizemli bir hali var:

"Evvelsi gün gördüm sizi," diyor.

"Nerede?"

Kibarca takılarak, "Ha, ha!" diyor.

Beni biraz bekletiyor, sonra:

"Müzeden çıkıyordunuz."

"Ha, evet," diyorum. "Evvelsi gün değil, cumartesi."

Evvelsi gün müzeleri gezecek halim yoktu.

"Orsini suikastını gösteren şu ünlü ahşap oymasını gördünüz mü?"

"Böyle bir şey bilmiyorum."

"Nasıl olur? Girerken yandaki küçük odalardan birinde duruyor. Af çıkana kadar Bouville'de bir tavan arası odasında saklanarak yaşamış Komün isyancılarından birinin eseridir. Amerika'ya gitmek istemiş fakat liman polisi açıkgözdür. Hayranlık uyandıran bir adam. Boş zamanlarını kayın ağacından büyük bir levhayı işlemekle geçirmiş. Elindeki bütün araç gereç bir çakıyla bir tırnak törpüsüydü. Göz, el gibi ince ayrıntıları tırnak törpüsü kullanarak yapıyordu. Levha bir metre genişliğinde, bir buçuk metre uzunluğunda, yekpare bir eser. Kralın arabasını çeken atları saymazsak, her biri el büyüklüğünde yetmiş figür bulunuyor. Hele çehreler, tırnak törpüsüyle yapılmış o çehrelerin hepsinde bir anlam, insancıl bir yan var. Mösyö, haddim olmayarak, gerçekten görülmeye değer bir eser olduğunu düşünüyorum."

Bu konuda konuşmaya girmek istemiyorum.

"Ben sadece Bordurin'in tablolarını görmek istemiştim."

Otodidakt birden hüzünleniyor:

"Büyük Salon'daki portreler mi?" diyor titrek bir gülüşle. "Doğrusu resimden hiç anlamam. Ama Bordurin'in büyük bir sanatçı olduğunu, fırçayı ustaca kullandığını kavramıyor değilim. Ne var ki tat alabilmek, estetik tadı duymak elimden gelmiyor, mösyö."

Yakınlık duyarak cevap veriyorum:

"Aynı şeyi ben de heykel sanatı için söyleyebilirim."

"Ah, mösyö! Ne yazık ki benim için de öyle. Müzikten de, danstan da tat alamıyorum. Oysa bu konularda büsbütün bilgisiz sayılmam. Şuna akıl erdiremiyorum: Benim bildiğimin yarısını bile bilmeyen gençler, bir tablo karşısında tat alır görünüyor."

Cesaretlendirici bir tavırla, "Öyleymiş gibi yapmalılar," diyorum.

"Evet, belki."

Otodidakt bir ara düşlere dalıyor:

"Canımı sıkan şey, belli bir tada varamamaktan çok insanın, bir çalışma alanının bütününün bana yabancı oluşu... Oysa ben bir insanım ve bu tabloları yapanlar da *insanlar...*"

Birden yine söze başlıyor. Sesi değişti:

"Mösyö, bir defasında güzelliğin bir zevk meselesinden başka şey olmadığını düşünme cüretini göstermiştim. Her dönem için ayrı kurallar yok mu? Müsaade eder misiniz mösyö?"

Cebinden siyah deri kaplı, küçük bir defter çıkardığını görüyorum şaşkınlık içinde. Bir an karıştırıyor onu, sayfaların çoğu beyaz, arada bir kırmızı mürekkeple yazılı birkaç satır var. Sapsarı kesiliyor. Defteri masanın üzerine koyup iri elini açık sayfanın üzerine bastırıyor. Sıkıntıyla öksürüyor.

"Ara sıra aklıma (söylemeye cesaret edemiyorum) düşünceler geliyor. Acayip bir şey bu: Oturmuş, bir şeyler okurken nasıl oluyor bilmem, ansızın aydınlanmış gibi oluyorum. Önceleri önem vermedim buna, ama sonra bir not defteri almaya karar verdim."

Susup bana bakıyor: Bekliyor.

"Ha!" diyorum.

"Efendim, özdeyişler haliyle taslak halinde çünkü öğrenimim henüz bitmedi."

Defteri titreyen elleriyle tutuyor, çok heyecanlı:

"İşte resimle ilgili bir şey. Okumama izin verirseniz beni mutlu edersiniz."

"Memnuniyetle," diyorum.

Okuyor.

"On sekizinci yüzyılda doğru denilen şeylere bugün kimse inanmıyor. Öyleyse neden bu yüzyılın güzel dediği şeylerden hâlâ tat almamız isteniyor?"

Yalvarır gibi bakıyor bana.

"Nasıl buldunuz acaba? Biraz çelişkili mi? Düşünceme nükte havası vermek için böyle yaptım."

"Şey ben... ben çok ilginç buldum."

"Bu düşünceye başka yerde rastladınız mı?"

"Hayır, kesinlikle."

"Sahi mi, hiçbir yerde okumadınız mı?" diyor. Sonra yüzü kararıyor. "Demek ki doğru değiller. Doğru olsaydı, daha önce birisi mutlaka düşünürdü."

"Durun bir dakika," diyorum. "Düşününce aklıma geliyor. Buna benzer bir şey okuduğumu hatırlıyorum."

Gözleri parlıyor. Kalemini çıkardı.

Belirgin bir sesle soruyor: "Hangi yazar?"

"Ee.... Renan."

Sevinçten uçuyor.

Kalemin ucunu emerek, "Bu bölümün tamamını söyleme lütfunda bulunur musunuz?" diye soruyor.

"Doğrusu, okuyalı çok uzun zaman oldu."

"Olsun, sorun değil, sorun değil."

Defterine, özdeyişinin tam üstüne Renan yazıyor.

"Renan'la tanışmıştım," diyor. Sonra sevinçli bir sesle, "Kurşunkalemle yazdım ama bu gece üzerinden kırmızı mürekkeple geçeceğim," diye ekliyor.

Bir an mest olmuş halde bakıyor defterine, başka özdeyişler okumasını bekliyorum. Ama defteri ihtiyatla kapatıp cebine yerleştiriyor. Bu seferlik bu kadar mutluluğun yeterli olduğunu düşündü herhalde.

İçten bir sesle, "Ara sıra böyle rahat rahat konuşabilmek ne güzel," diyor.

Bu yersiz söz, baygın konuşmamızın köküne kibrit suyu ekiyor. Uzun bir sessizlik geliyor ardından.

Genç kadın ve delikanlı geleli beri lokantanın havası değişti. Kırmızı yüzlü iki adam konuşmayı kesti, soğukkanlılıkla genç kadının güzelliğini gözden geçiriyorlar. Seçkin mösyö gazetesini bıraktı, gençlere hoşgörüyle hatta onlarla işbirliği yaparcasına bakıyor. Yaşlılığın bilge, gençliğin güzel olduğunu düşünüyor, beğenilme merakıyla başını sallıyor: Hâlâ yakışıklı ve şaşılacak kadar dinç olduğunu, esmer teni ve ince vücuduyla kadınları hâlâ baştan çıkarabileceğini biliyor. Ama babacan duygular yaşayan biri gibi davranıyor. Garson kızın duydukları daha yalınkat. Gençlerin karşısına dikilmiş, ağzı bir karış açık, onları seyrediyor.

Alçak sesle konuşuyorlar.

"Hayır Jean, olmaz."

Delikanlı tutkulu bir canlılıkla mırıldanıyor:

"Niçin olmasın?"

"Söyledim size."

"Bu bir sebep değil."

Birkaç kelime söylüyorlar, duyamıyorum. Sonra genç kadın çekici, umursamaz bir hareket yapıyor.

Delikanlı alaycı bir şekilde gülüyor. Kadın devam ediyor:

"Bir... hayal kırıklığına dayanamam da."

"Güven duymak gerek," diyor delikanlı. "Şu an yaşadığınız söylenemez."

Kadın göğüs geçiriyor:

"Biliyorum!"

"Bakın Jeanette'e."

Kadın yüzünü buruşturarak, "Evet," diyor.

"Onun yaptığını beğeniyorum doğrusu, güzel bir şey. Cesur davrandı."

Genç kadın, "Biliyor musunuz, onun yaptığı fırsatı kaçırmamaktan başka bir şey değil," diyor. "İsteseydim, ben de böyle yüzlerce fırsat bulurdum. Ama beklemeyi tercih ettim."

Delikanlı, "Haklısınız, beni beklemekle doğru yaptınız," diyor şefkatle.

Bu sefer kadın gülüyor:

"Ne saçma laf. Bunu söylemek istemedim ki."

Onları dinlemiyorum artık, canımı sıkıyorlar. Yatacaklar. Biliyorlar bunu. Her biri, bunu ötekinin de bildiğini biliyor. Ama genç, saf ve kibar oldukları, kendilerine ve karşısındakine duyduğu saygıyı sürdürmek istedikleri ve aşk ürkütülmemesi gereken şiirsel bir şey olduğu için haftada birkaç kez balolara ya da lokantalara gidip o törensel ve mekanik küçük dans gösterilerini sergiliyorlar...

Zaman öldürmek gerekiyor zaten. İkisi de genç ve sıhhatli, daha otuz yılları var. Bu yüzden acele etmiyorlar, bekliyorlar. Hakları var. Bir defa yattıktan sonra, varoluşlarının muazzam saçmalığını kapamak için başka bir şey bulmaları gerekecek. Yine de... insanın kendine yalan söylmesi mutlaka kaçınılmaz bir şey mi?

Salona göz gezdiriyorum. Tam bir komedi bu! Bütün bu adamlar ciddi birer ifade takınıp oturmuş, yemek yiyorlar. Hayır yemiyorlar: Üzerlerine düşen görevleri yerine getirmek için güçlerini pekiştiriyorlar. Var olduklarını algılamamak için hepsi ayrı ayrı inat ediyor. Hiçbiri, herhangi bir kimse ya da bir şey için gerekli olmadığını düşünmeye kalkışmıyor. Geçen gün Otodidakt bana, "Bu büyük sentezi yapacak Noucapié'den daha nitelikli biri yok," dememiş miydi? Herkes minicik bir şey yapıyor ve bunu kendinden daha iyi yapacak insan bulunmadığını düşünüyor. Kimse, Swann diş macunlarını satma konusunda karşıdaki satış temsilcisinden daha iyi değildir. Kimse, yanındaki kadının eteğinin altını yoklama konusunda bu ilgi çekici delikanlıdan daha iyi değildir. Ben de onlardan biriyim; bana baksalar, yaptığım işte kimsenin benden daha iyi olmadığını düşünürler. Ama ben *biliyorum*. Onlardan farkım yok ama ben kendimin ve onların var olduğunu biliyorum. İnsanları ikna etme sanatını bilseydim, beyaz saçlı yakışıklı mösyönün yanına gidip ona varoluşun ne olduğunu açıklardım. Suratının ne hale geleceğini düşününce katılıyorum gülmekten. Otodidakt şaşkınlıkla bakıyor. Durmak istiyorum fakat beceremiyorum: Gözlerimden yaş geliyor.

Sakıngan bir tavırla, "Çok neşelisiniz mösyö," diyor.

"Düşünüyorum da," diyorum gülerek, "hepimiz şurada oturmuşuz, o değerli varoluşumuzu sürdürmek için yiyip içiyoruz. Oysa var olmaya devam etmemiz için hiçbir ama hiçbir sebep yok."

Otodidakt ciddileşiyor, söylediklerimi anlamak için çaba harcıyor. Fazla sesli gülmüşüm: Birçok başın benden yana döndüğünü görüyorum. Bir de gerektiğinden fazla konuştuğumu düşünüp üzülüyorum. Gerçi kimseyi ilgilendirmez bu.

Otodidakt ağır ağır tekrarlıyor:

"Var olmaya devam etmemiz için hiçbir sebep yok... Hayatın hiçbir amacı olmadığını söylemek istiyordunuz kuşkusuz. Kötümserlik denilen şey budur, değil mi?"

Bir an düşünüyor, sonra tatlılıkla, "Birkaç yıl önce Amerikalı bir yazarın, Adı *Hayat Yaşamaya Değer mi?*

adlı kitabını okumuştum," diyor. İleri sürdüğünüz soru bu değil mi?"

İleri sürdüğüm soru bu değil tabii. Ama hiçbir şey açıklamak istemiyorum.

Otodidakt teselli edercesine, "Yazar, iradeye dayanan bir iyimserlik salık vererek bitiriyor kitabını," diyor. "Anlam verilmek istenirse, hayatın bir anlamı vardır. Önce hareket etmek, bir işe girişmek gerekiyor. Daha sonra düşünülürse zarlar atılmış, insan bağlanmış olur. Bilmem, bu konuda ne düşünüyorsunuz mösyö?"

"Hiçbir şey," diyorum.

Daha doğrusu bunun, gezgin satıcı, genç erkek ve kadın ile beyaz saçlı adamın kendilerine uydurup durdukları yalanın ta kendisi olduğunu düşünüyorum.

Otodidakt biraz muzipçe, hayli ciddiyetle gülümsüyor:

"Ben de bu yazarın düşüncesine katılmıyorum. Hayatımızın anlamını bu kadar uzaklarda aramak zorunda değiliz."

"Ya?"

"Amaç var, mösyö, amaç var... İnsanlar var."

Doğru: Onun hümanist olduğunu unutuyordum. Bir an sessiz kalıyor, bu arada sığır kızartmasının yarısıyla bir dilim ekmeği gerektiği gibi ve kaçınılmaz biçimde mideye indiriyor. "İnsanlar var..." Bu insancıl adam tepeden tırnağa kendini dile getirdi. Ama kendini nasıl ifade etmesi gerektiğini bilmiyor. Ruhu gözlerinden taşıyor, doğru, ne var ki ruh yeterli değil. Eskiden Parisli hümanistlerle ahbaplık etmiştim. Onların, "İnsanlar var..." deyişini belki yüz kere duydum fakat o başka bir şeydi. Hiçbiri Virgan gibi olamazdı. Çıplak gibi görünmek için gözlüğünü çıkarır, sonra insani özümü soymak istercesine bakan yorgun, etkileyici gözlerini bana dikerek melodik bir şekilde mırıldanırdı: "İnsanlar var, dostum, insanlar!.." İnsanlara duyduğu her zaman yeni ve o hayret dolu sevgisi, devasa kanatları yüzünden kapana kısılmış gibi, "var" sözcüğüne beceriksiz bir güç yüklerdi.

Otodidakt'ın mimikleri henüz bu yumuşaklığı kazanmamış, insanlara duyduğu sevgi, çocuksu ve sert: Bir taşra hümanisti.

"İnsanlar, evet insanlar... ama onlarla pek ilgileniyor görünmüyorsunuz," diyorum. "Daima yalnızsınız, burnunuz daima bir kitabın arasında."

Otodidakt ellerini çırpıyor, muzipçe gülmeye başlıyor:

"Yanılıyorsunuz mösyö. İzin verirseniz açıklayayım: Ne büyük yanılgı!"

Bir an toparlanıp kibarca yutkunuyor. Yüzü şafak vakti gibi aydınlanıyor. Ardında, genç kadın hafif bir kahkaha atıyor. Delikanlı kadına doğru eğilmiş kulağına bir şeyler fısıldıyor.

Otodidakt, "Yanılmanız normal, size şimdiye kadar söylemiş olmalıydım..." diyor. "Ama çok çekingenimdir mösyö: Bir fırsat çıksın diye bekliyordum."

"İşte şimdi çıktı," diyorum nazikçe.

"Ben de öyle sanıyorum. Ben de öyle sanıyorum! Mösyö, söylemek istediğim..." Kıpkırmızı kesilip susuyor. "Ama sizi sıkmış olmayayım?"

Onu rahatlatıyorum. Memnuniyetle iç geçiriyor.

"Sizin gibi hem geniş görüşlü hem de keskin zekâlı kimselere her zaman rastlanmaz mösyö. Aylardır sizinle konuşmak ve daha önce nasıl biri olduğumu, şimdi ne durumda bulunduğumu açıklamak istemiştim."

Tabağı bomboş ve yenisiyle değiştirilmiş gibi tertemiz. Kendi tabağımın yanında, koyu sosunda pilicin yüzdüğü minik, kalay bir kap görüyorum birden. Pilici yemek gerek.

"Az önce Almanya'daki tutsaklığımdan söz etmiştim. Her şey orada başladı. Savaştan önce yalnızdım, böyle şeyleri hiç düşünmüyordum, annem ve babamla birlikte yaşıyordum; iyi insanlardı ama onlarla anlaşamıyordum. O yılları düşündükçe... Nasıl olmuş da öyle yaşayabilmişim? Ölüydüm fakat farkında değildim bunun, bir pul koleksiyonum vardı."

Bana bakıp susuyor.

"Yüzünüz solgun, çok yorgun görünüyorsunuz. Canınızı sıkmıyorum, değil mi?"

"Hayır, çok ilgilendiriyorsunuz beni."

"Sonra savaş geldi, niçin olduğunu bilmeden askere gittim. Hiçbir şey anlamadan orada iki yıl geçirdim çünkü cephede, hayatı düşünmeye zaman kalmıyordu; üstelik askerler kaba kimselerdi. 1917 yılının sonunda tutsak düştüm. Tutsaklık hayatında, birçok askerin çocukluk inançlarına geri döndüğünü işittim daha sonraları."

Gözkapaklarını kanlanmış gözlerinin üzerine indirerek, "Mösyö, Tanrı'ya inanmıyorum ben, varlığı bilim tarafından yalanlanmıştır," diyor. "Ama toplama kampında insanlara inanmayı öğrendim."

"Yazgılarına cesurca katlanıyorlardı, değil mi?"

Belli belirsiz, "Evet, o da vardı," diyor. "Bize iyi davranıyorlardı zaten. Ama ben başka bir şeyden söz etmek istiyorum. Savaşın son aylarında bizi hemen hemen hiç çalıştırmıyorlardı. Yağmurlu havalarda, büyük, ahşap bir hangara sokuyorlardı. İki yüz kişi, orada yan yana duruyorduk. Kapıyı kapıyorlar, neredeyse zifiri karanlıkta, orada bizi alt alta, üst üste bırakıyorlardı."

Bir an duraksıyor.

"Nasıl açıklayacağımı bilemiyorum mösyö. Düşünün, bu insanların hepsi orada, iyice göremiyorsunuz onları fakat size değdiklerini, soluduklarını duyuyorsunuz... Başlarda bir kere hangara kapatıldığımızda öyle sıkışmıştık ki, boğulacağımı sanmıştım ama sonra birden şiddetli bir sevinç kaplamıştı içimi, neredeyse bayılacaktım. O zaman bu adamları kardeş gibi sevdiğimi hissetmiş, onları teker teker kucaklamak istemiştim. Bundan sonra oraya her gidişimde aynı neşeyi duydum."

Soğumuş pilicimi yemem gerek. Otodidakt yemeğini çoktan bitirdi, garson kız tabakları değiştirmek için bekliyor.

"Bu hangar, benim gözümde bir kutsiyet kazanmıştı. Kimi zaman nöbetçileri atlatıp tek başıma oraya gidiyor, karanlığın içinde yapayalnız duruyor, tatmış olduğum neşeyi hatırlayarak adeta kendimden geçiyordum. Saatlerin akışını fark etmiyordum. Ağladığım bile oluyordu."

Hastalanmış olmalıyım: İçimi altüst eden bu korkunç öfkeye başka ne ad verilebilir? Evet, hasta öfkesi bu: Ellerim titriyordu, yüzüm kıpkırmızı olmuştu, en sonunda dudaklarım da titremeye başladı. Bütün bunların nedeni, pilicin soğuk olması. Ben de soğuktum. En kötüsü de bu zaten: İçim otuz altı saatten beri böyle kalakalmıştı, buz gibi donuk. Öfke fırtınası geçmişti içimden, ürperti gibi bir şeydi bu; ısının düşüşüne karşı savaşmak, ona tepki göstermek isteyen bilincimin bir çabasıydı. Nafile bir çaba: Otodidakt'ı ya da garson kızı bir hiç yüzünden haşlayıp onlara hakaret edebilirdim. Ama bu oyuna büsbütün düşecek değildim. Öfkem yüzeyde kalıyordu ve bir an için, etrafı ateşle çevrilmiş bir buz parçası, bir *omelette-surprise*'e[1] dönüşmenin korkunç duygusu kapladı içimi. Sonra bu geçici çalkalanma kayboldu ve Otodidakt'ın şunları söylediğini duydum:

"Her pazar, kilisedeki ayine gidiyordum. Mösyö, hiçbir zaman dinine bağlı biri olmadım. Ama kilise ayinindeki gerçek sırrı, insanların bir araya gelişinde aramak

1. Lüks lokantalarda alevler içinde masaya getirilen bir tür tatlı. (Y.N.)

doğru olmaz mı? Ayini tek kollu bir Fransız papazı yönetirdi. Küçük bir orgumuz da vardı. Başımız çıplak, ayakta dikilip dinlerdik. Orgun sesine kapıldığımda, çevremdeki insanlarla tek bir gövde haline geldiğimi hissederdim. Ah mösyö, o ayinleri nasıl sevmiştim bilseniz. Şimdi bile onları hatırlayarak ara sıra, pazar sabahları kiliseye giderim. Sainte-Cécile'de çok iyi bir orgcumuz var."

"Bu hayatı sık sık özlemiş olmalısınız."

"Evet mösyö. 1919'da, yani tutsaklıktan kurtulduğum yıl, çok kötü aylar geçirdim. Ne yapacağımı bilmiyor, yitip gidiyordum. Nerede bir insan topluluğu görsem aralarına karışıyordum. Bir gün, tanımadığım birinin cenaze törenine bile katıldım," diyor gülümseyerek. "Umutsuzluğa kapıldığım bir gün de, pul koleksiyonumu ateşe attım. Ama nasıl bir yol izleyeceğimi buldum."

"Öyle mi?"

"Birisi salık verdi bana... Sizin sır saklayacağınızdan eminim mösyö. Ben (belki bu konuda başka türlü düşünüyorsunuz ama geniş görüşlü birisiniz), evet ben sosyalistim."

Gözlerini yere eğiyor, uzun kirpikleri titriyor:

"1921'den beri, sosyalist parti SFIO[1] üyesiyim. Size söylemek istediğim buydu."

Neşeden yüzü pırıl pırıl. Bana bakıyor, başını geriye atmış, gözleri yarı kapalı, dudakları hafifçe aralık, bir şehidi andırıyor.

"Çok güzel, çok iyi," diyorum.

"Beni onaylayacağınızı biliyordum mösyö. Hayatımı şu biçimde harcadım ve şimdi büsbütün mutluyum diyen birini nasıl olur da kabahatli bulabiliriz?"

Kollarını açıyor, damga yemeyi beklercesine ayaları-

1. Section française de l'Internationale ouvrière, 1905'te kurulmuş Fransız sosyalist partisi. (Y.N.)

nı bana göstererek ellerini uzatıyor. Gözleri cam gibi, ağzının içinde koyu ve pembe bir kitlenin dönüp durduğunu görüyorum.

"İnsan mutlu olduktan sonra..." diyorum.

"Mutlu mu?" Bakışı rahatsız edici, gözkapaklarını iyice açtı, gözlerini sert sert üzerime dikiyor:

"Bu konuda bir yargıya varabilirsiniz mösyö. Partiye girme kararı vermeden önce öyle korkunç bir yalnızlık duyuyordum ki, canıma kıymayı bile düşünmüştüm. Bundan cayma nedenim, ölümümden kimsenin ama hiç kimsenin duygulanmayacağını ve ölümde, yaşamdakinden daha yalnız olacağımı düşünmemdir."

Doğruluyor, yanakları şişiyor.

"Artık yalnız değilim mösyö. Hiç yalnız kalmayacağım."

"Demek çok tanıdığınız var?" diyorum.

Gülümsüyor. Yaptığım saflığı hemen fark ediyorum.

"Kendimi artık yalnız *hissetmiyorum* demek istedim. Tabii, biriyle birlikte olmam şart değil."

"Ama parti örgütünde..." diyorum.

"Evet, orada herkesi tanırım. Ne var ki, çoğunun adlarını bilirim yalnız. Mösyö," kurnaz bir tavırla yaklaşıyor, "insan, dostlarını böyle dar bir anlayışa dayanarak seçmek zorunda mı? Benim dostlarım bütün insanlardır. Sabahleyin işime giderken önümde, arkamda insanlar görüyorum; onlar da işlerine gidiyorlar. Cesaret etsem gülümserim onlara; sosyalist olduğumu, bu insanları hayatıma amaç edindiğimi ama onların bunu henüz bilmediklerini düşünürüm. Bu benim için kutsal bir şenliktir mösyö."

Bakışlarıyla bir şeyler soruyor bana, başımı sallayarak söylediklerini doğru bulduğumu belirtiyorum fakat hayal kırıklığına uğradığını anlıyorum, daha fazla coşku göstermemi isterdi. Elimden ne gelir? Söylediklerinde yeni ve değişik bir şey bulamadıysam bu benim kabahatim mi? O konuşurken, gözlerimin önünden daha önce tanımış olduğum hümanistler geçtiyse bu benim kabahatim mi? O kadar çok hümanist tanıdım ki! Radikal hümanistler özellikle memur dostudur. "Solcu" hümanist diye adlandırılanlar da, her şeyden çok insani değerlerin korunmasını dert edinmişlerdir; hiçbir partiye mensup değillerdir çünkü insani olana ihanet etmek istemezler ama yine de alçakgönüllü insanlara yakınlık duyarlar, o güzelim klasik kültürlerini alçakgönüllülerin emrine adarlar. Hümanist genellikle gözleri yaşlı bir duldur: Yıldönümlerinde ağlar durur. Kedileri, köpekleri ve bütün gelişmiş memeli hayvanları da sever. Komünist yazar, insanları İkinci Beş Yıllık Plan'dan[1] sonra sevmiştir; sevdiği için cezalandırmaktan kaçınmaz. Bütün güçlü kişiler gibi gösterişsizdir ve duygularını saklamasını bilir ama bir bakış ya da ses tonundaki bir değişiklikle, adaletle dolu acı sözlerinin ardındaki duyguları, insan kardeşleri için duyduğu o buruk ve tatlı duyguları hissettirir. Ortaya en son çıkmış olan en genç hümanist, yani Katolik hümanist, insanlardan şaşkınlık ve hayranlıkla söz eder. "Londralı liman işçisinin ya da ayakkabı fabrikasında çalışan kızın mütevazı hayatı ne güzel bir peri masalıdır!" der. O, meleklerin hümanizmini seçmiştir; din ve ahlak bakımından yücelsin diye, sık sık Femina Ödülü kazanan güzel ve kasvetli uzun romanlar yazar.

Bunlar belli başlı rollerdir. Fakat bunların haricinde, bir yığın hümanist daha vardır: insan kardeşlerine bir ağabey gibi yaklaşan ve sorumluluklarını bilen hümanist filozof; insanları oldukları gibi seven hümanist; insanları olmaları gerektiği gibi seven hümanist; insanları istekle-

1. Stalin'in 1933-1937 yılları için öngördüğü ekonomik planlama. (Y.N.)

rini göz önünde tutarak kurtarmak isteyen hümanist; insanları isteklerini göz önünde tutmayarak kurtarmaya çalışan hümanist; yeni mitoslar yaratmak isteyen hümanist; eskileriyle yetinen hümanist; insanın ölümünü ve hayatını seven hümanist; her zaman güldürücü sözler söyleyen neşe dolu hümanist; cenaze törenlerinde ve ölünün başında bekleme sırasında rastlanan ağırbaşlı hümanist. Hepsi birbirinden nefret eder bunların, ama birer insan olarak değil, birey olarak tabii. Ne var ki Otodidakt bunu bilmiyor: Bütün bu hümanistleri, torbaya konmuş kediler gibi içinde taşıyor, onlar birbirlerini paralıyorlar fakat Otodidakt fark etmiyor.

Daha şimdiden güvenini kaybetmiş gibi bakıyor bana.

"Benim gibi hissetmiyor musunuz acaba?"

"Tanrım..."

Tedirginliğini, bana kızar gibi olduğunu görünce, onu hayal kırıklığına uğrattığım için bir an üzülüyorum. Ama cana yakınlıkla yeniden konuşuyor:

"Biliyorum mösyö, sizin araştırmalarınız, kitaplarınız var, siz de aynı davaya kendi yöntemlerinizle yardım ediyorsunuz."

Kitap*larım*, araştırma*larım*, sersem herif. Daha büyük bir çam deviremezdi.

"Bunun için yazmıyorum ben."

Otodidakt'ın yüzü birden değişti: Düşman kokusu aldı sanki, bu halini hiç görmemiştim. Aramızda bir şey öldü.

Şaşırmış gibi görünmeye çalışarak soruyor:

"Fakat... Patavatsızlık etmiş olmayacaksam sorabilir miyim, niçin yazıyorsunuz mösyö?"

"Doğrusu... ben de bilmiyorum: Öyle işte, yazmış olmak için yazıyorum."

Beni sıkıştırdığını sanarak gülümsüyor:

"Issız bir adada olsanız yazar mıydınız? Başkaları tarafından okunmak için yazmaz mı insan?"

Soru sorarmış gibi cümle kurması alışkanlıktan. Aslında sormuyor, bir şey ileri sürüyor. Yapmacık çekingenliği ve nezaketi yok oldu; onu tanımıyorum artık. Sarsılmaz bir inatçılık beliriyor yüzünde, adeta bir güven kumkuması. Şaşkınlığım geçmeden şunları söylediğini duyuyorum:

"Birisi, belli bir toplumsal çevre, bir arkadaş topluluğu için yazıyorum derse, ona sözüm yok. İyi bir iş yapıyor demektir. Siz de belki, gelecek kuşaklar için yazıyorsunuz... Kendinize rağmen mösyö, bir başkası için yazdığınızdan eminim."

Yanıt bekliyor. Konuşmadığımı görünce hafifçe gülümsüyor:

"Belki de insanlardan nefret ediyorsunuz."

Bu yanıltıcı uzlaşma çabasının altından ne çıkacağını biliyorum. Benden küçücük bir şey istiyor: Bir yaftayı kabullenmek. Ama bir tuzak bu: İsteğine boyun eğersem Otodidakt kazanacak; beni sınırlamış, yeniden kurmuş ve aşmış olacak çünkü hümanizm bütün insani davranışları kendi malı haline getirir ve hepsini birbirine katıştırır. Ona doğrudan karşı çıkarsanız oyununa düşmüş olursunuz çünkü hümanizm karşıtlıklarından beslenir. Dik başlılar, dar görüşlüler, yasa dinlemezler ona yenilirler: Hümanizm onların bütün şiddetini, en fena aşırılıklarını sindirir ve köpüklü beyaz bir lenfaya dönüştürür. Anti-entelektüalizmi, Maniciliği, mistisizmi, pesimizmi, anarşizmi, egoizmi sindirmiştir: Bunlar sadece birer aşamadır, tamamlanmamış düşünceler gerekçelerini ancak hümanizmin içinde bulur. Bu kalabalığın içinde, insanlardan nefret eden kişi de yerini bulur: O, bütünün uyumunu sağlayacak bir uyumsuzluktan ibarettir. Başkalarından nefret eden kişi bir insandır, öyleyse hümanistin de belli bir yere kadar başkalarından nefret etmesi gerekmektedir. Ama nefretini dozunda kullanan bilimsel bir mizantroptur o. İnsanlardan, onları sonrasında daha iyi sevebilmek için başta nefret etmiştir.

Bir bütün içine sokulmak istemiyorum. Kırmızı kanımın, bu lenfatik yaratığa yem olmasını da istemiyorum. "Antihümanist" olduğumu söyleme budalalığına düşecek değilim. Hümanist *değilim ben*, hepsi bu.

"İnsanın, başka bir insandan, onu sevdiğinden daha çok nefret edemeyeceğini sanıyorum," diyorum.

Otodidakt, merhametli, uzak bir bakışla süzüyor beni. Sözlerine dikkat etmiyormuş gibi, "Onları sevmek gerek, sevmek gerek..." diye mırıldanıyor.

"Kimleri? Şuradaki insanları mı?"

"Onları da. Herkesi sevmek gerek."

Göz alıcı genç çifte dönüyor: İşte sevilmesi gereken. Bir an beyaz saçlı adamı seyrediyor. Sonra bana bakıyor. Yüzünde sessiz bir soru belirdiğini görüyorum. Hayır der gibi başımı sallıyorum. Bana acır gibi bir hali var.

Sıkıntıyla, "Onları siz de sevmiyorsunuz," diyorum.

"Öyle mi mösyö? Başka türlü düşünmeme izin verir misiniz?"

Yeniden saygılı tavrına bürünüyor ama gözlerinde inanılmaz eğlenen birinin alaycı bakışı var. Nefret ediyor benden. Bu manyağa yakınlık duyup acısaydım, büyük bir hata yapmış olurdum. Bu kez ben sorguya çekiyorum onu:

"Şu arkanızda iki genç var ya, onları seviyor musunuz siz?"

Delikanlıyla genç kadına yeniden bakıp düşünüyor.

"Onları tanımadığımı söyletmek istiyorsunuz bana," diyor kuşkulu bir tavırla. "Evet mösyö, onları tanımadığımı saklayacak değilim... Çünkü sevgi gerçek bir tanıyış değildir," diye ekliyor ukalaca gülerek.

"Peki, sevdiğiniz nedir?"

"Genç olduklarını görüyorum, onlarda sevdiğim şey gençlik. Başka şeyler de var tabii mösyö."

Sözünü kesip kulak kabartıyor.

"Söylediklerini anlıyor musunuz?" diyor.

Hem de nasıl. Çevresindeki yakınlıktan yüreklenen delikanlı, kendi takımının geçen yıl Le Havre kulüplerinden birine karşı kazandığı futbol maçını yüksek sesle anlatıyor.

"Bir hikâye anlatıyor," diyorum.

"Ya! Tam duyamıyorum. Ama sesleri işitiyorum. Biri yumuşak, öteki kalın: Sırayla konuşuyorlar. Öyle... öyle cana yakın bir şey ki bu."

"Ama ne yazık ki, ben ne konuştuklarını da duyuyorum."

"Yani?"

"Yani komedi oynuyorlar."

"Gerçekten mi?" diyor alaycı bir şekilde. "Gençlik komedisidir belki de? İzin verirseniz, bunun yararlı bir şey olduğunu söyleyeceğim mösyö. Onların yaşına dönebilmek için komedi oynamak yeterli midir acaba?"

Alayını duymazlıktan gelerek, sözüme devam ediyorum:

"Sırtınız onlara dönük olduğu için söylediklerini anlayamıyorsunuz. Kadının saçlarının rengini söyleyebilir misiniz peki?"

Şaşırıyor:

"Şey, doğrusu... (gençlere bakıp kendini toparlıyor) siyah!"

"Gördünüz mü?"

"Efendim?"

"Orada oturan iki insanı sevmediğinizi gördünüz mü şimdi? Sokakta görseniz tanımazdınız onları. Çünkü onlar, sizin için sadece birer simge. Şu anda duygulanışınızın nedeni onlar değil. Siz insanın gençliğine, erkeğin ve kadının aşkına, insan sesine duygulanıyordunuz."

"Peki, bu yok mu?"

"Kesinlikle hayır, hiçbiri yok! Ne Gençlik ne Olgunluk ne İhtiyarlık ne de Ölüm..."

Otodidakt'ın ayva gibi kaskatı ve sarı yüzü sitem edercesine kasıldı. Yine de devam ediyorum:

"Ardınızda oturan ve Vichy madensuyu içen ihtiyar adam gibi. Onda sevdiğiniz şeyin Olgunluk olduğunu sanıyorum: Çöküşüne doğru cesaretle ilerleyen ve kendini kapıp koyuvermek istemediği için özene bezene giyinen Olgun Adam, değil mi?"

"Ta kendisi," diyor cesaretle.

"Bu adamın, adinin biri olduğunu fark etmiyor musunuz?"

Gülüyor, aklımı kaçırdığımı düşünüyor, beyaz saçlarla çerçevelenmiş güzel yüze şöyle bir göz atıyor.

"Sizin söylediğiniz gibi olduğunu kabul edelim fakat nasıl oluyor da bu insan hakkında yüzüne bakarak yargıya varıyorsunuz? Dinlenme halinde bir yüz hiçbir şey açıklamaz mösyö."

Kör hümanistler! Bu yüz öyle *açık seçik, öyle net* bir yüz ki. Ama hümanistlerin yumuşak ve soyut ruhları, yüzlerdeki anlamların etkisinde kalmaz hiç.

Otodidakt, "Bir insanı nasıl *belirleyebilir,* onun şu ya da bu *olduğunu* söyleyebilirsiniz? Bir insanı kim tüketebilir? Bir insanın niteliklerini kim tanıyabilir?" diyor.

Bir insanı tüketmek! Otodidakt'ın farkında olmadan bu ifadeyi ödünç aldığı Katolik hümanizmini giderayak selamlıyorum.

"Bütün insanların, evet bütün insanların hayranlığa değer olduklarını biliyorum. Siz de hayranlığa değersiniz, ben de. Tanrı'nın yaratıkları olmamız bakımından tabii," diyorum.

Anlamadan bakıyor bana, sonra ince bir gülüş beliriyor yüzünde:

"Şaka yaptığınızdan eminim. Ama bütün insanların hayranlığımıza hak kazandıkları doğrudur. İnsan olmak güç mösyö, çok güç!"

Bütün insanları Tanrı'da sevmek düşüncesinden farkında olmadan ayrıldı, başını sallıyor, acayip bir benzerlik fenomeniyle şu zavallı Guéhenno'yu[1] andırıyor şimdi.

"Özür dilerim," diyorum. "Ben insan olduğumdan pek emin değilim öyleyse: İnsan olmayı hiçbir zaman güç bulmamış ve kendini koyvermek yeter diye düşünmüşümdür."

"Çok alçakgönüllüsünüz mösyö. İçinde bulunduğumuz hale, yani insanlık durumuna dayanmanız için, başkaları gibi sizin de sınırsız bir cesarete ihtiyacınız var. Biraz sonra ölme ihtimaliniz var, bunu biliyorsunuz ama yine de gülebiliyorsunuz. Nasıl, hayran olunacak bir davranış değil mi bu? En önemsiz davranışınızda bile," diyor sertçe, "sınırsız bir kahramanlık var."

Garson kız, "Tatlı olarak ne alırsınız?" diyor.

Otodidakt bembeyaz kesildi, taştan gözleri yarı kapalı. Beni seçmeye davet eder gibi hafif bir el hareketi yapıyor.

Sınırsız bir kahramanlık göstererek, "Peynir," diyorum. "Siz ne istersiniz?"

Otodidakt irkiliyor.

"Ne? Evet, şey... ben bir şey istemiyorum. Yemeğimi bitirdim."

"Louise!"

İki şişman adam hesaplarını ödeyip gidiyorlar. Birisi

1. Jean Guéhenno (1890-1978): Fransız eleştirmen ve yazar. (Y.N.)

topallıyor. Patron kapıya kadar götürdü onları: Önemli müşteriler bunlar, içtikleri bir şişe şarap buz kovasında gelmişti.

Otodidakt'ı biraz pişmanlık duyarak seyrediyorum: Bir başka insana, insanlar için duyduğu sevgiyi açıklayabileceği bu yemeği hayal ederek sevinmişti. Konuşmak fırsatını o kadar az buluyor ki. Harika: Bu zevkini berbat ettim. Aslında o da benim kadar yalnız, kimsenin kendisiyle ilgilendiği yok. Ama yalnızlığının farkında değil. Evet öyle. Ne var ki, onun gözlerini açacak kişi ben değilim. İçim içimi yiyor: Öfkeleniyorum ama Otodidakt'a değil, şu zavallı beyni zehirleyenlerin hepsine; Virgan'a ve benzerlerine öfkeleniyorum. Onları karşıma alabilseydim çok şey söylerdim. Ama Otodidakt'a bir şey söyleyemem, ona sadece yakınlık duyabilirim: Mösyö Achille gibi birisi, yani o da bizden, fakat bilmeden ve iyi niyetle bize ihanet ediyor!

Otodidakt'ın kahkahası, içine daldığım kara düşüncelerden uyandırıyor beni.

"Özür dilerim... İnsanlara karşı beslediğim sevginin derinliğini, beni onlara iten gücü düşündükten sonra burada oturup tartıştığımızı görünce tutamıyorum kendimi... gülmek geliyor içimden."

Susuyorum, zorla gülümsüyorum. Garson kız, üzerinde tebeşir rengi bir Camambert peynirinin durduğu tabağı önüme koyuyor. Salona şöyle bir göz atıyorum ve içimi şiddetli bir tiksinti kaplıyor. Ne işim var burada? Ne diye kalkıp hümanizm üzerine konuştum? Bu insanlar niçin burada? Neden yemek yiyorlar? Var olduklarının farkında olmadıkları besbelli. Çıkmak, herhangi bir yere gitmek istiyorum. Gerçekten *kendi yerimi bulacağım*, içine yerleşeceğim bir yere... Ama benim yerim diye bir şey yok; ben fazlalığım.

Otodidakt yumuşadı. Daha fazla karşı koymaktan

korkmuştu. Söylediklerimin hepsine bir çizgi çekmek istiyor. Sır verir gibi eğiliyor:

"Aslında siz de onları seviyorsunuz mösyö, benim gibi siz de seviyorsunuz, sadece farklı sözcükleri kullanıyoruz."

Konuşamıyorum, başımı eğiyorum. Otodidakt'ın yüzü neredeyse yanağıma değecek. Ukalaca gülümsüyor, tam burnumun dibinde, kâbus görürken olduğu gibi. Yutmaya karar veremediğim bir lokmayı güçlükle çiğneyip duruyorum. İnsanlar. İnsanları sevmek gerek. İnsanlar hayranlık duyulacak yaratıklardır. Kusmak istiyorum... ve birden tamam işte: Bulantı.

Muhteşem bir kriz: Tepeden tırnağa sarsıyor beni. Bir saatten beri yaklaştığını görüyordum ama kendime itiraf etmek istemiyordum. Ağzımdaki şu peynir tadı... Otodidakt çene çalıp duruyor, sesi tatlı bir vızıltı gibi geliyor. Ama neden söz ettiğini hiç mi hiç anlamıyorum. Başımı sallayıp duruyorum. Elim, peynir bıçağının sapında kenetlenmiş. Bu siyah, ahşap sapı *hissediyorum*. Onu benim elim tutuyor. Benim elim. Aslında bu bıçağı rahat bırakmak istiyorum: Sürekli bir şeylere dokunmanın ne âlemi var? Nesneler dokunulmak için yapılmamışlardır ki. Onlardan elden geldiğince kaçınarak, aralarından süzülüp geçmek daha iyi. İnsan kimi zaman bir nesneyi eline alır ve hemen bırakmak zorunda kalır. Bıçak tabağın üzerine düşüyor. Beyaz saçlı adam gürültüyü duyunca irkiliyor, bana bakıyor. Bıçağı alıyorum, ucunu masaya dayayıp büküyorum.

Demek ki Bulantı bu: Kör edici apaçıklık? Üzerine kafa patlattım! Yazılar yazdım! Şimdi biliyorum: Varım –dünya da var– ve dünyanın var olduğunu biliyorum. Hepsi bu. Benim için önemli değil. Benim için hiçbir şeyin önemli olmaması çok acayip, korkuyorum bundan. Denizde taş kaydırmak istediğim gün yok mu, işte o günden beri böyle. Çakıltaşını atarken durup ona bakmıştım; her şey işte o zaman başlamıştı: Onun var olduğunu hissetmiştim. Bunun sonrasında başka Bulantılar da yaşadım. Ara sıra nesneler elinizde var oluveriyorlar. Rendez-vous des Cheminots'da Bulantı duymuştum, öncesinde başka bir tane daha olmuştu; bir gece pencereden dışarı baktığım sırada. Parkta bir başka Bulantı daha hissetmiştim, pazar günü. Başkaları da var. Ama hiçbir zaman bugünkü gibi kuvvetli olmamıştı.

"... eski Roma'nın değil mi mösyö?"

Otodidakt bir şey soruyor galiba. Ona dönüp gülümsüyorum. Ne oldu? Nesi var? İskemlenin üstünde niçin dertop oldu? Demek başkalarını korkutuyorum artık. Sonunda olacaktı zaten. Ama önemli değil. Korkmakta pek haksız değiller: Aklıma esen her şeyi yapabileceğimi hissediyorum. Sözgelimi şu peynir bıçağını Otodidakt'ın gözüne sokabilirim. Ondan sonra buradakiler beni ayaklarının altına alıp tekmeleyerek dişlerimi kırabilirler. Fakat beni alıkoyan bu değil: Şu peynirin yerine ağzımda kan tadı hissetsem de fark etmez benim için. Bir harekette bulunsam, gereksiz bir olayın ortaya çıkmasına neden olacağım, işte o durduruyor beni: Otodidakt'ın haykırışı da, yanağından akacak kan da, şuradaki insanların yerlerinden fırlayışı da fazlalık olacak. Böyle fazladan var olup giden bir yığın şey var.

Hepsi bana bakıyor; gençliğin iki temsilcisi tatlı konuşmalarını yarıda bıraktılar. Kadının ağzı, bir tavuğun kıçını andırıyor. Kimseye zararım olmadığını anlayacaklardır yine de.

Ayağa kalkıyorum, çevremdeki her şey dönüyor. Otodidakt, çıkarmayacağım o iri gözleriyle bana bakıyor.

"Gidiyor musunuz yoksa?" diye mırıldanıyor.

"Biraz yorgunum. Davetiniz için çok teşekkür ederim. Hoşça kalın."

Ayrılırken bıçağı sol elimde tuttuğumu fark ediyorum. Onu tabağımın üzerine atıyorum; tabak çınlıyor. Kimse çıt çıkarmıyor, salonu geçiyorum. Yemeklerini bırakmışlar, bana bakıyorlar, iştahları kaçtı. Genç kadına yaklaşıp "Bö!" yapsam haykırmaya başlayacağı besbelli. Ama değmez.

Yine de belleklerine iyice kazısınlar diye, çıkmadan önce geriye dönüp yüzümü gösteriyorum onlara.

"Hoşça kalın."

Yanıt vermiyorlar. Çıkıyorum. Yanaklarına renk gelir şimdi, hemen çene çalmaya başlarlar.

Nereye gideceğimi bilmiyorum, kartondan yapılmış aşçının yanında dikilip duruyorum. Camın öte tarafından bana baktıklarını görmek için dönmeme gerek yok: Şaşkınlık ve tiksintiyle sırtımı gözlüyorlardır şimdi; kendileri gibi biri, bir insan olduğumu düşünüyorlardı ama onları aldattım. Bir insan görünüşünü ansızın kaybettim, bu insan salonundan bir yengecin kıçın kıçın dışarı çıktığını gördüler. Maskesi düşmüş yabancı kaçtı artık: Oyun devam ediyor. Ardımda bir yığın göz ve korkuya kapılmış düşüncenin kaynayıp durduğunu hissetmek canımı sıkıyor. Sokağın öte yanına geçiyorum. Öteki kaldırım plaj ve soyunma kabinleri boyunca uzuyor.

Deniz kıyısında dolaşan, baharla dolu şiirsel yüzlerini denize çeviren bir yığın insan var: Sebebi güneş, kutlama yapıyorlar. Baharlık, hafif giysiler giymiş kadınlar görülüyor, yumuşak deriden yapılmış eldivenler gibi bembeyaz ve upuzun, geçip gidiyorlar. Liseye ya da ticaret okuluna giden delikanlılar ve madalyalarını takmış ihtiyarlar da var. Tanımıyorlar birbirlerini ama hava bu kadar güzel ve onlar da erkek oldukları için hoşgörüyle bakışıyorlar. Savaşın başladığı gün erkekler tanışmasalar da kucaklaşırlar, her bahar gelince de gülüşürler. Bir papaz, dua kitabını okuyarak ağır ağır ilerliyor. Ara sıra başını kaldırıp denize beğeniyle bakıyor: Deniz de bir dua kitabıdır. Tanrı'dan söz eder. Hafif renkler, hafif kokular, ilkbahar ruhları. "Hava güzel, deniz yemyeşil. Bu kuru soğuğu nemli havalara tercih ederim." Hepsi şair bunların. İçlerinden birini paltosundan yakalayıp, "Bana yardım edin!" desem, "Bu yengeç de nereden çıktı?" der ve paltosunu bırakarak kaçar.

Sırtımı dönüyorum onlara. İki elimle parmaklığa dayanıyorum. *Gerçek* deniz soğuk ve karadır, içinde hayvanlar kaynar, insanları aldatmak için yapılmış şu incecik yeşil zarın altında sürünerek gezinirler. Çevremde uçuşan periler, kendilerini bu aldanışa bırakmışlar: Yalnızca ince zarı görüyorlar; Tanrı'nın varlığını bu ince zar kanıtlıyor. Ben altındakileri görüyorum! Yaldız cilalar eriyor, parlak, kadifemsi pullar; Tanrı'nın tuttuğu balıkların pulları, bakışımın altında dört bir yandan fırtlıyor, yarılıp açılıyor. İşte Saint-Élemir tramvayı; arkama dönüyorum, nesneler de benimle birlikte dönüyor; istiridyeler gibi solgun ve yeşil. Boş yere tramvaya atlıyorum, evet boş yere çünkü hiçbir yere gitmek istemiyorum.

Camların ardından mavimsi, katı, gevrek nesneler, sert ve kesintili hareketlerle geçip gidiyor. İnsanlar, duvarlar, açılmış pencerelerinden bir ev kara yüreğini sunuyor bana. Camlar kara renkli her şeyi mavileştiriyor. Duraksayıp ürpererek ilerleyen ve birden duran şu sarı tuğlalı koca yapıyı da mavileştiriyor. Bir adam bindi. Tam karşıma oturdu. Sarı bina yeniden hareket ediyor, bir atılışta camlara abanıyor, o kadar yakın ki yalnız bir bölümü görünüyor, karardı. Camlar titriyor. Kara yürekler üzerine açılmış yüzlerce penceresiyle ezercesine, görülmeyecek kadar yukarılara yükseliyor, vagon boyunca kayıyor, sürtünüyor ona; titreyen camlar arasında gece bastırdı. Durmadan uzuyor bina, çamur gibi sarı; camlar gök mavisi. Birden kayboluyor, geride kaldı, vagonu canlı gri bir aydınlık kapladı; aydınlık şaşmaz bir eşitlikle her yana dağılıyor; gökyüzü bu, camların ardında hâlâ gökyüzünün derinlikleri seçiliyor çünkü Éliphar Tepesi'ne çıkıyoruz, buradan her iki taraf da apaçık görülür: sağ tarafta deniz, solda havaalanı. Bir Gitane tüttürmek bile yasak.

Elimi koltuğun üzerine dayıyorum ama hemen çekiyorum: Var olan bir şey. Üzerine oturduğum, elimi dayadığım şeyin adı koltuk. İnsanlar otursun diye yapılmış, deri, yay ve kumaş kullanarak koltuk yapma düşüncesiyle çalışmaya koyulmuşlar. Çalışmalarını bitirdiklerinde ortaya çıkan şey *bu* olmuştu. Onu buraya, vagonun içine koymuşlardı. Vagon şu anda titreyen camlarıyla sarsılarak ilerliyor ve içinde şu kırmızı nesneyi taşıyor. Bir tür büyü yapar gibi, "Bu bir koltuk," diye mırıldanıyorum. Ama sözcükler dudaklarımda kalıyor: Gidip nesneye yapışmak istemiyorlar. Nesne, kırmızı tüylü yüzeyi, havaya dikilmiş, kaskatı, kırmızı binlerce küçük ölü bacağıyla; olduğu gibi kalıyor. Ters dönmüş, kanlı ve şişmiş vaziyette vagonun içinde, şu gri gökyüzünde salınıp duran bu karın, bir koltuk değil. Sözgelimi, taşmış bir ırmağın gri sularında, ters dönmüş, şişmiş ve akıntıya kapılmış ölü bir eşek de olabilir bu. Ben de eşeğin karnına oturmuş ve ayaklarımı duru suya sokmuş olabilirim. Nesneler, isimlerinden kurtuluyor. Kaba, dik kafalı, devasa görünüşleriyle buradalar; onlara koltuk diye ad takmak ya da onlarla ilgili herhangi bir şey söylemek budalalık gibi geliyor: Nesnelerin, o adlandırılamayanların arasındayım. Yapayalnız, sözcüksüz, güçsüz, beni kuşatıyorlar, altımı, üstümü, ardımı dolduruyorlar. Bir şey istedikleri yok, kendilerini kabul de ettirmiyorlar: Buradalar sadece. Koltuğun oturma yerinin altında, tahta kısımda küçük bir gölge çizgisi var; koltuk boyunca esrarlı ve şeytanca uzayan bir ince kara çizgi, bir gülüş gibi. Bunun bir gülüş olmadığını biliyorum ama yine de var; beyazımsı camların ve korkunç gürültülerin altında uzuyor; camlarda beliren, duran ve sonra yeniden uzaklaşan mavi imgelerin altında ayak diriyor; bir gülüşün belirsiz hatırası ya da salt birinci hecesi hatırlanan, kendisini bir yana bırakıp başka şeyler düşünmemizin daha iyi olacağını sezdiğimiz yarı unutulmuş bir sözcük gibi ayak diriyor. Başka şeyle, mesela karşımda koltuğun üzerine yarı yatmış durumdaki adamla ilgileneyim. Mavi gözlü, pişmiş toprak rengi bir yüz. Sağ yanı çökmüş, sağ kolu gövdesine yapışmış, vücudunun bu yanı zar zor yaşıyor; güçbela, cimrilikle, inme inmiş gibi. Ama sol yanda çoğalan asalak, küçük bir varoluş var, bir çıban. Kol titremeye başlıyor, yükseliyor; ucunda el kaskatı. Sonra el de titremeye başlıyor, baş hizasına gelince, bir parmak uzanıyor ve tırnağıyla saç derisini kaşımaya başlıyor. Keyif aldığını belli eden bir ifade beliriyor ağzın sağ köşesinde; sol köşesi eskisi gibi ölgün. Camlar titriyor, kol titriyor, tırnak kaşıyor, kaşıyor, dikilmiş gözler altında ağız gülümsüyor ve adam kendini gerçekleştirebilmek için sağ koluyla sağ yanağını ödünç almış olan ve vücudunun sağ yanını şişiren şu küçük varoluşu neredeyse fark etmeksizin hoş görüyor. Biletçi yolumu kesiyor.

"Durağı bekleyin."

Onu itip tramvaydan atlıyorum. Dayanamadım. Nesnelerin bu kadar yakın olmalarına dayanamıyordum. Bir kapıyı itiyor, içeri giriyorum; tüm bu hafif varoluşlar bir hamlede doruklara konuyorlar. Kendime geldim şimdi, nerede olduğumu biliyorum. Parktayım. Koca koca gövdeler, gökyüzüne uzanan kara ve boğumlu eller arasında bir sıranın üzerine bırakıyorum kendimi. Bir ağaç, ayaklarımın altında, toprağı bir kara tırnakla kaşıyor. Kendimi bırakmak, unutmak, uyumak istiyorum. Ama yapamıyorum, boğuluyorum: Varoluş her tarafımdan, gözlerimden, burnumdan, ağzımdan içeri dalıyor.

Ve birden perde yırtılıyor, anladım, *gördüm.*

Akşam saat altı

Rahatlamış ya da hoşnut hissettiğimi söyleyemem, tam tersine, beni eziyor bu. Fakat amacıma ulaştım: Öğrenmek istediğimi biliyorum artık; ocak ayından beri başıma gelen her şeyi anladım. Bulantı yakamı bırakmadı, yakın zamanda bırakacağını da sanmıyorum. Ama artık ona katlanmıyorum, bu geçici bir huysuzluk ya da bir hastalık değil: O benim.

Az önce parktaydım. Atkestanesinin kökü, oturduğum bankın tam altında toprağa gömülüyordu. Bunun bir kök olduğunu anımsamıyordum artık. Sözcükler kaybolmuş ve onlarla birlikte nesnelerin anlamları, kullanılış biçimleri ve insanların üzerlerine çizdikleri belli belirsiz işaretler de kaybolmuştu. Başım öne eğik, iki büklüm oturmuştum; içime korku salan, kapkara, budaklı, büsbütün vahşi kitlenin karşısında yapayalnızdım. Sonra birden o aydınlamayı yaşadım.

Soluğumu kesti bu. Şu son günlere dek "var olma"nın ne demek olduğunu hiç sezmemiştim. Ben de deniz kıyısında baharlık elbiseleriyle dolaşanlar gibiydim. Ben de onlar gibi, "Deniz yeşildir, yüksekteki şu beyaz nokta bir martıdır," diyordum ama bunun var olduğunu, martının bir "varolan-martı" olduğunu hissetmiyordum; varoluş genellikle kendini saklar. Varoluş şuradadır, çevremizdedir, bizdedir; *bizdir,* ondan söz açmadan iki sözcük söyleyemesek de ona dokunamayız. Varoluş üzerine düşündüğümü sandığımda aslında hiçbir şey düşünmemiş olduğumu söyleyebilirim; kafamın içi bomboştu ya da tek bir sözcük vardı; "varlık" sözcüğü. Ya da düşündüğüm... bilmem ki nasıl söylesem? Evet, düşündüğüm *ilişkinlikti;* denizin yeşil renkli nesneler sınıfından ya da yeşilin denizin niteliklerinden biri olduğunu söylüyordum kendime. Nesnelere baktığımda bile onların var olduklarını düşünmekten çok uzaktım: Bana bir dekor gibi görünüyorlardı. Onları elime alıyor, araç olarak kullanıyordum, dirençlerini önceden kestiriyordum. Ama bütün bunlar yüzeyde kalıyordu. "Varoluş nedir?" diye sorulsa, "Özlerini değişime uğratmadan, nesnelere dıştan eklenen boş bir biçimdir," derdim. Sonra birden ortaya çıkmış, belirivermişti; apaçıktı: Varoluş kendini ansızın açığa vurmuştu. Zararsız, soyut bir kategori görünümünü kaybetmişti: Nesnelerin hamuruydu o, şu kök varoluştan yoğrulmuştu. Daha doğrusu kök, bahçe kapıları, bank, yer yer gövermiş çimenler ortadan silinmişti; nesnelerin çeşitliliği ve bireyselliği bir görünüş, bir ciladan başka şey değildi. Bu cila erimiş, geriye karmakarışık, devasa ve yumuşacık, çıplak kitleler kalmıştı, müstehcen ve ürkütücü bir çıplaklık.

Kendimi ufacık bir hareket yapmaktan bile alıkoyuyordum. Ama ağaçların ardındaki mavi sütunları ve müzik sahne platformunu aydınlatan sokak lambasını, meşe kümelerinin içinde Velléda'yı görmek için kımıldamam gerekmiyordu. Bütün nesneler... nasıl söylesem... beni tedirgin ediyorlardı; daha hafif, daha kuru ve soyut biçimde, daha derli toplu var olmalarını isterdim. Atkestanesi gözlerime abanıyordu. Yeşil bir küf, gövdesini yarı beline kadar sarıyordu; kararmış ve şişmiş kabuğu, haşlanmış deriyi andırıyordu. Masqueret havuzunun şırıltısı kulaklarıma akıyor, orada yuvalanıyor ve onları iç çekişleriyle dolduruyordu; burun deliklerimden çürümüş, yeşil bir koku taşıyordu. Her şey, kendilerini gülüşlere bırakan ve ıslak dudaklarıyla "Gülmek iyidir," diyen kadınlar gibi usul usul varoluşa kayıyor; karşı karşıya geçip yayılıyor, varoluş en aşağılık sırlarını birbirine açıyordu. Varolmayış ile şu baygın bolluk arasında bir orta yer bulunmadığını anlamıştım. Varolunuyorsa *buraya kadar var olmak,* küfe, şişkinliğe, müstehcenliğe kadar var olmak gerekiyordu. Bir başka dünyada daireler, müzik notaları, saf ve eğilip bükülmez çizgilerini sürdürüp duruyorlar. Oysa varoluş bir bükülmedir. Ağaçlar, koyu mavi sütunlar, bir fıskıyenin mutlu mırıltıları, canlı kokular, soğuk havada çalkalanan sıcak sis parçaları, bir bank üzerinde oturmuş yediklerini hazmeden kızıl saçlı bir adam: Bütün bu uyuşukluklar birlikte ele alınınca gülünç bir durumu açığa vuruyordu. Gülünç... hayır: Oraya kadar varmıyordu bile, var olan hiçbir şey gülünç olamaz; bu çok uzaktan kimi vodvillerdeki belli durumları andırıyordu yarım yamalak. Bir yığın tedirgin, kendinden sıkılmış var olan başka bir şey değildik. Burada bulunmamız için tek bir neden yoktu, hiçbirimiz böyle bir neden ileri süremezdi. Utanç ve belirsiz bir tedirginlik duyan her var olan, ötekilerin karşısında kendini fazlalık hissediyordu. *Fazlalık:* Bu ağaçlar, bu kapılar, bu çakıl taşları arasında kurabildiğim tek bağıntı işte buydu. Atkestanelerini *saymaya,* onları Velléda'ya göre *konumlamaya,* yüksekliklerini çınar ağaçlarının yüksekliğiyle karşılaştırmaya uğraşıyordum boşu boşuna. Çünkü her biri, kendisini içine sokmak istediğim bağıntıdan kaçıyor, bir kenara çekiliyor, taşıyordu. Bu bağıntıların (ki insani dünyanın, ölçülerin, niceliklerin ve yönlerin dağılıp gitmemesi için onları sürdürmekte inat ediyordum), tarafımdan uydurulduğunu hissediyordum; onlar nesnelere işlemiyordu. Şurada karşımda, biraz solda duran atkestanesi fazlalıktı. Velléda da fazlalıktı...

Ve ben, (yumuşak, güçsüz, müstehcen, sindirim yapmakla meşgul, kara düşüncelerle salınan) *ben de fazlalıktım.* İyi ki hissetmiyordum bunu, daha çok anlıyordum. Ama içim rahat değildi, hissetmekten korkuyordum. (Hâlâ korkuyorum, beni ardımdan yakalayıp bir deprem dalgası gibi havaya kaldırmasından şu an bile korkuyorum.) Şu gereksiz varoluşlardan hiç olmazsa birini ortadan kaldırmak için canıma kıymayı düşündüm belli belirsiz. Ama ölümüm bile fazlalık olacaktı. Şu güleç bahçenin dibinde, çınar ağaçlarının arasında, şu çakıltaşlarının üzerinde cesedim de, kanım da fazlalık olacak. En sonunda, temizlenmiş, kabuğu çıkarılmış, diş gibi temiz ve ak pak kemiklerim de fazlalık olacaktı: Her zaman için fazlalıktım ben.

Saçmalık sözcüğü geliyor şimdi kalemimin ucuna; biraz önce, parkta bulamamıştım onu, gerçi aramıyordum da, ihtiyacım yoktu: Sözcüklere gereksinim duymadan, nesnelerin *üzerine*, nesneler ile düşünüyordum. Saçmalık ne kafamda bir düşünce ne de bir insan sesinin tınlayışıydı. Saçmalık ayaklarımın dibinde ölmüş olan o uzun, ağaçtan yılandı. Yılan ya da pençe, kök ya da akbaba pençesi, hangisi olursa olsun önemi yok. Kesin bir açıklama yapmaksızın, Varoluş'umun, *Bulantılarımın* ve kendi yaşamımın sırrını ele geçirdiğimi kavradım. Nitekim daha sonra kavradığım her şey bu kökel saçmalığın alanına girdi. Saçmalık: İşte bir sözcük daha, sözcüklerle cebelleşip duruyorum; oysa orada, nesnenin kendisine dokunuyordum. Ama şimdi bu saçmalığın mutlak olma özelliği taşıdığını açıklamak istiyorum. İnsanların küçücük renkli dünyasındaki bir olay, ancak bir başka gerçeğe göre, yani kendisine eşlik eden durum ve koşullara göre saçmadır. Örneğin bir delinin konuşması deliliğine göre değil, içinde bulunduğu durum bakımından saçmadır. Ama ben biraz önce mutlak olanı yaşadım: Mutlak olanı ya da saçmayı yaşadım. Şu kök neye bağlanırsa saçma bir görünüm alıyordu. Ah! Bunu sözcüklerle nasıl dile getireceğim? Çakıltaşlarına, sarı ot kümelerine, kurumuş çamura, ağaca, gökyüzüne ve beyaz banklara göre saçma. Saçma, indirgenemez; hiçbir şey (doğanın gizli ve derin çılgınlığı bile) açıklayamaz onu. Her şeyi bilmiyordum elbette, ne tohumun gelişimini ne ağacın büyüyüşünü görmüştüm. Ama bu pürtüklü, koca ayağın karşısında ne bilginin ne de cehaletin önemi vardı: Açıklamaların ve nedenlerin dünyası, varoluşun dünyası değildir. Bir daire saçma değildir; düz bir çizginin bir yöne doğru dönüşüyle kolayca açıklanabilir. Ama bir daire aynı zamanda var olan bir şey değildir. Oysa bu kök, tam tersine, onu açıklayamadığım ölçüde var oluyordu. Budaklı, kıpırtısız, adsız; bu kök beni büyülüyor, gözlerimi dolduruyor, durmadan kendi varoluşuna çekiyordu. "Bu bir kök," diye tekrarlamıştım boş yere; bir işe yaramıyordu. Onun bir kök, bir nefes pompası olarak işlevinden *buna*, bu katı ve dolgun fok derisine, bu yağlı, nasırlı, dik kafalı görünüme geçilemeyeceğini açıkça görüyordum. İşlev hiçbir şey açıklamıyordu: Bir kökün ne olduğunu kabataslak anlamamızı sağlıyordu ama *karşımdakinin* ne olduğunu anlamama yardımcı olmuyordu. Karşımdaki bu kök, rengi, biçimi, donmuş hareketiyle... tüm açıklamaların ötesindeydi. Niteliklerinin her biri ondan biraz kaçıyor; dışına akıyor, yarı yarıya katılaşıyor ve neredeyse bir nesne haline geliyordu. Her biri kökte fazlalıktı, kök kendi dışına açılıyor, tuhaf bir aşırılığın içinde kayboluyor ve varoluşunu inkâr ediyor izlenimi veriyordu bana. Ayakkabımın topuğuyla bu kara pençeye vurdum, derisini biraz kaldırmak istemiştim. Hiç gerek yokken sırf karşı gelmek, tabaklanmış derinin altından sıyrıkla açılan saçma pembeliğini ortaya çıkarmak, dünyanın saçmalığıyla *oynamak* için yapmıştım bunu. Ama ayağımı çektiğimde kabuğun hâlâ kara olduğunu görmüştüm.

Kara mı? Sözcüğün söndüğünü, olağanüstü bir hızla anlamından sıyrıldığını hissettim. Kara? Kök kara *değildi*, bu ağaç parçasının üstündeki kara değildi, bu... başka bir şeydi: Kara tıpkı daire gibi var olmayan bir şeydi. Köke bakıyordum: Karadan daha mı karaydı, yoksa neredeyse kara mıydı? Fakat kendimi sorguya çekmekten kısa süre içinde vazgeçtim çünkü bilgi dünyasına girdiğimi hissetmiştim. Evet, bu tedirginlikle adsız nesneleri zaten irdelemiş, (boş yere) *onlar üzerine* düşünmeye zaten çalışmış ve soğuk, hareketsiz niteliklerinin gizlenip parmaklarımın arasından kaydığını zaten hissetmiştim. Sözgelimi, geçen akşam Rendez-vous des Cheminots'da Adolphe'un pantolon askılarını görmüştüm. Bu askılar eflatun *değildi*. Gömleğin üzerindeki o iki tanımlanmaz leke, gözümün önünde yeniden belirdi. Ya çakıltaşı, bütün bu hikâyenin başlangıcı olan şu ünlü çakıltaşı yok mu, o da... ne olmayı reddettiğini şimdi pek iyi hatırlayamıyordum. Ama onun edilgin direncini unutmamıştım. Ya Otodidakt'ın eli? Bir gün kütüphanede bu eli sıkmış ve bunun bir ele benzemediğini hissetmiştim. Kocaman, beyaz bir kurt gelmişti aklıma ama tam olarak bu da değildi. Hele Kafe Mably'deki bira bardağının ne idüğü belirsiz saydamlığı. Ne idüğü belirsiz: İşte seslerin, kokuların, tatların özelliği. Ürkmüş tavşanlar gibi önünüzden hızla geçtiklerinde ve onlara fazla dikkat etmediğinizde basit ve güven verici varlıklar olduklarına inanılabilirdi; yeryüzünde gerçek mavi, gerçek kırmızı, gerçek kayısı ya da menekşe kokusu olduğuna inanılabilirdi. Ama onları bir an durdurduğunuzda, bu güven ve rahatlık duygusu yerini derin bir tedirginliğe bırakıyordu: Renkler, tatlar ve kokular hiçbir zaman gerçek değildi, hiçbir zaman kendileri ve sadece kendileri olarak kalmıyorlardı. En yalın niteliğin bile içinde, kendisi karşısında, özünde fazlalık vardı. Şurada, ayağımın altında duran şu kara, karadan ziyade bu rengi hiç görmemiş fakat hayal gücünü durdurmasını beceremeyen bir kimsenin, karayı hayal etmek için harcadığı çabayı hatırlatıyordu. Söz konusu kişi bu çabayla renklerin ötesinde ne idüğü belirsiz bir varlık düşünmüştü. Bir renge *benziyordu bu*, ama aynı zamanda... bir çürüğü, bir salgıyı, bir sızıntıyı da andırıyordu. Başka bir şeye, sözgelimi bir kokuya da benziyordu. Çünkü bu ıslak toprak, yaş ve ısınmış odun kokusu, şu diri ağaç parçası üzerine cila gibi yayılmış siyah koku, çiğnenmiş şekerli lif tadı içinde eriyordu. Bu siyah rengi tek başına *görmüyordum:* Görmek soyut bir icat; temizlenmiş, yalınlaştırılmış bir düşünce, bir insan düşüncesidir. Şuradaki siyah, biçimsiz ve tüylü mevcudiyet, görme, koku ve tat duyularını aşıp geçiyor, onlardan taşıyordu. Fakat bu zenginlik bir kargaşaya dönüşüyor ve fazlalık olduğu için, sonunda ortaya bir hiçlik çıkıyordu.

Olağanüstü bir andı bu. Hareketsiz, donuk, korkunç bir esrimeye kapılmış halde şuradaydım. Ama bu esrikliğin tam ortasında yepyeni bir şey beliriyordu. Bulantıyı anlıyor, ona sahip oluyordum. Doğruyu söylemek gerekirse, buluşlarımı sözcüklere dökmüyordum. Ama şu anda onları sözcüklere dökmenin kolay olacağını sanıyorum. Bütün bunların özü olumsallıktır. Yani, varoluş zorunluluk değildir demek istiyorum. Var olmak *burada olmaktır* sadece, var olan şeyler ortaya çıkarlar, onlara *rastlanabilir* ama onları hiçbir zaman *çıkarsayamayız*. Bunu anlamış kimselerin olduğunu sanıyorum. Ama onlar bu olumsallığı, kendi kendisinin nedeni olan zorunlu bir varlık uydurarak aşmaya çalışmışlardı. Oysa hiçbir zorunlu varlık varoluşu açıklayamaz: Olumsallık bir sanrı, ortadan kaldırılabilecek bir görünüm değil mutlak olandır ve bu yüzden kusursuz bir temelsizliktir. Şu bahçe, şu kent, ben, her şey temelsiz ve nedensizdir. Bunun farkına vardığınız zaman yüreğiniz burulur; geçen akşam Rendez-vous des Cheminots'da olduğu gibi her şey dalgalanmaya başlar: Bulantı budur işte. Adilerin (Coteau-Vert'dekiler ve benzerleri), hak düşüncesiyle kendilerinden saklamak istedikleri işte budur. Ne aptalca bir avunuş: Oysa kimse haktan söz edemez, onlar da öteki insanlar gibi tepeden tırnağa temelsizler fakat fazlalık olduklarını hissetmiyorlar. Halbuki onlar da kendilerinde gizliden gizliye *fazlalık*; yani biçimsiz, belirsiz ve kasvetliler.

Bu büyü ne kadar sürdü? Atkestanesinin *köküydüm ben*. Ya da daha ziyade, onun bilinciydim tepeden tırnağa. Yine de ondan ayrıydım –çünkü bunun bilincindeydim– fakat onda kaybolmuş, onunla tek bir gövde olmuştum. Huzursuz bir bilinç ve buna rağmen, şu hareketsiz ağaç parçasının üzerine çökmekten alıkoyamıyor kendini. Zaman durmuştu: Ayağımın dibinde kara bir birikinti; bu andan sonra herhangi bir şeyin gelmesi düşünülemezdi. Bu korkunç hazdan kurtarmak istiyordum kendimi ama bunun mümkün olabileceğini bile düşünemiyordum, içindeydim onun; kara kök *geçmiyordu*, insanın boğazında kalan iri bir lokma gibi gözlerimde tıkanmıştı. Onu ne yutabiliyor ne de çıkarabiliyordum. Gözlerimi kaldırmak için ne kadar çaba harcamıştım? Acaba gözlerimi kaldırmış mıydım? Daha çok başım arkaya devrilmiş, gözlerim yukarı çevrili halde yeniden ortaya çıkabilmek için bir önceki an kendimi ortadan kaldırmamış mıydım? Gerçekten de bir andan ötekine nasıl geçtiğimin farkında değildim. Fakat birden kökün varoluşunu düşünemez olmuştum. Ortadan kaybolmuştu; hâlâ şurada, bankın altında, sağ ayağımla ona dokunuyorum diye tekrarlamam bir işe yaramıyordu. Varoluş uzaktan düşünülebilecek bir şey değildir: Sizi birden sarması, üzerinizde duraksaması, kıpırtısız koca bir hayvan gibi yüreğinizin üstüne çökmesi gerekir... ya da bir şey yoktur artık.

Evet, hiçbir şey yoktu artık, gözlerim bomboştu. Kurtuluşum içimi sevinçle dolduruyordu. Sonra, birden gözlerimin önünde hafif ve belirsiz hareketlerle kıpırdamaya başladı: Rüzgâr ağacın tepesini sallıyordu.

Bir şeyin kıpırdanışını görmek hiç fena değildi: Bir çift göz, durmadan üzerime dikilen bütün şu hareketsiz varoluşlardan kurtarıyordu beni. Dalların sallanışına bakıp kendi kendime şöyle diyordum: "Hareket dediğimiz şey de yok; hareket, geçişlerden, iki varoluş arasındaki aracılardan, güçsüz anlardan başka bir şey değil." Onların hiçlikten çıkıp yavaş yavaş olgunlaşmalarını, gelişmelerini görmeye hazırlanıyordum: Varoluşları, doğmak üzereyken yakalayacaktım sonunda.

Bütün umutlarımın yitip gitmesi için üç saniye yetti. Körler gibi etrafını yoklayan şu ikircikli dalların üzerinde, varoluşa *geçişi* kavrayamıyordum bir türlü. Bu geçiş düşüncesi de bir insan icadıydı. Apaçık bir düşünce. Bu ufak kıpraşmaların hepsi kendine çekiliyor, soyutlanıyordu. Dallardan ve yapraklardan taşıyorlardı. Bu kuru ellerin çevresinde dört dönüyor, onları küçük kasırgalarla sarmalıyorlardı. Bir hareket, bir ağaçtan farklı bir şeydi elbette. Ama o yine de bir mutlak-olandı. Bir nesne. Gözlerim ancak dolulukla karşılaşıyordu. Dalların ucu varoluşla hışırdıyordu; durmadan yenilenen fakat hiçbir zaman doğmayan varoluş. Var olan rüzgâr gelip ağacın üzerine koca bir sinek gibi konuyordu; ağaç ürperiyordu. Ama ürperiş yeni oluşan bir nitelik, gizli bir güçten varlığın kendisine geçiş değil, bir nesneydi; bir nesne-ürperiş ağacın içine akıyor, onu ele geçiriyor, sarsıyor, sonra birden bırakıp kendi üzerinde fırdolayı dönmek için ileriye gidiyordu. Her şey dopdoluydu, açıkça var olan bir şeydi, zayıf bir an yoktu, her şey hatta en fark edilmez irkiliş bile varoluştan yapılmıştı. Ağacın çevresinde koşuşturan bütün bu var olanlar, hiçbir yerden gelmiyor ve hiçbir yere gitmiyorlardı. Birden var oluyorlar ve sonra birden var olmayı bırakıyorlardı: Varoluş bellekten yoksundur, kaybolmuşlarla ilgili tek bir anısı yoktur. Varoluş her yanda; bitimsiz, fazladan, her yerde ve her zaman – ancak varoluşla sınırlanan varoluş. Bankın üzerine bıraktım kendimi; kökü olmayan bu varlıkların başıboşluğu beni sersemletip köreltmişti: Her yerde açılışlar, gelişmeler görülüyordu; kulaklarım varoluşun uğultusuyla doluydu; etim zonklayıp açılıyor, kendini bu evrensel uğultuya bırakıyordu; iğrenç bir şeydi bu. "Peki ama birbirlerine bu kadar benzediklerine göre, niçin bu kadar var olan mevcut?" diye düşünüyordum. Birbirinin eşi bunca ağaç neye yarar ki? Bunca boşa gitmiş ve inatla yeniden başlayıp yine boşa gitmiş bunca var olan niye? Sırtüstü düşmüş bir hayvanın güdük çabalarını (bu çabalardan biri de bendim) andıran bu uğraş niye? Bu bolluk, cömertlik etkisi yaratmıyordu, tam tersine. Kasvetli, acı çeken, kendinden sıkılan bir bolluktu bu. Şu ağaçlar, şu koca, hantal gövdeler... Gülmeye başladım çünkü kitaplarda tasvir edilen, çiçeklenişler, çıtırtılar ve muazzam serpilişlerle dolu güzelim baharlar gelmişti aklıma. Size gelip irade gücünden ve hayat çatışmasından söz eden budalalar da vardı. Bir ağaca ya da bir böceğe hiç bakmamış mıydı acaba bunlar? Kabuğu yer yer kabarmış şu çınar ağacını ya da yarısına kadar çürümüş atkestanesini, bunları gökyüzüne yükselen haşin gençlik güçleri olarak görmemi istiyorlardı. Ya şu kök? Onu da toprağı paralayıp besinini koparan yırtıcı bir pençe gibi mi görmem gerekecekti?

Nesneleri böyle görmek imkânsız. Zayıflıklar, kırılganlıklar, kabul. Ağaçlar dalgalanıyordu. Gökyüzüne doğru bir taşkın? Bu daha ziyade bir çöküş; ağaç gövdelerinin yorgun düşmüş kamışlar gibi buruşmasını, büzülmesini, yumuşak, katlanmış, kara bir külçe halinde toprağın üzerine yığılmasını bekliyordum. *Var olmak istemiyorlardı* ama bundan kaçınamıyorlardı, işte böyle. Bu yüzden usul usul kendi işlerine bakıyorlardı; özsuları damarlarda ağır ağır yükseliyor, kökleri toprağa ağır ağır giriyordu. Ama her an bütün bunları bir yana atıp kendilerini ortadan kaldırmak ister gibi görünüyorlardı. Yorgun ve yaşlı; istemeye istemeye var olmaya devam ediyorlardı çünkü ölmek için yeterince güçlü değillerdi, çünkü ölüm onlara ancak dışarıdan gelebilirdi: Ölümlerini, bir iç zorunluluk gibi sevinçle taşıyan yalnızca melodilerdir fakat onlar var olmazlar. Var olan her şey nedensiz ortaya çıkar, zavallılığı yüzünden varoluşunu sürdürür ve rasgele ölür. Kendimi geriye doğru verip gözlerimi kapıyorum. Ama o anda imgeler kendilerini toparlayıp sıçrıyor ve kapalı gözlerimi varoluşla dolduruveriyorlar: Varoluş, insanın sıyrılamadığı bir doluluktur.

Acayip imgeler. Bir yığın şeyi dile getiriyorlardı. Gerçek olanları değil, onlara benzeyen başka şeyleri. Takunyalara, iskemlelere benzeyen ahşap nesneler, bitkilere benzeyen başka nesneler. Sonra karşımda iki insan yüzü beliriyor: geçen pazar, Vézelise'de yanımda yemek yiyen karıkoca. Kırmızı kulaklarıyla, şişman, sıcak, zevk düşkünü, saçma bir görünüşleri var. Kadının omuzlarını ve gerdanını görüyorum. Çıplak varoluş. Bu ikisi (birden içime yılgı saldılar), evet, bu ikisi Bouville'de bir yerde (kim bilir hangi kokular içinde) var olup duruyorlardı; o yumuşak gerdan serin kumaşlara sürünerek kendini okşamaya, dantellere gömülmeye; kadın göğüslerinin sutyenin içinde var olduğunu duymaya, "Memelerim, benim güzel meyvelerim," diye düşünmeye; gizemlice gülümsemeye, gıdıklanan göğüslerinin yayılışına dikkat etmeye devam ediyordu... sonra birden haykırdım ve gözlerimin yuvalarından uğradığını fark ettim.

Bu muazzam mevcudiyet üzerine bir düş mü kurmuştum? Mevcudiyet burada, parkın üstünde, ağaçların üzerine devrilmişti, yumuşacıktı; her şeyi yapış yapış ediyordu, ağdalı bir reçel gibi. Ve ben, bütün bu bahçeyle birlikte onun içindeydim. Korkmuştum ama bilhassa öfkelenmiştim; bunu öyle aptal, öyle yersiz buluyordum ki, bu iğrenç marmelattan nefret ediyordum. O kadar çok, o kadar çoktu ki! Gökyüzüne dek yükseliyor, dört bucağa yayılıyordu; jelatinimsi kayışıyla her şeyi dolduruyordu:

Parkın sınırlarından, evlerden, Bouville'den uzaklara kadar derinleştiğini görüyordum; bense ne Bouville'de ne de başka bir yerdeydim, çalkalanıp duruyordum. Şaşırmamıştım, bunun Dünya olduğunu biliyordum, kendini birden çırılçıplak gösteren Dünya. Bu saçma sapan koca varlığın karşısında öfkeden bayılacaktım. Bütün bunların nereden çıktığını, nasıl olup da hiçlik yerine bir dünyanın var olduğunu bile soramıyordu insan. Bunun anlamı yoktu, dünya her yandaydı, önde, arkada. Ondan *önce* hiçbir şey yoktu. Hiçbir şey. Onun var olmadığı bir an yoktu. Beni tedirgin eden buydu işte: Bu akıp duran kurtçuğun var olması için *hiçbir neden yoktu* kuşkusuz. Ama var olmamış olması da *olanaklı değildi*. Düşünülemez bir şeydi bu: Hiçliği tasarlamak için önceden burada, dünyanın ortasında, gözler fal taşı gibi açık, canlı olarak bulunmak gerekiyordu; hiçlik benim kafamdaki bir düşünceydi sadece, bu sınırsızlık içinde salınıp duran bir düşünce: Bu hiçlik varoluştan önce gelmemişti, o da ötekiler gibi bir varoluştu ve birçoğundan sonra ortaya çıkmıştı. "Ne pislik, ne iğrenç şey!" diye bağırdım. Bu yapışkan pislikten kurtulmak için kendimi sarstım ama iyice yapışmıştı; tonlarca varoluş vardı çevremde, bitip tükenmiyordu: Bu devasa sıkıntının dibinde boğuluyordum. Sonra ortasında bir delik açılmış gibi bahçe birden boşalıverdi; dünya geldiği gibi kayboldu ya da ben uyandım. Her neyse, onu bir daha görmedim. Çevremde, içinden kurumuş sarı dalların çıktığı sarı bir toprak kalmıştı yalnız.

Ayağa kalktım. Dışarı çıktım. Kapıya gelince arkama döndüm. O zaman bahçe gülümsedi bana. Kapıya abanıp uzun uzun baktım. Ağaçların, meşe kümelerinin gülümseyişi bir şeyler *söylemek istiyordu*, varoluşun gerçek sırrı buydu. Bir pazar günü (üç haftadan fazla olmadı), her yerde, bir tür komplo havası olduğunu sezmiştim. Bunun muhatabı ben miydim? Anlamak için gereken araçlardan yoksun olduğumu sıkıntı içinde hissetmiştim. Hiçbir araç yoktu. Ama o buradaydı, bekliyordu, bir bakışı andırıyordu. Burada, atkestanesinin gövdesinin üzerindeydi... atkestanesinin *kendisiydi.* Nesneler yarı yolda duraklayan, kendilerini ve düşünmek istediklerini unutan, öylece kalıveren, kendilerini aşan tuhaf bir anlamcıkla bir o yana bir bu yana giden düşünceler gibiydi. Bu anlamcık canımı sıkıyordu: Onu *anlayamıyordum,* kapıya abanmış vaziyette yüz yıl kalsam da sonuç değişmeyecekti; varoluşla ilgili edinebileceğim bütün bilgiyi öğrenmiştim. Ayrıldım, otele döndüm, yazdım.

Gece

Kararımı verdim: Kitabımı yazmayacağıma göre Bouville'de kalmam için bir neden yok. Paris'te yaşayacağım. Cuma günü beş treniyle yola çıkacağım, cumartesi Anny'yi göreceğim, belki birkaç gün birlikte kalırız. Sonra bazı işlerimi halletmek ve bavullarımı hazırlamak için buraya döneceğim. En geç 1 Mart'a kadar Paris'e yerleşmiş olacağım.

Cuma

Rendez-vous des Cheminots'dayım. Trenim yirmi dakika sonra kalkıyor. Gramofon. Güçlü bir serüven duygusu var içimde.

Cumartesi

Anny üzerinde siyah, uzun bir elbiseyle bana kapıyı açıyor. Her zamanki gibi ne elini uzatıyor ne de merhaba diyor. Sağ elimi pardösümün cebinden çıkarmadım.

Söylenmesi gereken ilk sözlerden kurtulmak için hızla ve surat asar gibi, "İçeri gir, pencerenin yanındaki koltuk dışında istediğin yere otur," diyor.

Bu o, evet ta kendisi. Kollarını iki yanına bırakıyor, yüzü yaslı, ergenlik çağında bir kız hali verirdi bu ona eskiden. Ama şimdi küçük bir kıza benzemiyor. Şişmanlamış, göğsü iyice irileşmiş.

Kapıyı kapatıyor, düşünceli bir tavırla kendi kendine, "Yatağa mı otursam acaba..." diyor.

Üzeri halıyla örtülmüş, sandık gibi bir şeyin üzerine bırakıyor kendini sonunda. Yürüyüşü değişmiş: Yüce bir ağırlık var hareketlerinde, yine de bir incelik göze çarpıyor: Bu yaşta şişmanlamış olmaktan mahcup gibi.

Anny bir kahkaha patlatıyor.

"Niçin gülüyorsun?"

Her zamanki gibi hemen karşılık vermiyor, kavgacı bir tavır takınıyor.

"Söylesene, niçin gülüyorsun?"

"Geldiğinden beri sırıtıp durduğun için. Kızını evlendirmiş bir babaya benziyorsun. Haydi, ayakta kalma. Paltonu koy da bir yere otur. Evet, istersen oraya."

Sonra bir sessizlik çöküyor, Anny konuşmaya kalkışmıyor. Bu oda ne kadar çıplak. Anny eskiden bütün yolculuklarında şallar, türbanlar, mantilla'lar,[1] Japon maskeleri, Épinal fotoğraflarıyla dolu koca bir bavul taşırdı yanında. Bir otele varır varmaz –orada bir gece kalacak olsa bile– ilk işi, bu bavulu açıp içindekileri çıkarmak ve sonra değişken, karmaşık bir düzene göre bunları duvarlara, lambalara asmak ya da masaların üzerine ve yere sermek olurdu. Yarım saat içinde, en bayağı oda bile, dayanılmayacak kadar ağır ve iç gıdıklayıcı bir kişilik kaza-

1. İspanyol kadınların davetlerde başlarını ve omuzlarını örtmek için kullandığı, tül veya dantelle süslenmiş bir şal. (Y.N.)

nırdı. Bu bavul kaybolmuştur belki ya da emanette kalmıştır... Banyoya çıkan yarı açık kapısıyla, bu soğuk odanın uğursuz bir görünüşü var. Biraz daha lüks ve daha kasvetli fakat yine de Bouville'deki odama benziyor.

Anny hâlâ gülüyor. Bu genizden gelen, son derece tiz gülüşü çok iyi hatırlıyorum.

"Doğrusu hiç değişmemişsin. Bu şaşkın ifadeyle ne arıyorsun böyle?"

Gülümsüyor ama üzerime çevrilen bakışında düşmanca bir merak var.

"Burası senin kaldığın bir odaya benzemiyor diye düşünüyordum."

Belli belirsiz, "Ya, öyle mi?" diyor.

Yeniden susuyoruz. Şimdi yatağın üzerinde oturuyor, siyah elbisesinin içinde çok solgun görünüyor. Saçlarını kesmemiş. Kaşlarını biraz kaldırarak, sakince bana bakıyor hâlâ. Söyleyecek bir şeyi yok mu? Öyleyse beni buraya niçin çağırdı? Dayanılmaz bir sessizlik bu.

Birden acınacak bir tavırla, "Seni gördüğüme sevindim," diyorum.

Son sözcük boğazımda düğümleniyor: Bunu söyleyeceğime sussam daha iyiydi. Kızacak besbelli. İlk on beş dakikanın çok güç geçeceğini düşünmüştüm. Eskiden, ister yirmi dört saat sonra, ister sabah uyanınca, Anny'yi yeniden gördüğümde onun beklediği sözcükleri; elbisesine, havaya, bir gün önce söylediğimiz son sözlere uygun düşen sözcükleri bir türlü bulamazdım. Peki ne istiyor? Kestiremiyorum bunu.

Başımı kaldırıyorum. Anny bir çeşit şefkatle bakıyor.

"Demek hiç değişmedin! Demek her zamanki gibi salaksın."

Yüzünde bir tatmin okunuyor. Ama öyle yorgun görünüyor ki.

"Sen bir kilometre taşısın," diyor, "yolun kıyısında

bir kilometre taşı. Hiç istifini bozmadan, Melun'un yirmi yedi, Montargis'in kırk iki kilometre uzakta olduğunu belirtirsin. Hayatın boyunca da böyle yapacaksın. Sana işte bu yüzden çok ihtiyacım var."

"Bana ihtiyacın mı var? Seni görmediğim şu dört yıl boyunca bana ihtiyacın oldu mu? Hiç belli etmedin."

Gülerek konuştum, kendisine kin beslediğimi düşünmesin diye. Çok sahte bir gülüş olduğunun farkındayım, rahat değilim.

"Amma aptalsın! Seni görme ihtiyacı duymuyorum tabii. Bunu söylemek istiyordun değil mi? İnsanın içini açan bir görünüşün yok, biliyorsun. İhtiyacını duyduğum şey, yaşayıp gitmen ve değişmemen. Paris'te ya da oraya yakın bir yerde duran şu platin metre[1] gibisin. Herhangi birinin onu görmek istediğini zannetmem."

"Seni aldatan bu zaten."

"Neyse, önemli değil, ben istemiyorum. Ben, o metrenin var olduğunu, yeryüzü kuşağının kırk milyonda birini tam olarak ölçtüğünü bilmekten memnuniyet duyuyorum. Bir evin ölçüsünü alırlarken ya da bana kumaş satarlarken düşünüyorum onu."

Soğuk bir tavırla, "Ya, öyle mi?" diyorum.

"Seni sadece bir soyut erdem, bir çeşit sınır gibi düşünebileceğimi bilirsin. Her seferinde yüzünü hatırladığım için bana teşekkür etmelisin."

Eskiden onu sevdiğimi söylemek ya da kollarımın arasına almak için basit ve sıradan isteklere kapıldığımda, sonuna kadar uzatmak zorunda kaldığım şu kılı kırk yaran tartışmalar işte yine ortaya çıktı. Ama şimdi böyle bir isteğim yok. İstediğim tek şey susmak ve Anny'nin kar-

1. Jan Hendrik van Swinden metrik sistemin uzunluk standardı olarak ilk metre prototipini 1799'da Fransız yetkililere, 25 mm x 4 mm büyüklüğünde ve dikdörtgen kesitli bir platinyum çubuk şeklinde sunmuştur. (Y.N.)

şımda duruşunun, bu olağanüstü olayın bütün önemini sessizlik içinde kavramak belki. Onun gözünde, bugünün ötekilerden farkı yok mu? Elleri titremiyor onun. Bana mektup yazdığı gün söyleyecek bir şeyi olmalıydı, belki de aklına öylesine esmişti. Şimdi unutulup gitmişti bile.

Anny, birden öyle sevgi dolu gülümsüyor ki ağlayacak gibi oluyorum.

"Platin metreden daha sık düşünüyorum seni. Seni düşünmediğim bir gün olmadı. Yüzündeki en önemsiz ayrıntıyı bile eksiksiz hatırlıyordum."

Ayağa kalkıp yanıma geliyor, ellerini omuzlarıma koyuyor.

"Yakınıp duran sen, yüzümü hatırladığını söylemeye cüret edebilir misin?"

"Haksızlık ediyorsun," diyorum, "hafızamın zayıf olduğunu bilirsin."

"İşte itiraf ettin: Beni büsbütün unutmuşsun. Yolda görsen tanır mıydın?"

"Tabii. Mesele bu değil."

"Saçlarımın rengini hatırlıyor musun bari?"

"Elbette! Saçların sarı."

Gülmeye başlıyor.

"Kabara kabara söylüyorsun bunu. Şu an saçlarımı gördüğüne göre büyük bir iş yapmış sayılmazsın."

Eliyle saçlarımı tarazlıyor.

Benim gibi konuşarak, "Senin saçların da kızıl," diyor. "Seni ilk gördüğümde, bunu hiç unutmam, eflatun rengi bir şapkan vardı, saçlarına hiç uymuyordu. Bakınca insanın midesi bulanıyordu. Şapkan nerede? Eskisi kadar zevksiz olup olmadığını anlamak istiyorum."

"Kullanmıyorum artık."

Gözlerini kısarak hafifçe ıslık çalıyor:

"Kendin mi karar verdin buna? Öyle mi? Aferin, kutlarım. Tabii! Fark etmem gerekirdi. Senin saçların hiçbir şeye uymaz. Şapkalara, koltuk yastıklarına, hatta arka planda görünen duvar halılarına bile uymaz. Ya da Londra'da satın aldığın şu İngiliz fötrü gibi, kulaklarını kapatabildiğin bir şapka kullanman gerek. Perçemlerini de içine sokuyordun. Dazlak olup olmadığın bile anlaşılmıyordu."

Eski kavgaları sona erdiren kesin bir sesle ekliyor:

"Hiç yakışmıyordu sana."

Hangi şapkadan söz ettiğini bilmiyorum.

"Yakıştığını mı söylüyordum yoksa?"

"Tabii ki. Hep bundan söz ediyordun. Ayrıca görmediğimi sandığın zaman bile gizlice aynalara bakıyordun."

Geçmişin bilgisi boğuyordu beni. Anny'nin anılardan söz eder gibi bir hali yok, bundan bahsederken beliren uzak ve içli anlam yok sesinde. Sanki bugünden, hiç olmazsa dünden söz ediyor gibi. Eski fikirlerini, inatçılığını, kinini dipdiri saklamış. Oysa benim için her şey şiirsel bir belirsizlik içinde kaybolup gitti; her isteneni kabul etmeye hazırım.

Birden kaskatı bir sesle, "Görüyorsun, şişmanladım, yaşlandım. Kendime bakmam gerek," diyor.

Evet. Öyle yorgun görünüyor ki. Tam konuşacağım sırada söze başlıyor:

"Londra'da, tiyatroda çalışıyorum."

"Candler'la birlikte mi?"

"Hayır. Candler'la değil. Nasıl bilirim seni! Candler'la birlikte tiyatroda çalışacağımı kafana koymuştun bir kere. Candler'ın bir orkestra şefi olduğunu kaç kere söyleyeceğim sana? Soho Square'da küçük bir tiyatroda çalışıyordum ben. *İmparator Jones*'u, Sean O'Casey ve Synge'in piyeslerini, *Britannicus*'u oynadık."

"*Britannicus*'u mu?" diyorum şaşkınlıkla.

"Evet, *Britannicus*'u. Bu yüzden ayrıldım zaten. *Britannicus*'u sahneleme fikrini ben verdim onlara, sonra bana Junie rolünü oynatmaya kalktılar."

"Peki ne oldu?"

"Tabii ki Agrippine'den başkasını oynayamazdım."

"Şimdi ne yapıyorsun?"

Bunu sormayacaktım. Yüzü bir anda canlılığını yitiriyor. Ama hemen yanıtlamaktan geri kalmıyor:

"Oynamıyorum artık. Yolculuklara çıkıyorum. Birisi var, o bakıyor bana."

Gülümsüyor:

"Of! Böyle acır gibi bakma. Durumum o kadar feci değil. Himaye edilmek canımı sıkmıyor, sana hep söylemişimdir bunu. Yaşlı bir adam zaten, rahatsız edici biri değil."

"İngiliz mi?"

Tedirgin olmuştu. "Sana ne bundan?" diyor. "Bu adamdan söz edecek değiliz. Ne senin ne de benim için önemi var. Çay ister misin?"

Banyoya giriyor. Gidip geldiğini, kap kacağı tıkırdattığını, kendi kendine konuştuğunu duyuyorum. Anlaşılmaz ve tiz bir mırıltı işitiyorum. Yatağının yanındaki masanın üzerinde her zamanki gibi, Michelet'nin *Fransa Tarihi*'nin bir cildi duruyor. Yatağın üst kısmına bir fotoğraf asmış olduğunu fark ediyorum şimdi. Emily Brontë'nin, erkek kardeşi tarafından yapılmış portresi bu.

Anny geri dönüp birden, "Şimdi sen kendinden söz etmelisin bana," diyor.

Sonra banyoya girip yine gözden kayboluyor. Hafızam zayıf olduğu halde hatırlıyorum: Canımı fena halde sıkan dolaysız sorular sorardı hep, bunlardan sıkılıyordum çünkü hem gerçek bir ilgi duyuyor hem de hemen kurtulmak istiyordum. Ne olursa olsun, bu sorudan sonra artık kuşku duyamam, benden bir şey istediği belli. Bunlar sadece ön hazırlık: Önce kendini sıkan her şeyden sıyrılır insan, ikinci derecede önemli sorular kesin olarak bertaraf edilir. "Şimdi sen kendinden söz etmelisin bana."

Birazdan o kendisinden söz edecek. Birden hiçbir şey anlatmama isteği kaplıyor içimi. Neye yarar? Bulantı, korku, varoluş... Bütün bunları kendime saklasam daha iyi.

Olduğu yerden, "Haydi, anlat bakalım!" diye sesleniyor.

Elinde bir çaydanlık, geri dönüyor.

"Neler yapıyorsun? Paris'te misin şimdi?"

"Hayır, Bouville'deyim."

"Bouville'de mi? Neden? Evli değilsin umarım."

İrkilerek, "Evli mi?" diyorum.

Anny'nin bunu düşünebilmesi hoşuma gidiyor.

"Saçma bir soru. Eskiden bende bulunduğunu söyleyip beni suçladığın naturalist hayal gücünün sonuçları bunlar. Seni iki çocuklu bir dul olarak tasarlardım hani, hatırlıyorsun değil mi? Hele ne hale geleceğimiz üzerine sana anlattığım hikâyeler! Bütün bunlardan nefret ederdin."

Anny hiç bozulmadan, "Sen de hoşlanıyordun bunlardan," diye karşılık veriyor. "Güçlü görünmek için anlatıyordun hepsini. Konuşurken böyle öfkelenip kızarsın ama bir gün gizlice evlenecek kadar da dönek birisin. Bir yıl boyunca öfkelenerek *Violettes Impériales*'i protesto ettin. Sonra bir gün, hastalandığım sırada, yakınımızdaki küçük bir sinemada bu filmi izlemeye tek başına gittin."

Ağırbaşlılıkla, "Bouville'deyim çünkü M. de Rollebon üzerine bir kitap yazıyorum," diyorum.

Anny ilgiyle bakıyor bana.

"M. de Rollebon mu? On sekizinci yüzyılda yaşamadı mı o?"

"Evet."

"Bana bundan söz etmiştin," diyor dalgın dalgın. "Bu bir tarih kitabı o zaman?"

"Evet."

"Ha! Ha!"

Bir soru daha sorarsa her şeyi anlatacağım. Ama başka bir şey sormuyor. Hakkımda yeterince bilgi edindiğini düşündüğü besbelli. Anny dinlemesini iyi bilir ama yalnızca istediği zaman. Bakıyorum ona: Gözkapakları inik, bana söyleyeceklerini, söze nasıl başlaması gerektiğini düşünüyor. Şimdi de benim mi onu sorguya çekmem gerekiyor? Bunu istediğini sanmıyorum. Vaktinin geldiğini düşününce kendiliğinden konuşmaya başlayacak. Kalbimin küt küt attığını duyuyorum.

Birden, "Ben değiştim," diyor.

İşte başladı. Fakat şimdi susuyor. Beyaz, porselen fincanlara çay koyuyor. Konuşmamı bekliyor, bir şey söylemem gerek: Herhangi bir şey değil, onun beklediğini söylemem gerek. İçim içimi yiyor. Gerçekten değişti mi acaba? Şişmanladığı, yorgun göründüğü besbelli ama söylemek istediği bu değil.

"Bilmem, sanmıyorum. Gülüşün, doğruluşun, ellerini omzuma koyuşun ve kendi kendine konuşman da eskisi gibi. Michelet'nin *Tarihi*'ni okuyorsun yine. Başka şeyler de var..."

Sonsuz özüme gösterdiği derin ilgi, bu hayatta başıma gelecek şeylerle hiç ilgilenmeyişi (sonra hem tatlı hem bilgiç, yapmacık edaları), insanlar arasındaki bağlantıları kolaylaştıran her şeyi, dostluk ve kibarlık kaidelerini daha ilk baştan bir yana bırakışı, kendisiyle konuşanları sürekli bir yaratışa zorlayışı.

Omuzlarını silkiyor, kuru bir sesle, "Hayır, değiştim ben," diyor. "Tepeden tırnağa değiştim. Aynı insan değilim artık. İlk görüşte anlayacağını sanmıştım. Oysa sen kalkıp Michelet'nin *Fransa Tarihi*'nden söz ediyorsun."

Gelip önümde dikiliyor:

"Bu adam sandığı kadar güçlü mü bakalım? Şimdi anlarız. Bil bakalım: Hangi bakımdan değiştim?"

Duraksıyorum, ayağını yere vuruyor. Anny hâlâ gülüyor ama gerçekten canı sıkıldı.

"Eskiden seni kıvrandıran bir şey vardı. Hiç olmazsa öyle görünüyordun. Bu yok şimdi, kaybolmuş. Bunu fark etmiş olmalısın. Kendini daha rahat hissetmiyor musun?"

Ona hayır demeye cesaret edemiyorum. Yine eskisi gibi iskemleye ilişmiş durumdayım; tuzaklardan, açıklanmaz öfkelerden kaçınma kaygısıyla doluyum.

Yeniden oturuyor. Hükmünü vermişçesine başını sallayarak, "Pekâlâ, eğer anlamıyorsan birçok şeyi unutmuşsun demektir," diyor. "Eskiden yaptığın densizlikleri hatırlıyor musun? Geliyordun, konuşuyordun, gidiyordun: Hepsi zamansızdı. Hiçbir şeyin değişmediğini düşün: İçeri giriyorsun, duvarlarda maskeler, şallar asılı, ben yatağın üzerindeyim, sana (başını arkaya atıyor, burun delikleri genişliyor, kendisiyle alay etmek ister gibi teatral bir sesle konuşuyor), 'Ne bekliyorsun, hadi otursana,' diyorum. Tabii, 'Pencerenin yanındaki koltuk dışında istediğin bir yere otur,' demekten kaçınıyorum."

"Bana tuzaklar kuruyordun."

"Tuzak değildi bunlar... Ben sözümü bitirince, sen de dosdoğru gidip bu koltuğa otururdun."

Koltuğa merakla bakarak, "Peki o zaman başıma ne gelirdi?" diye soruyorum.

Koltuk ötekilerden farklı değil, rahat ve kullanışlı bir şeye benziyor.

Anny kısaca yanıtlıyor: "Kötülükten başka bir şey gelmezdi."

Üzerinde durmuyorum: Anny'nin çevresinde dokunulmaz nesneler bulundurduğunu biliyorum.

"Sanırım bir şey buldum," diyorum birden, "ama fevkalade olağanüstü bir şey olurdu bu. Dur biraz düşüneyim: Evet, bu oda çırılçıplak. Bunu girer girmez fark ettiğimi kabul etmelisin. İçeri girdiğimde duvardaki o maskeleri, şalları, hepsini görecektim. Otel, her zaman senin odanın kapısında biterdi. Odan bambaşka bir yerdi... Gelip kapıyı açmayacaktın. Seni bir köşede büzülmüş ya da yanından ayırmadığın kırmızı halının üzerinde, yerde oturmuş bana taş yüreklilikle bakıp beklerken bulacaktım... Ben tek bir söz söyler, bir hareket yapar ya da şöyle bir nefes alır almaz hemen kaşlarını çatacaktın, sonra da kendimi tepeden tırnağa kabahatli hissedecektim. Üstelik bunun nedenini de bilmeyecektim. Sonra her geçen dakika, bir densizlik yapacak ve hatalarımın içine gömülüp gidecektim..."

"Kaç kere oldu bu?"

"Belki yüz kere."

"Evet, en azından yüz kere. Peki bu konuda şimdi daha hünerli, daha anlayışlı mısın?"

"Hayır!"

"Bunu söylemen hoşuma gidiyor. Peki sonra?"

"Demek ki bundan böyle..."

Teatral sesiyle, "Ha! Ha!" diyor. "Neredeyse inanmıyor!"

Yumuşaklıkla devam ediyor:

"İnanabilirsin bana, bundan böyle onlar yok artık."

"Kusursuz anlar yok mu artık?"

"Hayır."

Serseme dönüyorum. Tekrar soruyorum:

"Yani sen... bütün o... anlık trajediler, içinde maskelerin, şalların, mobilyaların ve benim küçük birer rol, seninse büyük bir rol oynadığın trajediler bitti mi artık?"

Gülümsüyor:

"Nankör! Oysa ona kendi rollerimden daha büyüklerini veriyordum bazen fakat bunu sezememiş. Evet, bitti bunlar. Çok mu şaşırdın?"

"Tabii, çok şaşırdım. Onların senin bir parçan olduğunu ve elinden alınırsa kalbini sökmüşler gibi hissedeceğini sanıyordum."

Hiçbir şeye aldırmaz gibi, "Ben de öyle sanıyordum," diyor. Sonra hiç hoşuma gitmeyen bir alaycılıkla ekliyor: "Onlarsız yaşayabileceğimi görüyorsun işte."

Ellerini kenetleyip dizlerinden birini avuçlarının içine alıyor. Yüzünü gençleştiren dalgın bir gülüşle yukarılara bakıyor. Gizemli ve hoşnut, şişman bir kız çocuğuna benziyor şimdi.

"Senin değişmeden kalman hoşuma gidiyor. Seni alıp başka bir yere götürseler, boyayıp başka bir yolun kıyısına dikseler yönümü kestirmek için elimde hiçbir işaret olmayacaktı. Gereklisin bana: Ben değişirken sen nasılsan öyle kalıyorsun, değişimlerimi sana bakarak ölçüyorum."

Yine de biraz üzgün hissediyorum.

"Söylediklerin tamamen yanlış," diyorum hemen. "Tam tersine, bu süre boyunca ben de değiştim, aslında, ben..."

Ezici bir küçümseyişle, "Aman biliyorum, entelektüel değişimler!" diyor. "Oysa ben iliğime kadar değiştim."

İliğine kadar değişmiş... Sesindeki beni böyle altüst eden şey neydi acaba? Her halükârda birden sıçradım! Artık orada olmayan bir Anny'yi aramıyorum. Beni etkileyen, şu karşımdaki duran yitik görünümlü kız, onu seviyorum ben.

"Bir çeşit kesinlik... fiziksel bir kesinlik içindeyim, kusursuz anların olmadığını hissediyorum. Yürürken ayaklarımda bile hissediyorum bunu. Her zaman hatta uykuda bile hissediyorum. Bunu unutamıyorum. Bir aydınlanma gibi gerçekleşmedi kesinlikle; hayatım şu gün, şu saatte birdenbire değişti diyemem. Ama şimdi, bunu dün öğrenmiş gibiyim. Şaşkınım, tedirginim, alışamıyorum."

Sakin bir sesle konuşuyor, bu kadar değişmekten gururlanır gibi bir anlam da var sesinde. Oturduğu sandığın üzerinde olağanüstü bir incelikle sallanıyor. Odaya girdiğimden beri o eski Anny'ye, Marsilya'daki Anny'ye hiç bu kadar benzememişti. Beni yine yakaladı ve bir kez daha gülünçlüğün, yapmacıklığın, kılı kırk yarmaların ötesindeki o acayip dünyasına soktu.

Ellerini açıyor ve dizini bırakıyor. Susuyor. Önceden kararlaştırılmış bir sessizlik bu. Operada orkestranın tam sekiz mezür çaldığı sırada sahnenin boş kalması gibi. Çayını içiyor. Sonra fincanı bir yere koyuyor ve iki eliyle sandığın kenarlarına abanarak dimdik duruyor.

O çok sevdiğim, nefretle şişmiş, kasılmış, zehirli Medusa çehresini takınıyor birden. Anny ifade değiştirmez, çehre değiştirir, Antikçağ oyuncularının bir anda maske değiştirmesi gibi. Her maske bir atmosfer yaratmak, ortaya çıkacak olan şeyin tonunu ayarlamak için kullanılır. Maske görünür ve Anny konuştuğu sürece değişmeden öylece durur. Sonra birden düşer ve Anny'den uzaklaşır.

Gözlerini, görmeksizin bana dikiyor. Konuşacak şimdi. Maskenin yüceliğine uygun, trajik bir konuşma bekliyorum, bir ölüm şarkısı.

Tek bir söz söylüyor:

"Ben hâlâ yaşıyorum."

Ses tonu yüzüne hiç uymuyor. Trajik değil... ürkütücü bu: Acımasız, kupkuru, gözyaşından yoksun bir umutsuzluğu dile getiriyor. Evet, onda bir daha canlanmayacak bir kuruluk var.

Maske düşüyor, gülümsüyor.

"Üzgün değilim hiç. Buna şaşıyorum kimi zaman ama haksızlık ediyorum: Niçin üzgün olayım ki? Bir zamanlar muhteşem tutkular yaşama imkânı bulmuştum. Annemden tutkuyla nefret etmiştim." Meydan okur gibi ekliyor: "Seni de, evet seni de tutkuyla sevmiştim."

Bir yanıt bekliyor. Hiçbir şey söylemiyorum.

"Bütün bunlar geçip gitti tabii."

"Nasıl biliyorsun bunu?"

"Biliyorum. Bana tutku verecek herhangi bir şeye ya da kimseye artık rastlamayacağımı biliyorum. Birisini sevmeye kalkışmak önemli bir işe girişmek gibidir, bilirsin. Enerji, cömertlik, körlük ister. Hatta başlangıçta bir uçurumun üzerinden sıçramanın gerektiği bir an vardır. Düşünmeye kalkarsa atlayamaz insan. Artık bu gerekli sıçrayışı yapamayacağımı biliyorum."

"Niçin?"

Alay dolu bakışlarını bana çeviriyor, karşılık vermiyor.

"Şimdilik, ölü tutkularımla çevrilmiş halde yaşıyorum. On iki yaşındayken, annemden dayak yediğim bir gün, kendimi üçüncü kattan aşağı atmama neden olan o korkunç öfkeyi yeniden bulmaya çalışıyorum."

İlgisiz bir söz söylüyormuş gibi dalgınca ekliyor:

"Nesnelere uzun uzadıya bakmak da iyi gelmiyor bana. Ne olduklarını anlamak için bakıyorum, sonra bakışlarımı çevirmem gerekiyor."

"Peki, niçin?"

"Tiksindiriyorlar beni."

Görünüşe göre neredeyse... her halükârda benzerlikler olduğu besbelli. Bir kere Londra'da da olmuştu bu; aşağı yukarı aynı zamanlarda, aynı konular üzerinde, aynı şeyleri tek başımıza düşünmüştük. İsterdim ki... Ama Anny'nin düşünceleri döner durur; iyice anladığından hiçbir zaman emin olamaz insan. İyice anlamam gerekli.

"Dinle, bir şey söylemek istiyorum: Kusursuz anların ne olduğunu hiçbir zaman tam olarak anlamamıştım, biliyorsun. Bana açıklamamıştın onları."

"Evet, biliyorum, hiçbir çaba harcamazdın. Yanımda kazık gibi dururdun."

"Ah! Bunun bana neye mal olduğunu biliyorum."

"Başına gelenlerin hepsini hak ettin sen, çok kabahatliydin; o sapasağlam görünümünle canımı sıkıyordun.

Ben normalim, der gibi bir halin vardı. Her yanından sağlık fışkırıyordu, ruhsal sıhhat içinde yüzüyordun."

"Ama belki yüz kere açıklamanı istemiştim, sormuştum..."

Öfkeyle, "Evet ama nasıl sormuştun?" diyor. "Bilgi isteme alçakgönüllülüğünü gösteriyordun, gerçek bu. Küçükken ne oynadığımı soran ihtiyar kadınlar gibi, dalgın ve nazikçe istiyordun bu bilgiyi." Hayal kurar gibi ekliyor: "Aslında en fazla nefret ettiğim sen değil miydin diye soruyorum kendime."

Kendini zorluyor, toparlanıp gülümsüyor. Yanakları hâlâ alev alev. Öyle güzel ki!

"Onların ne olduğunu açıklamak istiyorum şimdi. Artık öfke duymaksızın, senin gibi ihtiyar kadıncağızlara çocukluk oyunlarımdan söz açacak kadar yaşlıyım. Haydi söyle, ne öğrenmek istiyorsun?"

"Onların ne olduğunu."

"Ayrıcalıklı anlardan söz etmemiş miydim sana?"

"Hayır, sanmıyorum."

"Söz ettim," diyor kendinden emin bir şekilde. "Aix'te, şimdi adını unuttuğum meydanda söz etmiştim. Bir kafenin bahçesindeydik, yakıcı bir güneş vardı, portakal rengi şemsiyelerin altında oturuyorduk. Hatırlamıyor musun? Limonata içiyorduk, hani toz şekerin içinde sinek ölüleri bulmuştum."

"Ha, evet, belki de..."

"İyi ya, sana bu kafede söz etmiştim işte. Çocukluğumda okuduğum Michelet tarihinin büyük bir baskısından bahsederken bu konuya değinmiştim. Şu baskıdan çok daha büyüktü; yaprakları soluk renkliydi, mantarların iç tarafı gibi; üstelik mantar gibi kokuyordu. Babam ölünce amcam ona el koymuş, bütün ciltleri alıp götürmüştü. Amcama o gün ihtiyar domuz demiştim, annem de beni dövmüştü, pencereden atlamıştım bu yüzden."

"Evet, bu *Fransa Tarihi*'nden söz etmiş olmalısın... Bir tavan arasında okuyordun değil mi? Bak işte, hatırlıyorum. Biraz önce beni her şeyi unutmakla suçlamıştın, haksızlık ettiğini görüyorsun şimdi."

"Sus. Çok iyi hatırladığın üzere, bu koca ciltleri tavan arasına taşıyordum. İçlerinde pek az resim vardı, bir ciltte üç ya da dört tane. Ama her biri sayfayı kaplayacak kadar büyüktü. Sayfanın arkası bomboştu. Öteki sayfalardan yer kazanmak için, yazının iki sütun halinde dizilmiş olması beni daha fazla etkiliyordu. Bu gravürleri deli gibi seviyordum. Ezberlemiştim hepsini. Michelet'nin bir kitabını okurken, elli sayfa öncesinden beklerdim onları. Bu gravürleri yeniden bulmak, benim için adeta bir mucizenin gerçekleşmesiydi. Sonra bir incelik daha vardı: Gravürlerin anlattığı sahnelerle ilgili yazı hemen önceki ya da sonraki sayfalarda değil, otuz kırk sayfa ileride yer alıyordu."

"Yalvarırım, kusursuz anlardan söz etsene."

"Ayrıcalıklı durumlardan söz ediyorum. Gravürlerde anlatılan şeylerdi bunlar. Onları ayrıcalıklı diye adlandıran bendim, 'Az sayıdaki resmin konusu olarak seçildiklerine göre çok önemli olmaları gerek,' diye düşünüyordum. Çünkü birçok olay arasından onlar seçilmişti; oysa estetik bakımdan daha değerli yahut tarihi açıdan daha ilgi çekici olaylar söz konusuydu. Sözgelimi, on altıncı yüzyılın tamamı için üç resim vardı: II. Henri'nin ölümü, Duc de Guise'in öldürülüşü ve IV. Henri'nin Paris'e girişi. Bu olayların diğerlerinden apayrı olduğunu düşünüyordum. Gravürler de düşüncemi doğruluyordu zaten: Desen kötüydü, kollar ve bacaklar gövdelerin üzerinde eğreti duruyordu. Yine de bir yücelik mevcuttu. Örneğin Duc de Guise'in öldürülüşünde, seyirciler şaşkınlıklarını ve kızgınlıklarını avuçlarını açıp kollarını uzatarak ve başlarını yana çevirerek belirtiyorlardı. Çok güzeldi bu, insanın bir koro diyeceği geliyordu. Eğlendirici ayrıntıların unutulduğunu zannetme. Yere düşen hizmetçi oğlanlar, kaçışan köpekler ve tahtın basamaklarına oturmuş soytarılar görülüyordu. Ama bütün bu ayrıntılar öyle yücelik ve acemilikle ele alınmıştı ki resmin geri kalanıyla muhteşem bir uyum gösteriyordu: Böyle sağlam bir bütünlük taşıyan başka bir resim görmediğimi sanıyorum. İşte hepsi buradan çıkıyor."

"Ayrıcalıklı durumlar mı buradan çıkıyor?"

"Onlar hakkında düşündüklerim buradan çıkıyor. Ayrıcalıklı durumlar, çok değerli ve az rastlanır bir nitelik taşıyan, daha doğrusu, güzelce ifade edilen durumlardı. Sözgelimi, sekiz yaşındayken kral olmanın ayrıcalıklı bir durum olduğunu düşünüyordum. Ölmenin de. Gülüyorsun ama unutma, ölüm döşeğinde resmedilmiş ya da ölürken yüce laflar söylemiş o kadar çok insan vardı ki, ben... evet ben, can çekişme esnasında insanın kendi varlığının üzerine yükseldiğine inanıyordum safça. Bir ölünün yanında bulunmak bile buna yetiyordu. Ölüm ayrıcalıklı bir durum olduğundan, ondan yayılan bir şey orada bulunanların hepsine sirayet ediyordu. Bir çeşit yücelikti bu. Babam öldüğünde, onu son bir kez göreyim diye beni odasına götürdüler. Merdivenden çıkarken hem sonuna kadar umutsuz hem de bir tür dinî sarhoşlukla doluydum çünkü artık ben de ayrıcalıklı bir durumun içine giriyordum. Duvara dayandım, gerekli hareketleri yapmaya çalıştım. Ama yatağın kenarında diz çökmüş olan annemle halam, hıçkırıklarıyla her şeyi berbat ediyorlardı."

Son sözlerini, anısı onu hâlâ etkiliyormuş gibi kızgınlıkla söylüyor. Susuyor, gözleri bir yere kilitlenmiş, kaşlar kalkık, o sahneyi bir daha yaşamak için fırsattan istifade ediyor.

"Sonraları bütün bu alanı genişlettim: Önce yeni bir durum, yani aşkı (sevişme eylemini kastediyorum) ekledim ona. Bak, eskiden senin bazı... isteklerini niçin yerine getirmediğimi anlamadıysan işte şimdi anlaman için sana bir fırsat: Benim için, kurtarılması gereken bir şey söz konusuydu. Sonraları, birçok ayrıcalıklı durum daha olması gerektiğini düşündüm. En sonunda bu durumların sayısız olduğunu kabul ettim."

"Evet ama bunun özü neydi?"

"Söyledim ya!" dedi şaşkınlıkla. "On beş dakikadır bunu anlatıyorum sana."

"Kişilerin tutkuyla dolu olmaları, sözgelimi nefret ya da aşka kapılıp sürüklenmeleri mi gerekiyordu? Yoksa olayın dış görünüşünün, yani görülebilen yanının yüce olması mı gerekiyordu?"

"Her ikisi de... duruma bağlı," dedi kaba bir şekilde.

"Peki kusursuz anların bununla ne ilgisi var?"

"Onlar daha sonra geliyor. Önce haber veren işaretler ortaya çıkıyor. Sonra ayrıcalıklı durum tantanayla, ağır ağır insanların hayatına giriyor. O zaman, bu durumu kusursuz bir an haline getirmek isteyip istemediğini bilmek sorusu gündeme geliyor."

"Evet anladım," diyorum. "Ayrıcalıklı anların her birinde yapılması gereken belli hareketler, bulunulması gereken belli davranışlar var. Başka davranışlar ve sözler yasak. Öyle değil mi?"

"Böyle denebilir..."

"Yani durum, kullanılması gereken bir materyal."

"Öyle," diyor. "Önce olağanüstü bir şeyin içine girmiş olmak ve onu düzenlediğini hissetmek gerekiyordu. Bütün bu koşullar gerçekleştiğinde an, kusursuz bir an olacaktır."

"Bir çeşit sanat eseri desene."

"Bunu daha önce de söylemiştin," diyor canı sıkılarak. "Hayır, sanat eseri değil, bir... görevdi bu. Ayrıcalıklı durumları, kusursuz anlar haline dönüştürmek *gerekiyor-*

du. Bu bir ahlak sorusuydu. Evet, istersen gülebilirsin: Ahlak sorusu."

Hiç gülmüyorum.

"Dinle beni," diyorum birden. "Ben de kabahatlerimi kabul edeceğim. Seni hiçbir zaman gerçekten anlamadım, hiçbir zaman içtenlikle yardım etmeye çalışmadım. Eğer bilseydim..."

Alaycı bir tavırla, "Teşekkür ederim, çok teşekkür ederim," diyor. "Umarım bu gecikmiş pişmanlıklarının karşılığını beklemiyorsundur. Zaten sana kızdığım yok. Hiçbir şeyi açıkça anlatmamıştım, kördüğüm olmuştum; kimseye söz edemiyordum bundan, hele sana hiç. O anlarda yürümeyen bir şey vardı. Yolumu kaybetmiş gibiydim. Oysa elimden gelen her şeyi yaptığımı hissediyordum."

"Peki ne yapmak gerekiyordu? Hangi hareketleri?"

"Ne budalasın, örnek verilemez ki, duruma bağlı bu."

"Yapmaya çalıştığın şeyi anlatsana bana."

"Anlatmak istemiyorum. Okuldayken beni çok etkilemiş bir hikâyeyi anlatayım istersen: Bir savaşı kaybedip tutsak düşen bir kral vardı. Savaşı kazananların ordugâhında bir köşede duruyordu. Kızının ve oğlunun zincire vurulmuş halde geçtiklerini gördü ama ağlamadı, tek bir söz söylemedi. Az sonra, hizmetkârlarından birinin yine zincire vurulmuş halde geçtiğini gördü. O zaman haykırmaya, saçını başını yolmaya başladı. Sen de bu çeşit örnekler uydurabilirsin. Görüyorsun: Bazen ağlamamak gerekir, aksi halde insan berbat birine dönüşür. Ama ayağına bir odun parçası düşürdüğünde ne istersen onu yapabilir, haykırabilir, ağlayabilir, öteki ayağının üzerinde sekip durabilirsin. Daima stoacılar gibi davranmak budalalıktan başka bir şey değil, boşuna harcamış olursun kendini."

Gülümsüyor:

"Bazen stoacıdan fazlası olmak *gerekiyordu*. Seni ilk öptüğüm ânı hatırlamazsın tabii."

Zafer kazanmış gibi, "Hatırlıyorum, çok iyi hatırlıyorum. Thames kıyısında, Kew Bahçeleri'nde," diyorum.

"Ama hiçbir zaman bilmediğin bir şey varsa o da dikenlerin üzerine oturmuş olduğumdu: Eteğim sıyrılmıştı, bacaklarım delik deşik olmuştu, kıpırdadıkça dikenler daha fazla batıyordu. Orada stoacılık para etmezdi işte. Bana dünyayı unutturmuş değildin, seni öpmek için büyük bir istek de duymuyordum, sana vereceğim öpücük çok daha önemliydi, bir sözleşme, bir anlaşma olacaktı bu. Görüyorsun, hissettiğim acı o kadar yersizdi ki böyle bir anda bacaklarımı düşünemezdim. Duyduğum acıyı göstermemek yetmiyor, bunu hissetmemem de gerekiyordu."

Yaptığına hâlâ şaşıyormuş gibi gururla bakıyor bana.

"Sana vermeye karar verdiğim bu öpücüğü almak için inat ettiğin, seni yalvarttığım yirmi dakikadan daha uzun bir süre boyunca (çünkü bu öpücüğü kurallara uygun biçimde vermek istiyordum) herhangi bir acı duymayacak hale gelmiştim. Oysa tenim çok narindir. Evet, ayağa kalktığımız âna kadar *hiçbir şey* hissetmemiştim."

Tamam, evet, ta kendisi. Serüven diye bir şey yok, kusursuz an yok... İkimiz de aynı aldanışları yitirdik, aynı yollardan geçmişiz. Gerisini biliyorum, söze girip bundan sonra söyleyeceklerini ben söyleyebilirim.

"Böylece çabalarını boşa çıkarmak için daima gözü yaşlı kadıncağızlar, kızıl saçlı bir adam ya da herhangi bir şey bulunduğunu fark ettin," diyorum.

"Evet, öyle," diyor coşkunluğa kapılmadan.

"Öyle değil mi?"

"Kendimi kızıl saçlı bir adamın acemiliğine teslim edebilirdim sonunda. Çünkü diğer insanların rollerini nasıl oynadıkları her zaman ilgimi çekmiştir... aslında..."

"Ayrıcalıklı durumlar yoktu, değil mi?"

"Doğru. Nefretin, aşkın ve ölümün, Kutsal Cuma'nın alevden dilleri gibi üzerimize indiğine inanıyordum. İnsanın nefretle ya da ölümle ışıyabileceğini sanıyordum. Ne büyük hata! Evet, 'Nefret'in gerçekten var olduğuna, insanlara eklendiğine, onları kendi varlıklarının üzerine yükselttiğine gerçekten de inanıyordum. Oysa nefret eden, sevgi duyan yalnızca benim. Ve sonra bu, ben, üstelik hep aynı şey; uzadıkça uzayan bir hamur parçası... kendine öyle benziyor ki insanların nasıl olup da adlar yarattıklarına, ayrımlar yaptıklarına şaşmamak mümkün değil."

Benim gibi düşünüyor. Ondan hiç ayrılmamış gibiyim.

"Dinle beni," diyorum. "Deminden beri bir şey düşünüyorum. Bana cömertçe takdim ettiğin kilometre taşı rolünden daha fazla hoşuma gidiyor bu: Birlikte ve aynı biçimde değiştiğimizi düşünüyorum. Gittikçe uzaklaştığını görmek ve her daim hareket noktanı gösteren bir işaret olarak kalmaktan daha fazla hoşuma gidiyor tabii. Şu anlattıklarının hepsini, sana başka sözcüklerle anlatmak için gelmiştim. Doğru bu. Varış noktasında buluştuk. Bunun ne kadar hoşuma gittiğini anlatamam."

Tatlı ve inatçı bir tavırla, "Ya, demek öyle?" diyor. "Değişmemiş olman daha fazla hoşuma gidecekti. Bu daha uygun olurdu. Senin gibi değilim ben, başkasının benimle aynı şeyleri düşündüğünü görmek hoşuma gitmez. Zaten yanılıyor olmalısın."

Ona serüvenlerimden, varoluştan söz ediyorum. Belki sözü uzatıyorum biraz. Dikkatle dinliyor, kaşları kalkık, gözleri fal taşı gibi açılmış.

Sözümü bitirdiğimde içi rahatlamış gibi görünüyor.

"Benim düşündüklerimin aynısını düşünmüyorsun ki. Kılını bile kıpırdatmadan, nesnelerin çevrende bir çiçek demeti gibi düzenlenmesini istiyorsun sen. Ben asla bu kadarını istemedim: Benim istediğim hareket etmekti. Serüvencilik oynarken sen başından serüvenler geçen, bense serüvenleri geçirten kişiydim, bilirsin. 'Bir eylem insanıyım,' derdim. Hatırlıyor musun? Oysa şimdi, yalnız şunu söylüyorum: Eylem insanı olunamaz."

Söylediklerine inanmıyor görünüyor olmalıyım ki yeniden çabayla söze girişiyor:

"Sana daha bir yığın şeyi söylememiştim çünkü bunları anlatmak uzun sürecekti. Sözgelimi, tam eylem halindeyken, yaptığım şeyin... korkunç sonuçları olacağını kendime söyleyebilmem gerekiyordu. Doğru düzgün anlatamıyorum..."

"Aynı şeyi düşündüğümü söylemem tamamen gereksizdi," diyorum ukala bir tavırla.

Kuşkuyla bakıyor bana.

"Sana inanacak olursam, her şeyi benim gibi düşünmüş olduğunu kabul etmem gerek: Beni çok şaşırtıyorsun."

İnandıramam onu, tedirgin ederim sadece. Susuyorum. Onu kollarımın arasına almak istiyorum.

Birden kaygılı bir ifadeyle bakıyor bana:

"Bütün bunları düşündüysen ne yapabilirsin?"

Başımı eğiyorum.

"Ben... Ben hâlâ yaşıyorum," diyor yeniden.

Ona ne söyleyebilirim ki? Yaşamak için herhangi bir neden biliyor muyum? Ben onun gibi umutsuz değilim çünkü beklediğim fazla bir şey yoktu. Ben daha çok... bana verilmiş, hem de bir *hiç* için verilmiş hayatın karşısında şaşırmış haldeyim. Başımı kaldırmıyorum. Anny'nin gözlerini görmek istemiyorum şu anda.

Kasvetli bir sesle devam ediyor: "Yolculuk yapıyorum. İsveç'ten geldim. Berlin'de sekiz gün kaldım. Beni himaye eden adam var işte..."

Onu kollarımın arasına alsam... Neye yarar? Hiçbir yararım olmaz ona. O da benim gibi yapayalnız.

Daha neşeli bir sesle, "Ne homurdanıp duruyorsun öyle?" diyor.

Başımı kaldırıyorum. Tatlı tatlı bakıyor bana.

"Önemli değil. Bir şey düşünüyordum da."

"Ey gizemli kişilik! Konuş ya da sus ama birini seç."

Rendez-vous des Cheminots'dan, gramofonda çaldırdığım eski *rag-time*'dan, bana verdiği mutluluktan söz ediyorum.

"İnsan bu yönde bulamaz mı ya da arayamaz mı diye düşünüyordum..."

Yanıt vermiyor, söylediklerim onu ilgilendirmedi sanırım.

Ama biraz sonra söze başlıyor. Düşüncelerine devam mı ediyor yoksa söylediğim şeye mi yanıt veriyor, anlayamıyorum.

"Tablolar, heykeller, bunlar kullanılamaz şeylerdir. *Karşımdayken* güzeldirler. Müzik..."

"Ama tiyatroda..."

"Tiyatroya ne olmuş? Bütün sanat dallarını sayacak mısın yoksa?"

"Sahnede kusursuz anlar gerçekleştirmek gerektiği için tiyatroda oynamak istediğini söylerdin eskiden!"

"Evet, gerçekleştirdim onları ama başkaları için. Ben toz içinde, cereyanda, çiğ ışıkların altında ve karton dekorların arasındaydım. Genellikle Thorndyke ile sahne alıyordum. Onu Covent Garden'da oynarken gördün sanırım. Suratına gülmekten korkup dururdum hep."

"Peki hiç rolüne kapılıp koyvermedin mi kendini?"

"Pek az, ara sıra. Kendimi unuttuğum olmadı. Bizim için önemli olan, dibinde göremediğimiz insanların bulunduğu kara delikti; tam önümüzdeki kara delik. Onun içindekilere kusursuz bir an sunuluyordu tabii ama onlar bunun içinde yaşamıyorlardı; kusursuz an gözlerinin önünde gerçekleşip duruyordu. Sanki biz yaşıyor muyduk? Hayır. Kusursuz an, sahnenin ne bu yanında ne de öte yanındaydı. Yoktu o. Ama herkes onu düşünüyordu. Anladın mı yavrum?" diyor bezgin ve bayağı bir ifadeyle. "Hepsine boşverdim bu yüzden."

"Ben şu kitabı yazmaya çalıştım..."

Sözümü kesiyor:

"Geçmişte yaşıyorum. Yaşamış olduğum her şeyi yeniden ele alıp düzenliyorum. Bu uzaklıktan hiçbir zararı dokunmuyor, hatta insanın kendini bırakacağı bile geliyor. Hikâyemizin bütünü oldukça güzel. Ona şöyle bir dokunuyorum ve ortaya kusursuz anlar dizisi çıkıyor. O zaman gözlerimi kapıyor ve hâlâ içinde yaşadığımı hayal etmeye çalışıyorum. Başka kişilerim de var... Odaklanmayı öğrenmek gerek. Ne okuduğumu biliyor musun? Loyola'nın *Exercices spirituels*'ini[1] okuyorum. Çok yararlandım bundan. Önce dekoru düşüneceksin, ondan sonra kişileri. Sonra görüyor insan," diyor delice bir ifadeyle.

"Beni tatmin etmezdi bu."

"Beni ediyor mu sanıyorsun?"

Bir an konuşmuyoruz. Karanlık bastırıyor. Yüzünün solgun lekesini zar zor seçebiliyorum. Siyah elbisesi, odayı dolduran karanlığa karışıyor. Hiçbir şey düşünmeden, içinde biraz çay bulunan fincanımı tutup dudaklarıma götürüyorum. Soğumuş, sigara içmek istiyorum ama cesaret edemiyorum. Birbirimize söyleyecek bir şeyimiz kalmadı gibi geliyor, sıkılıyorum. Daha dün, ona soracak bir yığın sorum vardı: Daha önce neredeydi, ne yapmıştı, kimlerle karşılaşmıştı? Ama bütün bunlar Anny'nin içine işlediği ölçüde önemliydi benim için. Merak etmiyorum

1. (Fr.) Ruhsal Egzersizler. (Y.N.)

artık: Geçtiği tüm ülkeler ve kentler, ona kur yapan ve belki de sevdiği erkekler ona işlememişti, tümden ilgisizlikle karşılamıştı hepsini: Güneşin, karanlık ve soğuk bir denizin yüzeyinde şöyle bir ışımasını andırıyordu bunlar. Anny karşımda duruyor, dört yıldır görüşmedik ama birbirimize söyleyecek sözümüz yok artık.

Anny birden, "Artık gitmelisin," diyor. "Birini bekliyorum."

"Onu mu?"

"Hayır, bir Alman'ı bekliyorum. Bir ressam."

Gülmeye başlıyor. Bu gülüş loş odada acayip bir yankı bırakıyor.

"Al işte, bize benzemeyen biri, henüz benzemiyor. Bir şeyler yapıyor, kendini harcıyor."

İstemeye istemeye kalkıyorum.

"Seni ne zaman göreceğim?"

"Bilmem, yarın akşam Londra'ya gidiyorum."

"Dieppe'den mi?"

"Evet. Sonra Mısır'a geçeceğim sanırım. Bir sonraki kış Paris'e gelirim belki. Mektup yazarım sana."

Çekinerek, "Yarın bütün gün boşum," diyorum.

Kuru bir sesle, "Evet ama benim bir yığın işim var," diye karşılık veriyor. "Seni göremem. Mısır'dan yazacağım. Bana adresini ver."

"Peki."

Adresimi alacakaranlıkta, bir zarf parçasının üzerine yazıyorum. Bouville'den ayrıldıktan sonra, mektuplarımı yeni adresime göndermeleri için Printania Oteli'ndekilere ricada bulunmalı. Aslında bana mektup göndermeyeceğini biliyorum. Belki on yıl sonra görürüm onu. Belki de son kez görüyorum. Fakat ondan ayrılıyorum diye üzgün değilim, yeniden yalnızlığıma düşeceğim diye de korkmuyorum.

Ayağa kalkıyor; kapıda, dudaklarımdan hafifçe öpüyor.

Gülümseyerek, "Dudaklarını hatırlamak için yaptım bunu," diyor. "Ruhsal egzersizlerim için anılarımı tazelemem gerek."

Kolundan tutup kendime çekiyorum onu. Karşı koymuyor ama başını hayır anlamında sallıyor.

"Hayır. Bu beni ilgilendirmiyor artık. Yeniden başlanmaz... İnsanların ne işe yaradığı da göz önüne alınınca, ilk rastladığım yakışıklı bir delikanlı senin yerini tutabilir zaten."

"Peki, sen ne yapacaksın?"

"Söyledim ya, İngiltere'ye gideceğim."

"Hayır canım, şey demek istiyorum..."

"Ha, hiçbir şey!"

Kolunu bırakmadan, usulca, "Demek seni yeniden bulduktan sonra terk etmem gerekiyor," diyorum.

Yüzünü iyice seçiyorum şimdi. Birden soluyor, çöküveriyor. İhtiyar bir kadın yüzü, korkunç bir yüz. Bu yüzü bilerek takınmadığından eminim: Ondan habersiz, belki de Anny'ye rağmen orada.

"Hayır," diyor yavaşça, "hayır, sen beni yeniden bulmadın."

Kolunu kurtarıyor. Kapıyı açıyor. Koridor ışıkla parıldıyor.

Anny gülmeye başlıyor.

"Zavallı! Ne şanssız. İlk defa rolünü iyi oynadığı halde kimse onu alkışlamıyor. Haydi, yürü bakalım."

Ardımdan kapının kapandığını duyuyorum.

Pazar

Bu sabah tren tarifesine baktım. Bana yalan söylemediyse, beşi otuz sekiz geçe kalkan Dieppe treniyle gidecek. Ama belki de arkadaşı onu otomobille götürür. Sabah Ménilmontant sokaklarında dolaştım durdum, öğleden sonra da rıhtımlarda. Birkaç adım, birkaç duvar var aramızda. Saat beşi otuz sekiz geçe, dünkü görüşmemiz bir anı olacak, dudakları dudaklarıma şöyle bir değmiş olan tombul kadın, geçmişin içinde Meknès ve Londra'daki küçük, ince kıza katılacak. Ama henüz orada olduğuna göre, onu yeniden görmek, ikna etmek ve bundan böyle birlikte yaşamak üzere alıp götürmek mümkün olduğuna göre hiçbir şey bitmiş sayılmaz. Kendimi yalnız hissetmiyordum henüz.

Düşüncemi Anny'den başka yöne çevirmek istedim zira yüzünü ve vücudunu gözümün önüne getirmekten inanılmaz sinirlenmiştim: Ellerim titriyordu, üzerime ürperti geliyordu. Sahafların tezgâhlarındaki kitapları karıştırmaya başladım, özellikle müstehcen kitaplara bakıyordum, en azından insanı oyalıyor.

Orsay Garı'ndaki saat beşi çaldı, *Le Docteur au fouet*[1] adında bir kitabın gravürlerini inceliyordum. Gravürlerin hepsi birbirine benziyordu: Elindeki kamçıyı devasa, çıplak kalçaların yukarısında tutan iriyarı, sakallı bir adam görülüyordu çoğunda. Saatin beş olduğunu fark edince elimdeki kitabı ötekilerin arasına bırakıp bir taksiye atlayarak Saint-Lazare Garı'na gittim.

Yirmi dakika kadar peronda dolaştım, sonra onları gördüm. Anny, kendisine bir hanımefendi havası veren kalın bir kürk manto giymişti. Yüzünde kısa bir tül de vardı. Adamın da sırtında devetüyü bir palto. Güneşten yanmış, hâlâ genç, cüsseli ve çok yakışıklı bir adamdı. Yabancı olduğu besbelli ama İngiliz değil, belki Mısırlıdır. Beni görmeden trene bindiler. Konuşmuyorlardı. Sonra adam inip birkaç gazete satın aldı. Anny kompartımanın camını indirdi, beni gördü. Öfkelenmeksizin, anlamsız

1. (Fr.) Kamçılı Doktor. (Y.N.)

gözlerle uzun uzun baktı. Sonra adam yeniden vagona bindi ve tren kalktı. O anda, eskiden birlikte yemek yediğimiz Piccadilly'deki o lokanta gözümün önüne geldi; sonra her şey kararıp kayboldu. Yürüdüm. Yorulduğumu hissedince bir kafeye girdim, uyumuşum. Garson az önce uyandırdı beni, bunları yarı uykulu bir halde yazıyorum.

Yarın öğle treniyle Bouville'e döneceğim. Bavullarımı hazırlamak ve bankadaki işlerimi düzenlemek için iki gün kalmam yetecek. Otelden ayrılacağımı önceden haber vermediğim için, on beş günlük fazla kira vermemi isteyecekler sanırım. Ödünç aldığım kitapları kütüphaneye iade etmem de gerekecek. Ne olursa olsun, hafta sonundan önce Paris'e dönmüş olacağım.

Bu değişiklikle ne kazanacağım? Bu hâlâ bir kent: Biri ırmakla ikiye ayrılıyor, öteki deniz kıyısında; bunun dışında birbirlerine benziyorlar. Çırılçıplak, verimsiz bir toprak seçilir ve içi boş, kocaman taşlar yuvarlanarak oraya getirilir. Bu taşların içinde kokular, havadan daha ağır kokular tutsaktır. İnsanlar kimi zaman bunları pencereden dışarı fırlatırlar; rüzgârla parçalanana dek sokakta öylece kalırlar. Gürültüler açık havada kentin bir ucundan girer, bütün duvarları geçtikten sonra öteki ucundan çıkar; kimi zaman da güneşin kavurduğu, donun çatlattığı bu taşların arasında dört döner.

Kentlerden korkarım. Ama buralardan çıkmamak gerekir. Kentten uzaklaşmaya kalkışacak olursanız yeşillik çemberiyle karşılaşırsınız. Yeşillik, kilometrelerce sürünerek kentlere doğru yaklaşmıştır. Beklemektedir. Kent ölünce yeşillik onu saracak, taşların üzerine tırmanacak, onları sıkıştıracak, her yanlarına girecek, uzun ve kara kıskaçlarıyla onları parçalayacak, delikleri tıkayacak ve her yandan yeşil ayaklarını sallandıracak. Canlı oldukları sürece kentlerde kalmak gerek, kapılara dayanmış o koca saç yığınının içine tek başına girmemek gerek, onu bir başına kıvrılmaya ve çıtırdamaya bırakmalı. Kentlerde kendinize nasıl bakacağınızı bilirseniz ve tüm hayvanların deliklerinde uyuyup organik artıklarının ardında sindirim yaptıkları saatleri seçmeyi becerirseniz, varlıkların en az korkutucu olanlarından, yani minerallerden başka bir şeye nadiren rastlarsınız.

Bouville'e döneceğim. Bitkiler, Bouville'i yalnız üç yandan sarar. Dördüncü yanında ise kendi kendine kıpırdanan, suyla dolu koca bir delik var. Rüzgâr evlerin arasından eser. Kokular başka yerlere göre burada daha kısa süre kalır: Rüzgâr onları denizin üzerine doğru sürer, suyun yüzeyinde delişmen sis parçaları gibi uzaklaşıp yok olurlar. Yağmur yağar. Parmaklıkların arasında bitkiler boy atar. Budanmış, ehlileştirilmiş, kararsız, büsbütün etli bitkiler. Kulak gibi sarkan kocaman, beyazımsı yaprakları vardır bunların. Dokunsanız kıkırdak sanırsınız. Gökyüzünden düşen su yüzünden Bouville'de her şey beyaz ve tombuldur. Bouville'e gideceğim. Ne korkunç.

İrkilerek uyandım. Gece yarısı. Anny, Paris'ten ayrılalı altı saat oldu. Gemi denize açılmış olmalı. Bir kamarada uyuyordur şimdi ve yakışıklı, bronz adam güvertede sigara içiyordur.

Bouville'de salı

Özgürlük bu mu? Altımda, bahçeler uyuşukça kente doğru iniyor ve her bahçede bir ev yükseliyor. Ağır, hareketsiz denizi görüyorum, Bouville'i görüyorum. Hava güzel.

Özgürüm: Hiçbir yaşama nedenim kalmadı artık, denediğim bütün nedenler beni bıraktı, yenilerini de tasarlayamıyorum. Daha genç sayılırım, yeniden başlamaya yetecek gücüm var. Ama nereden başlamalı? En berbat korkulara, bulantılara kapıldığımda, beni kurtarır diye Anny'ye ne kadar güvenmiş olduğumu ancak şimdi anlıyorum. Geçmişim öldü, M. de Rollebon öldü, Anny sadece bütün umutlarımı kırmak için geri geldi. Bahçeler boyunca uzayan şu beyaz sokakta yalnızım. Yalnız ve özgür. Ama bu özgürlük ölüme benziyor biraz.

Bugün hayatım sona eriyor. Yarın, içinde bunca zaman yaşadığım ve ayaklarımın ucunda uzanan şu kenti terk edeceğim. Burası tıkız, burjuva, gayet Fransız bir isim olarak kalacak zihnimde ancak, hafızamda bir isim, Floransa, Bağdat gibi adlara göre daha yoksul. Bir zaman gelecek, "Bouville'deyken bütün gün boyunca ne yapardım?" diye soracağım. Şu güneşten, şu öğle sonrasından geriye hiçbir şey, bir anı bile kalmayacak.

Bütün hayatımı geride bırakıyorum. Onu tepeden tırnağa görüyorum. Hakkında söylenecek pek az şey var: Kaybedilmiş bir oyun, hepsi bu. Bouville'e tantanayla girişimin üzerinden üç yıl geçti. Oyunun birinci partisini kaybetmiş, ikincisini oynamak istemiştim: Onu da kaybetmiştim. Bir anda, insanın her zaman kaybettiğini idrak ettim. Kazanacaklarına inananlar yalnız alçaklardır. Ben de Anny gibi yapacağım artık, yaşamayı sürdürmeye devam edeceğim. Yemek, uyumak; uyumak, yemek. Ağır ağır, usul usul var olup gitmek; ağaçlar, su birikintisi, tramvaydaki kırmızı koltuk gibi.

Bulantı biraz yakamı bıraktı. Ama geri döneceğini biliyorum: O benim normal halim. Ne var ki bugün, vücudum bunu kaldıramayacak kadar bitkin. Hastalar da kimi zaman acılarını hissedemeyecek kadar bitkin düşerler. Canım sıkılıyor, başka bir şey değil. Ara sıra öyle şiddetle esniyorum ki gözlerimden yaş geliyor. Derin, kopkoyu bir sıkıntı bu, varoluşun ta kendisi, yoğrulduğum hamur. Ama işi hırpaniliğe vurmuyorum, tam tersine: Bu sabah yıkandım, tıraş oldum. Bu minicik, titizlik gerektiren eylemleri düşününce, onları nasıl olup da yapabildiğimi kavrayamıyorum: O kadar boşuna şeyler ki! Ben değil, alışkanlıklar yerine getiriyor onları besbelli.

Alışkanlıklar hâlâ canlı; uğraşıp duruyor, ağlarını usul usul, belli etmeden örüyorlar; sütanneler gibi yıkıyor, kuruluyor, giydiriyorlar. Yoksa beni bu tepeye getiren de onlar mı? Nasıl geldiğimi hatırlamıyorum. Dautry merdiveninden çıktığıma şüphe yok: Peki, yüz on basamağı gerçekten teker teker çıktım mı? Bu merdivenden birazdan ineceğimi düşünmek belki daha da güç. Oysa biliyorum bunu: Az sonra Coteau-Vert'in aşağısında bulacağım kendimi; başımı kaldırdığımda, şu an böylesine yakınımda duran evlerin ta uzakta aydınlanmış pencerelerini göreceğim. Ta uzakta. Başımın üzerinde; içinden çıkamadığım, beni her yandan kuşatan, benliğimi yapan şu an, karmakarışık bir düşten başka bir şey olmayacak.

Ayaklarımın altındaki Bouville'in gri, titrek ışıklarına bakıyorum. Güneş ışığının içindeyken deniz kabuğu yığınına, kemik parçalarına, kum tepelerine benziyor. Bu yıkıntıların arasında kaybolmuş ufacık cam ya da mika yansıları ara sıra hafif alevler saçıyor. Deniz kabuklarının arasında uzanan arklar, kanallar, çukurlar, ince çizgiler bir saat sonra sokağa dönüşecek ve ben bu sokaklarda, duvarların arasında yürüyeceğim. Boulibet Sokağı'nda seçebildiğim şu küçük, kara siluetler var ya, bir saat sonra ben de onlardan biri olacağım.

Şu tepenin üstünde, kendimi onlardan ne kadar uzak hissediyorum. Sanki başka bir türüm. İnsanlar bütün gün çalıştıktan sonra bürolardan çıkıyor, evlere ve meydanlara neşeyle bakıp bu kentin *kendi* kentleri olduğunu, "güzel bir burjuva kenti" niteliği taşıdığını düşünüyorlar. Korkmuyorlar; evlerinde gibi hissediyorlar. Musluklardan akan ehlileştirilmiş kent suyundan, düğmeye basınca ampullerden yayılan ışıktan, payandalarla desteklenmiş melez ağaçlardan başka şey bilmezler. Her şeyin bir mekanizmaya uyarak ortaya çıktığını, dünyanın belli ve değişmez yasalara göre işlediğini her gün yüz kere görürler:

Bütün nesneler boşlukta aynı hızla düşer; park yazın her gün saat altıda, kışın da dörtte kapanır; kurşun 335°C'de erir; son tramvay Hotel de Ville'den on biri beş geçe kalkar. Bunlar sakin, biraz asık suratlı kimselerdir, Yarın'ı yani bugünün bir tekrarını düşünürler; kentlerde her sabah yeniden ortaya çıkan tek bir gün vardır. Pazarları, bu tek günü güçbela biraz süslerler. Avanaklar. Onların kendinden memnun, kalın suratlarını göreceğimi düşündükçe içimi tiksinti kaplıyor. Yasalar çıkarırlar, bayağı romanlar yazarlar, evlenirler, çocuk yapma budalalığına düşmekten kurtulamazlar. Bütün bu süre boyunca o devasa, ne idüğü belirsiz doğa kentlerine girmiş, her tarafa, evlerine, bürolarına, kendilerine bile sızmıştır. Doğa kıpırdamaz, olduğu gibi durur; içleri dolduğu, doğayı soludukları halde onlar bunun farkında değillerdir. Kentin dışında, yirmi kilometre uzakta olduğunu sanırlar doğanın. Onu *görüyorum* ben, bu doğayı *görüyorum*... İtaatinin tembellikten ileri geldiğini biliyorum, yasaları olmadığını da biliyorum: Onların değişmezlik sandıkları şey... yalnızca alışkanlık, doğa yarın değiştirebilir bunları.

Bir değişiklik olsa? Doğa birden pır pır etmeye başlasa ne olur? O zaman doğanın yanı başlarında olduğunu anlar, kalplerinin çatlayacak gibi attığını hissederler. Dalgakıranları, kale duvarları, elektrik santralleri, fırınları, şahmerdanları o zaman ne işlerine yarayacak? Her an gerçekleşebilir bu, hatta az sonra bile; işaretleri görülüyor zaten. Sözgelimi, gezmeye çıkmış bir aile babası, kırmızı bir paçavranın rüzgâra kapılmış gibi sokağın öte yanından kendine doğru geldiğini görecek. Paçavra yanına geldiğinde bunun sürünüp duran, sıçrayan, toza bulanmış, kokmuş bir et parçası; kasılıp gevşedikçe kan fışkırtarak akıntıda yuvarlanıp giden işkenceye uğramış bir vücut parçası olduğunu görecek. Ya da bir anne, çocuğunun yanağına bakarken, "Ne olmuş yanağına, sivilce mi çıkıyor?" diyecek ve etin biraz şişip yarıldığı yerden bir üçüncü gözün, güleç bir gözün belirdiğini görecek. Ya da ırmakta yüzen birinin sazlara değdiğinde hissettiği okşayışa benzer okşayışlar saracak gövdelerini. O zaman, kıyafetlerinin canlı bir şeylere dönüştüklerini anlayacaklar. Bir diğeri, ağzını bir şeyin tırmaladığını hissedecek; aynaya yaklaşıp bakınca dilinin, ayaklarını oynatıp damağını tırmalayan capcanlı, kocaman bir kırkayak haline geldiğini görecek. Tükürmek isteyecek ama kırkayak gövdesinin bir parçası haline geldiğinden elleriyle çekip koparmak zorunda kalacak. Yeni sözler kullanarak adlandırılması gereken bir yığın şey ortaya çıkacak: taş-göz, üç-köşeli-kocaman kol, ayak-parmağı-koltuk değneği, örümcek-çene. Sıcak yatağında uykuya dalmış kişi, mavimsi bir toprak üstünde, Jouxtebouville'in bacalarını hatırlatan, göğe doğru kırmızı ve bembeyaz yükselen, yarısı toprağa gömülü, tüylü ve soğan gibi yuvarlak, kocaman yumruları olan uğultulu bir erkek organları ormanında çırılçıplak uyanacak. Ve kuşlar onların çevresinde uçuşacak, onları gagalayacak ve kanatacak. Yaralardan tohumlar akacak ağır ağır, küçük kabarcıklarla dolu, ılık cam gibi saydam, kanla karışmış tohumlar. Ya da böyle bir şey olmayacak, gözle görünür bir değişiklik çıkmayacak ortaya ama insanlar bir sabah pencerelerini açınca, nesnelerin üzerine çökmüş bekler gibi duran korkunç bir tür hisle hayrete düşecekler. Bundan başka bir şey olmayacak: Kısa sürmesine rağmen insanlar öbek öbek intihara kalkışacaklar. Evet, öyle! Bırakalım da biraz değişiklik olsun, görelim, fazlasını istemiyorum. O zaman, ansızın yalnızlığa gömülmüş insanları göreceğiz. Yapayalnız, korkunç iğrençliklerinin içinde yapayalnız insanlar sokaklarda koşuşacak, gözleri bir noktaya sabitlenmiş, hem dertlerinden kaçıp hem de onları içlerinde taşıyarak, ağızları açık, kanatlarını çırpan dil-böcekleriyle önümden yorgun argın geçecekler. İşte o zaman gövdem düğünçiçekleri ve kasımpatıları gibi açılan ne idüğü belirsiz pis kabuklarla kaplı olsa bile katıla katıla güleceğim. Sırtımı bir duvara dayayıp önümden geçerlerken, "Biliminiz nerede? Hümanizminize ne oldu? Düşünen kalem ünvanının size verdiği onura ne oldu?" diye haykıracağım. Korkmayacağım, hiç olmazsa şu ankinden daha fazla korkmayacağım. Nasıl bir değişiklik olursa olsun, varoluşun şu ya da bu biçime girmesi bu. Bir yüzü ağır ağır yiyen bütün gözler ikisiyle aynı oranda fazlalık olacak. Benim asıl korkum varoluş.

Karanlık bastırıyor, kentin ilk ışıkları yandı. Tanrım! Kent, bütün geometrisine rağmen ne kadar *doğal* görünüyor, gecenin altında nasıl da ezilmiş gibi. Öyle... besbelli, buradan onu gören yalnız ben miyim acaba? Ayaklarının altında, doğanın derinliklerine gömülmüş bir kenti, bir tepenin doruğundan seyreden başka bir Kassandra[1] yok mudur? Olsa ne olur sanki? Ona ne söyleyebilirim?

Gövdem yavaşça doğuya dönüyor, biraz sallanıyor ve sonra yürümeye koyuluyor.

Çarşamba, Bouville'de son günüm

Otodidakt'ı bulmak için kenti baştan başa dolaştım. Eve gitmediği besbelli. İnsanlar tarafından istenmeyen bu zavallı hümanist, utanç ve korku içinde rasgele dolaşıp duruyordur şimdi. Doğruyu söylemek gerekirse başına gelene pek şaşırmadım: O yumuşak ve çekingen yüzünün, uzun zamandan beri üzerine bir rezalet çekeceğini düşünüyordum. Kabahati o kadar az ki: Genç çocuklar için hissettiği o alçakgönüllü, tefekkür yüklü sev-

1. Troya kralı Priamos ve kraliçe Hekabe'nin kızı, Hektor ve Paris'in kız kardeşi. (Y.N.)

giye şehvet bile denemez; ancak hümanizmin bir çeşidi sayılabilir. Fakat günün birinde kendisini yapayalnız bulması gerekiyordu. Mösyö Achille gibi, benim gibi: Kendi türümden o, iyi niyetli biri. Artık yalnızlığın içine girdi, bir daha çıkmamak üzere. Kültüre dair düşleri, insanlarla anlaşma üzerine kurduğu düşler birden yıkılıp gitti. Önce korku ve dehşet hissedecek, ardından uykusuz geceler, sonra peş peşe, bitip tükenmeyen sürgün günleri sökün edecek. Akşamları kütüphanenin avlusuna gelip dolaşacak, pırıl pırıl yanan pencerelere uzaktan bakacak ve uzun kitap raflarını, deri ciltleri, sayfalarda tüten kokuyu hatırlayınca içi gidecek. Ona eşlik etmediğim için üzülüyorum ama kendisi istemedi hatta onu yalnız bırakmamı rica etti: Yalnızlığın içinde çıraklığa başlıyordu. Kafe Mably'de yazıyorum bunları. Kafeye büyük bir törenle girdim; patronu, kasadaki kızı seyretmek ve onları son kez gördüğümü iyice hissetmek istiyordum. Ama Otodidakt'ı unutamadım bir türlü. Allak bullak olmuş sitem dolu yüzü; kana bulanmış yakası gözümün önünden gitmedi. Bu yüzden kâğıt istedim, başına gelenleri yazacağım şimdi.

Öğleden sonra saat ikiye doğru kütüphaneye gittim. Şöyle düşünüyordum: "Kütüphane. Buraya son kez giriyorum."

İçerisi neredeyse boştu. Burayı görmek içimi sızlatıyordu. Çünkü bu kütüphaneye bir daha gelmeyeceğimi biliyordum. Salon buhardan yapılmış gibi hafifti; gerçek değildi sanki, büsbütün kırmızıydı; batan güneş kadınlara ayrılmış masaları, kapıyı, kitapların sırtlarını kızıla boyuyordu. Bir an için yaldızlı yapraklarla dolu bir ormanın bitkileri arasında yürüyormuş gibi tatlı bir duyguya kapıldım, güldüm. "Çoktan beri gülmemiştim," diye düşündüm. Korsikalı, ellerini arkasına kavuşturmuş, pencereden bakıyordu. Ne görüyordu acaba?

Impétraz'ın kellesini mi? "Ben ne Impétraz'ın kellesini ne silindir şapkasını ne de redingotunu göreceğim bir daha; altı saat sonra Bouville'den ayrılmış olacağım." Geçen ay ödünç aldığım iki kitabı, Korsikalının yardımcısına ayrılmış masanın üzerine bıraktım. Yeşil bir fiş koparıp verdi bana.

"Buyurun Mösyö Roquentin."

"Teşekkürler."

Şöyle düşündüm: "Onlara borcum yok artık. Buradaki kimseye bir şey borçlu değilim. Birazdan, Rendez-vous des Cheminots'nun patronuyla da vedalaşacağım. Özgürüm." Biraz duraksadım: Şu son saatleri Bouville'de uzun bir gezinti yapıp Victor Hugo Bulvarı'nı, Galvani Caddesi'ni, Tournebride Sokağı'nı görerek mi geçirsem acaba? Ama bu ormanaltı çalılığı öyle durgun, öyle saftı ki neredeyse var olmayan bir yer gibi geliyordu; Bulantı da uğramamıştı semtine. Sobanın yanına oturdum. *Journal de Bouville*'i masanın üzerine bırakmışlar. Uzanıp aldım:

> Köpeği tarafından kurtarılan...
>
> Remiredon'un sahibi Mösyö Dubosc, dün akşam bisikletiyle Naugis Fuarı'ndan dönerken...

Şişman bir kadın gelip sağ tarafıma oturdu. Şapkasını yanına koydu. Burnu, bir bıçağın elmaya saplandığı gibi yüzüne saplanmış sanki. Burnun altında müstehcen bir delik, her şeyi küçümsercesine büzülüyor. Çantasından ciltli bir kitap çıkardı, çenesini tombul ellerine dayayarak dirseklerini masanın üzerine koydu. Karşımda ihtiyar bir adam uyuyordu. Tanıyordum onu: O çok korktuğum gece bu adam da kütüphanedeydi. O da korkmuştu sanırım. "Bütün bunlar ne kadar uzakta kaldı şimdi," diye düşündüm.

Saat dört buçukta Otodidakt içeri girdi. Elini sıkıp onunla vedalaşmak istedim. Ama son konuşmamız pek hoşuna gitmemiş olmalı: Şöyle uzaktan bir selam verip her zamanki gibi, içinde bir dilim ekmek ve bir çikolata bulunması gereken küçük, beyaz bir paketi benden epeyce uzağa koymak üzere yürüdü. Az sonra resimli bir kitapla geri döndü ve kitabı paketinin yanına koydu. "Son kez görüyorum onu," diye düşündüm. Yarın akşam, hemen ertesi günün akşamı, ondan sonraki akşamlar bu masaya gelecek ve ekmeğiyle çikolatasını yiyerek kitap okuyacak. Bir fare gibi kemirip durmaya devam edecek; Nabaud'nun, Nadeau'nun, Nodier'nin, Nys'in kitaplarını okuyacak. Okurken, ara sıra küçük defterine bir özdeyiş yazmak için duracak. Oysa ben Paris'te, Paris sokaklarında yürüyeceğim, yeni insanlar göreceğim. O buradayken, lambalar onun düşünceli, ablak yüzünü aydınlatırken, benim başımdan neler geçecek acaba? Serüven denen aldanışa kapılmak üzere olduğumu tam zamanında fark ettim. Omuz silkip gazeteyi okumaya koyuldum:

Bouville ve çevresi:

Monistiers:

1931 yılı boyunca jandarma kuvvetlerinin yaptığı çalışmalar. Monistier Jandarma Komutanı Başçavuş Gaspard ile yanındaki dört jandarma, yani Lagoutte, Nizan, Pierpont ve Ghil, 1931 yılı boyunca boş durmadı. Gerçekten de jandarmalarımız, 7 ağır suç, 82 hafif suç, 159 uygunsuzluk, 6 intihar ve üçü ölümle sonuçlanan 15 otomobil kazasıyla uğraşmışlardır.

Jouxtebouville:

Jouxtebouville Trompetçileri Dostluk Derneği. Bugün, genel prova ve yıllık konser için kart dağıtımı yapılacak.

Compostel:
Belediye başkanının Legion d'honneur töreni.

Bouville'li turist (Bouville İzci Birliği, 1924):
Bu akşam, saat 20.45'te aylık toplantı, Ferdinand Byron Sokağı, No:10 Salon A. Gündem: Son tutanağın okunması. Mektuplaşmalar, yıllık ziyafet, 1932 ödentileri, mart ayı gezilerinin programı, çeşitli sorular, yeni üyeler.

Hayvanseverler (Bouville Derneği):
Gelecek perşembe, saat 15.00'ten 17.00'ye kadar, Ferdinand-Byron Sokağı, No: 10, Salon C, Bouville, genel toplantı, mektuplarınızı başkana, dernek merkezine yani Galvani Caddesi, No:154'e gönderiniz.

Bouville Çoban Köpekleri Kulübü... Bouville Savaş Gazileri Birliği... Taksi Patronları Sendikası... Bouville École Normale Dostları Komitesi...

Ellerinde çantalarıyla iki liseli çocuk içeri girdi. Korsikalı lise öğrencilerini sever çünkü onları babacan bir tavırla denetleyebilir. Sık sık, sırf keyfi öyle istediği için, iskemlelerinin üzerinde kıpırdanıp durmalarına, gevezelik etmelerine göz yumar, sonra hırsız gibi yaklaşarak arkalarında dikilir ve çıkışmaya başlar: "Sizin gibi yetişkin delikanlılar böyle mi davranır? Bu halinizi düzeltmezseniz kütüphane müdürü, okul müdürünüze şikâyette bulunacak." Çocuklar karşı gelecek olursa onlara korkunç bakışlar atar, "Adlarınızı söyleyin bakayım!" der. Okudukları kitaplarla da ilgilenir: Kütüphanedeki bazı kitaplar kırmızı bir çarpıyla işaretlenmiştir; cehennemin ta kendisidir onlar. Gide'in, Diderot'nun, Baudelaire'in yapıtları ve tıp kitapları bunların arasındadır. Liseli bir öğrenci, bu kitaplardan birini okumak isterse Korsikalı hemen onu bir köşeye çağırır ve sorguya çeker. Çok geçmeden parlar, sesi bütün okuma salonunu doldurur: "Sizin yaşınızdakiler için çok daha ilgi çekici kitaplar var. Öğretici kitaplar. Ödevlerinizi yaptınız mı bakalım? Hangi sınıftasınız? Onda mı? Peki, saat dörtten sonra yapacak bir şeyiniz yok mu? Öğretmeniniz buraya sık gelir, sizi söyleyeceğim ona."

İki öğrenci sobanın yanında dikilmiş duruyordu. Daha küçük olanın çok güzel, koyu renk saçları vardı; teni neredeyse saydam, küçücük ağzı muzip ve gururluydu. Bıyıkları yeni terlemiş irikıyım arkadaşı, dirseğine dokunup bir şeyler fısıldadı ona. Küçük yanıt vermedi fakat yüzünde güven ve küçümseme dolu hafif bir gülümseme belirdi. Sonra ikisi de acele etmeksizin, rafların birinden bir sözlük seçtiler ve yorgun bakışlarını kendilerine çevirmiş olan Otodidakt'a yaklaştılar. Sanki onu görmüyor gibiydiler ama gelip Otodidakt'ın tam yanına oturdular. Küçük esmer öğrenci Otodidakt'ın solunda, irikıyım arkadaşı da onun solundaydı. Ellerindeki sözlüğü hemen karıştırmaya başladılar. Otodidakt salona şöyle bir göz gezdirdi, sonra okumaya devam etti. Hiçbir okuma salonu, bundan daha güven verici görünemezdi: Şişman kadının soluğu dışında çıt bile çıkmıyordu; yalnızca kitaplara eğilmiş başlar görüyordum. Bununla birlikte daha o anda tatsız bir olay çıkacağını sezdim. Kitaplara dalmış gibi başlarını eğmiş bütün bu insanlar bir komedi oynuyorlardı sanki: Az önce üstümüzden acımasız bir soluğun geçtiğini hissetmiştim.

Okumayı bitirmiştim ama gitmeye karar veremiyordum: Okur gibi yaparak bekliyordum. Merakımı ve tedirginliğimi artıran şey, ötekilerin de beklemesiydi. Yanımdaki kadın kitabının sayfalarını daha çabuk çeviriyor gibi geliyordu. Birkaç dakika geçti, sonra fısıltılar işittim. Başımı yavaşça kaldırdım. Çocuklar önlerindeki sözlüğü kapamışlardı. Küçük esmer konuşmuyordu, nezaket ve ilgiyle dolu yüzünü sağa doğru çevirmişti. Omzunun arkasında yarı saklanmış sarışın arkadaşı kulak kabartıyor ve kıs kıs gülüyordu. "Acaba konuşan kim?" diye düşündüm.

Konuşan Otodidakt'tı. Yanındaki genç çocuğa eğilmiş, gözlerini gözlerine dikmiş, ona gülümsüyordu; dudaklarının kıpırdadığını ve ara sıra uzun kirpiklerinin titrediğini görüyordum. Bu genç görünümünden bihaberdim; neredeyse hoş bir adamdı. Ama zaman zaman susuyor ve korkuyla arkasına bakıyordu. Öğrenci, onun söylediklerini adeta bir su gibi içiyordu. Bu sahnenin olağanüstü bir yanı yoktu, yeniden okumaya başlamak üzereydim ki öğrencinin elini, Otodidakt'ın arkasından masanın kenarında yavaşça kaydırdığını gördüm. Otodidakt'ın göremediği bu el bir süre yoluna devam etti ve çevresini yoklamaya koyuldu; sonra şişman sarışının koluna rastlayınca ona bir çimdik attı. Otodidakt'ın söyledikleriyle sesini çıkarmadan dalga geçen sarışın boş bulunmuştu. Birden yerinden fırladı, şaşkınlık ve hayranlıkla ağzı büsbütün açıldı. Esmer öğrenci saygılı ve ilgili tavrını bozmamıştı. Bu yaramaz elin, onun eli olduğuna inanmak zordu. "Ona ne yapmak istiyorlar acaba?" diye düşündüm. İğrenç bir şeyin gerçekleşmek üzere olduğunu anlıyordum. Bunu engellemek için henüz geç olmadığının da farkındaydım. Bir ara ayağa kalkıp Otodidakt'ın yanına gitmeyi ve omzuna vurarak onunla konuşmayı düşündüm. Fakat tam o sırada kendisine baktığımı gördü, konuşmasını hemen kesti ve tedirginlikle dudaklarını sıktı. Cesaretim kırılmış vaziyette başımı hemen çevirdim ve gazetemi okuyormuş gibi yaptım. Ama şişman kadın kitabını itmiş ve başını kaldırmıştı. Sanki büyülenmiş gibiydi. Kadının patlayacağını hissediyordum: Oradaki herkes durumun patlak vermesini *istiyordu*. Ne yapabilirdim? Korsikalıya göz attım: Pencereden bakmıyordu artık, bize doğru yarı dönmüş duruyordu.

On beş dakika geçti. Otodidakt yeniden fısıldamaya başlamıştı. Ona bakmaya cesaret edemiyordum ama gençleşmiş, sevgi dolu halini ve üzerine çöktüğü halde fark etmediği ağır bakışları gözümün önüne kolayca getiriyordum. Bir ara güldüğünü duydum, çocukça, tiz bir gülüştü. Bu yüreğimi sıkıştırdı: Pis çocuklar, bir kediyi suda boğmaya hazırlanıyorlardı sanki. Sonra birden fısıltılar kesildi. Bu sessizlik trajik geldi bana: Yolun sonuydu bu, öldürücü andı. Gazetenin üzerine eğilmiştim, okuyor gibi yapıyordum ama bir şey okuduğum yoktu: Kaşlarımı kaldırıp elimden geldiğince yukarı bakarak, sessizliğin içinde karşımda olup bitenleri görmeye çalışıyordum. Başımı hafifçe çevirince gözucuyla bir şey yakaladım: Demin masa boyunca ilerlemiş olan küçük, beyaz eldi bu. Gevşemiş, yumuşak ve şehvetli bir halde sırtüstü duruyordu; denize girdikten sonra güneşlenen bir kadının uyuşuk çıplaklığı vardı üzerinde. Esmer ve tüylü bir nesne korka korka yanına geliyordu onun. Tütünden sararmış kalın bir parmaktı bu; küçük ve beyaz elin yanında bir erkeklik organının tüm kabalığına sahipti. Parmak bir ara durdu, kaskatıydı, yumuşak avuca yönelmişti, sonra birden çekinerek okşamaya başladı onu. Şaşırmamıştım ama Otodidakt'a öfkelenmiştim: Budala adam, içine düştüğü tehlikeyi anlamıyor muydu? Bir kurtuluş yolu vardı, küçük bir şansı vardı: İki elini masanın üzerine, kitabının iki yanına koyup hiç kıpırdatmadan dursaydı yazgısından bu seferlik kurtulurdu. Ama bu şansı kaçıracağını *biliyordum*. Parmak, hareketsiz duran elin üzerinde usul usul, âcizane gidip geliyordu, üzerine ağırlığını vermeye cesaret edemeyip ona hafifçe değiyordu, sanki kendi çirkinliğinin bilincindeydi. Birden başımı kaldırdım, bu inatçı gidiş gelişe dayanamıyordum: Uyarmak için, Otodidakt'ın bakışlarını yakalamaya çabalıyor ve hızla öksürüyordum. Fakat Otodidakt gözlerini kapamış, gülümsüyordu. Öteki eli masanın altında kaybolmuştu. Öğrenciler gülmüyorlardı artık, sapsarı kesilmişlerdi. Küçük esmerin dudakları kenetlenmişti, korkuyordu, olayların kendi gücünü aştığını hissetmişe benziyordu. Ama elini çekmiyordu, masanın üzerinde, biraz kasılmış halde hareketsiz duruyordu. Arkadaşı korkmuş ve sersemlemiş bir ifadeyle ağzını açmıştı.

Korsikalı o sırada haykırmaya başladı. Kimse duymadan gelip Otodidakt'ın iskemlesinin arkasında durmuştu. Yüzü pancar gibiydi, güler gibi bir hali vardı ama gözleri kıvılcımlar saçıyordu. Oturduğum yerde sıçradım, ne var ki üzerimden ağır bir yük kalkmış gibi oldu: Bekleyiş, dayanılmayacak kadar ağırdı. Bunun bir an önce sona ermesini istiyordum, isterlerse Otodidakt'ı dışarı atsınlar ama bu bir an önce sona ersin. Çarşaf gibi bembeyaz kesilmiş iki öğrenci, göz açıp kapayıncaya kadar çantalarını alıp ortadan kaybolmuşlardı.

Öfkeden çılgına dönmüş olan Korsikalı, "Gördüm sizi, bu kez gördüm!" diye haykırıyordu. "Yalanlayamazsınız artık. Yoksa bunu da inkâr etmeye kalkışacak mısınız, ha? Yaptığınız dümeni görmüyorum sanıyordunuz değil mi? Benim gözlerim kör değil ahbap. Dur bakalım, sırası gelecek, biraz sabret diyordum kendime, yakaladığım zaman ona pahalıya mal olacak diyordum. Adınızı da, adresinizi de biliyorum. Patronunuz Mösyö Chuillier'yi de tanıyorum. Kütüphane müdüründen mektup alınca, yarın asıl o şaşıracak. Değil mi? Susun!" diye haykırdı gözlerini devirerek. "Bu işin burada kalacağını da sanmayın sakın. Fransa'da mahkemeler var, sizin gibi herifler için. Beyefendi bilgi ediniyordu sözüm ona, kültürünü artırıyordu. Kitaplar için ya da bir şey sormak için gelip beni rahatsız ediyordu. Bunları hiçbir zaman yutmadım, ne sandınız?"

Otodidakt şaşırmış görünmüyordu. Bunu yıllardır beklemiş olmalı. Korsikalının çıt çıkarmadan gelip arkasında duracağı ve kulaklarında öfkeli bir sesin çınlayacağı günü yüz kere gözünün önüne getirmiş olmalı. Ama yine de her akşam kütüphaneye gelmekten ve harıl harıl okumaktan geri kalmıyordu. Arada bir hırsız gibi, küçük bir oğlanın beyaz elini ya da belki de bacağını okşuyordu. Yüzünde daha çok bir teslimiyet görüyordum.

"Ne demek istediğinizi anlamadım," diye kekeledi, "ben buraya yıllardır gelirim."

Kızmış gibi, şaşırmış gibi görünmek istiyor ama inanarak yapmıyordu bunu. Olayın şu an burada olduğunu, hiçbir şeyin bunu geri alamayacağını, onu dakika dakika yaşamak gerektiğini biliyordu.

Yanımdaki kadın, "Aldırmayın söylediklerine, gördüm ben," dedi. Ağır ağır yerinden kalktı, "Hem de ilk görüşüm değil. Geçen pazartesi, bundan biraz geç bir vakitte neler yaptığını gördüm fakat bir şey söylemek istemedim. Gözlerime inanamadım doğrusu. İnsanların bilgi edinmek için geldikleri ciddi bir yerde, bir kütüphanede yüz kızartıcı şeyler olabileceğine inanmazdım. Benim çocuğum yok ama evlatlarını çalışsınlar diye buraya gönderen ve rahatsız edilmediklerini sanan, üstelik bunun gibi canavarların çocukların ödevlerini yapmalarına bile engel olduklarını bilmeyen annelere acıyorum doğrusu."

Korsikalı, Otodidakt'a yaklaştı:

"Madamın dediklerini duydunuz, değil mi?" diye haykırdı suratına. "Numara yapmaya kalkışmayın. Aşağılık herif, sizi herkes gördü!"

Otodidakt ciddiyetle, "Ağzınızı bozmamanızı rica ederim," dedi. Bu da rolünün bir parçasıydı. Belki her şeyi açıklamak, kaçmak isterdi ama rolünü sonuna kadar oynamak zorundaydı artık. Korsikalıya bakmıyordu, gözleri büsbütün kapalı gibiydi. Kolları iki yanına sarkmıştı, bir ölü gibi solgundu. Sonra birden yüzü kıpkırmızı kesildi.

Korsikalı öfkeden boğulacak gibiydi:

"Ağzımı bozmayayım mı? Pis herif! Sizi görmediğimi mi sanıyorsunuz? Gözetlediğimi söylemedim mi? Aylardır gözetliyordum sizi."

Otodidakt omuz silkip kitabına dalmış görünmeye çalıştı. Yüzü kızarmış, gözleri dolmuştu, kitapta çok ilgisini uyandıran bir şey görmüş gibi bir hali vardı, dikkatle bir Bizans mozaiğinin röprodüksiyonuna bakıyordu.

Kadın, Korsikalıya dönüp, "Amma pişkin adam, okumaya devam ediyor," dedi.

Korsikalı kararsızdı. O sırada, Korsikalının yıldırdığı çekingen ve uysal bir delikanlı olan yardımcısı, masanın ardından usulca ayağa kalkmış ona sesleniyordu: "Paoli, ne oluyor?" Bir an kararsızlık yaşandı, bu iş burada kalır diye umutlandım bile. Ama Korsikalı içinde bulunduğu durumu tartıp gülünç düştüğünü düşünmüş olmalı. Sesini çıkarmayan kurbanına ne diyeceğini bilemeden sinirli bir şekilde, iyice gerilip boşluğa koca bir yumruk attı. Otodidakt korku içinde döndü. Ağzı açık, Korsikalıya bakıyordu; gözlerinde dehşet verici bir korku vardı.

"Beni döverseniz sizi şikâyet ederim," dedi güçlükle. "Kendi isteğimle gideceğim buradan."

Ben de ayağa kalktım ama iş işten geçmişti. Korsikalı zevkle inleyerek, yumruğunu ansızın Otodidakt'ın burnuna indirdi. Bir an için yalnızca esmer bir yumruk ve bir yenin üstünde, Otodidakt'ın utanç ve acıyla açılmış güzel gözlerini görebildim. Korsikalı yumruğunu çekince Otodidakt'ın burnu kanamaya başladı. Elleriyle yüzünü kapamak istedi ama Korsikalı ağzının kenarına bir kere daha vurdu. Otodidakt iskemlesine yığılarak çekingen ve uysal gözlerle önüne baktı. Burnundan akan

kan kıyafetine bulaşıyordu. Sol eliyle kanayan burnunu silmeye çabalarken, sağ elini masanın üzerinde gezdirerek paketini bulmaya çalışıyordu.

Kendi kendine konuşuyormuş gibi, "Gidiyorum," dedi.

Yanımdaki kadının benzi atmıştı, gözleri parıldıyordu, "Pis herif, çok iyi oldu!" dedi.

Öfkeden titriyordum. Masanın çevresini dolanıp bacaksız Korsikalıyı yakasından tutarak havaya kaldırdım: Onu masanın üzerine çalmak istiyordum. Masmavi olmuştu, çırpınıp duruyor, beni tırmalamaya çalışıyordu ama kısa kolları yüzüme yetişmiyordu. Hiçbir şey söylemiyordum, burnunun üzerine bir yumruk yapıştırıp yamyassı etmek istiyordum sadece. Anlamıştı bunu, yüzünü korumak için dirseğini kaldırdı: Korktuğunu görmekten memnundum. Birden bağırıp çağırmaya başladı:

"Yabani herif, bırak beni! Sen de mi nonoşsun yoksa?"

Onu niçin bıraktım, hâlâ şaşıyorum. İşlerin karışmasından mı korkmuştum? Yoksa Bouville'de geçirdiğim tembellik yılları beni yumuşatmış mıydı? Eskiden olsa çenesini dağıtmadan bırakmazdım onu. Ayağa kalkabilmiş olan Otodidakt'a döndüm. Ama bana bakmak istemiyordu, başı öne eğik, paltosunu askıdan almak üzere ilerledi. Kanı dindirmek ister gibi sol eliyle biteviye burnunu yokluyordu. Fakat kan durmuyordu. Otodidakt'ın fenalaşmasından korkuyordum. Kimseye bakmadan mırıldandı.

"Yıllardır gelirim buraya..."

Ayaklarını yere basar basmaz, bacaksız Korsikalı durumu kontol altına almıştı...

"Defolun buradan," dedi Otodidakt'a. "Bir daha da adımınızı atmayın, yoksa sizi polisle dışarı attırırım."

Otodidakt'a merdivenin altında yetiştim. Tedirgindim, onun utancından utanıyordum, ne söyleyeceğimi bilmiyordum. Beni görmüyormuş gibi bir hali vardı. En sonunda mendilini çıkardı, içine bir şeyler tükürdü. Burnu daha az kanıyordu.

"Gelin bir eczaneye gidelim," dedim beceriksizce.

Yanıt vermedi. Okuma odasından gürültüler geliyordu. Hepsi birden konuşuyor olmalı. Kadın tiz bir kahkaha attı.

Otodidakt, "Bir daha hiç gelmeyeceğim buraya," dedi. Arkasına dönüp ne yapacağını bilmez gibi merdivene, okuma salonunun girişine bakıyordu. Başını çevirince burnundan gelen kan, takma yakasıyla boynunun arasından aşağı aktı. Ağzı ve yanakları kana bulanmıştı. Kolundan tutarak, "Gelin," dedim.

Ürpererek, şiddetle çekti kendini:

"Bırakın beni!"

"Fakat yalnız kalamazsınız. Yüzünüzü yıkamak, ilaç sürmek gerek."

Az önce söylediklerini tekrarladı: "Bırakın beni rica ederim mösyö, bırakın beni!"

Neredeyse bir sinir krizi geçirecekti: Uzaklaşmasına engel olmadım. Batan güneş bir ara kambur sırtını aydınlattı, sonra gözden kayboldu. Kapının eşiğinde, yıldız biçiminde bir kan lekesi vardı.

Bir saat sonra

Ortalık alacakaranlık, güneş batıyor, tren iki saat sonra kalkacak. Parkı bir uçtan öbür uca son kez geçtim, Boulibet Sokağı'nda dolaşıyorum. Buranın Boulibet Sokağı olduğunu *biliyorum* ama tanımıyorum onu. Genel olarak bu sokakta yürüdüğümde, kapkalın bir sağduyu katmanından geçiyormuşum gibi gelirdi: Hantal ve geniş Boulibet Sokağı talihsiz ciddiyeti, katranlı kambur yüzeyiyle, zengin kasabalardan geçerken, her iki yanlarında kocaman iki katlı binaların bir kilometreden fazla uzandığı kentlerarası yolları hatırlatıyordu. Köy yolu diye adlandırdığım bu sokak, bir ticaret limanına hiç uymadığı ve iğreti durduğu için hoşuma gidiyordu. Evler bugün de yerli yerinde ama kır evi görünüşlerini kaybetmişler, birer apartmana dönüşmüşler. Biraz önce parkta da aynı izlenime kapılmıştım: Bitkiler, çimenler, Olivier Masqueret havuzu, anlamsız olmak için çaba harcayarak inatçı bir görünüme bürünmüşlerdi. Anlıyorum şimdi: Beni ilk bırakan, kent. Daha Bouville'den ayrılmadım fakat şimdiden burada değilim. Bouville susuyor. Bana zerre aldırmaksızın eşyasını, bu akşam ya da yarın yeni gelenlere taptaze sunabilmek için derleyip düzenleyerek örten bu kentte hâlâ iki saat kalmak zorunda oluşum garibime gidiyor. Her zamankinden daha fazla unutulmuş hissediyorum kendimi.

Birkaç adım atıp duruyorum. İçine düştüğüm bu topyekûn unutuluşu tadıyorum: İki kent arasındayım, biri beni bilmiyor, öteki de artık tanımıyor. Beni kim hatırlar? Londra'da bulunan etine dolgun bir kadın belki. Peki ama, düşündüğü *ben* miyim acaba? Hem o adam da var, o Mısırlı. Belki şimdi odasına girmiş, onu kollarına almıştır. Kıskanç değilim, bu kadının hâlâ yaşıyor olduğunu biliyorum. Karşısındaki adamı bütün varlığıyla sevse bile bu olsa olsa ölü bir kadının aşkıdır. Onun canlı aşkını en son ben yaşadım. Yine de bu adam ona zevk verebilir. Anny ruhsal kargaşa içine batıyor ve kendinden geçiyorsa varlığında kendisini bana bağlayan bir şey kalmamış demektir. Zevk alıyor, onun için hiç tanımadığı bir insandan farksızım, beni bir anda içinden çıkarıp attı; yeryüzündeki tüm bilinçler de beni attılar, kurtuldular. Tuhafıma gidiyor bu. Oysa var olduğumdan eminim, burada *bulunduğumu* biliyorum.

"Ben" deyince bir boşluk duygusuna kapılıyorum.

Öyle unutulmuşum ki kendimi iyice hissetmek elimden gelmiyor. Benden kalan tüm gerçeklik, var olduğunu hisseden varoluş sadece. Yavaş yavaş, uzun uzun esniyorum. Kimse. Antoine Roquentin kimse için yok. Soyut bir şey o. Bilincimde kendimle ilgili ufacık, soluk bir anı salınıyor. Antoine Roquentin... Birden "ben" soluklaşıyor, soluklaşıyor, işte söndü.

Pırıl pırıl, hareketsiz, bomboş bilinç, duvarların arasına konulmuş; kendi kendine sürüp gidiyor. Kimse yok bu bilincin içinde artık. Biraz önce birisi *ben, benim* bilincim diyordu. Kim? Dışarıda gürültülü sokaklar vardı; bilinen renkleri ve kokularıyla sokaklar. Kimsenin olmayan duvarlar ve kimsenin olmayan bir bilinç kaldı geriye. Hepsi bu: duvarlar ve bu duvarlar arasında bir kişiliğe bağlı olmayan canlı, ufacık bir saydamlık. Bilinç bir ağaç gibi, bir tutam ot gibi var oluyor. Uyukluyor, sıkılıyor. Dallardaki kuşlar gibi küçük varoluşlar barındırıyor içinde. Bir görünüyor, bir kayboluyorlar. Gri gökyüzü altında, şu duvarlar arasında unutulmuş ve bırakılmış bilinç. Varoluşunun anlamı da şu: Bilinç, fazlalık olmanın bilincidir. Genişler, dört bucağa yayılır, koyu renkli duvarın üzerinde, lambalar boyunca ya da karşıda, akşam sislerinin içinde kendini kaybetmeye uğraşır. Ama kendini *hiçbir zaman* unutmaz; kendini unutan, bilinç olmanın bilincidir. Onun alın yazısı bu. Boğuk bir ses şunları fısıldıyor: "Tren iki saat sonra kalkacak." Sesin bilinci var. Yüzün de bilinci var. Kan revan içinde, ağır ağır, leke bırakarak geçiyor; gözlerinden yaşlar akıyor. Duvarların arasında değil, hiçbir yerde değil. Ortadan kayboldu, yerini başı kan revan içinde, kambur bir gövde alıyor, ağır adımlarla uzaklaşıyor, her adımda duracak gibi görünüyor ama durmuyor. Karanlık bir sokakta yürüyen bu gövdenin de bilinci var. Gövde yürüyor fakat uzaklaşmıyor. Karanlık sokak bitmiyor, hiçliğin içinde kayboluyor. Bu sokak duvarların arasında değil, hiçbir yerde değil. "Otodidakt kentte dolaşıp duruyor," diyen bir sesin de bilinci var.

Ama aynı kentte dolaşmıyor, hayır, bu anlam taşımayan duvarların arasında dolaşmıyor; Otodidakt kendisini unutmayan yırtıcı bir kentte dolaşıyor. Onu düşünenler var: Korsikalı, şişman kadın, belki de kentteki herkes. Henüz kaybolmuş değil, ben dediği şeyi kaybedemez. İşkenceyle kıvranan, öldürmek istemedikleri kanayan benliğini unutamaz. Dudakları, burun delikleri acır, "Canım acıyor," diye düşünür. Yürür, yürümesi gerek. Bir an duracak olsa, kütüphanenin duvarları dört bir yanını çevirir, hapseder onu; Korsikalı yanı başında biter ve aynı sahne, bütün ayrıntılarıyla yeniden başlar. Kadın pis pis gülümseyerek, "Bu aşağılık herifleri prangaya vurmalı," der. Yürür, evine gitmek istemez; Korsikalı, iki öğrenci ve kadın, odasında onu beklemektedir. Sahne yeniden başlar. "Yalan söylemeye kalkmayın, gördüm sizi." Şöyle düşünür: "Tanrım, keşke bunu yapmamış olsaydım, keşke yapamayacak halde olsaydım, keşke gerçek olmasaydı bu!"

Kaygılı yüz, bilincimin önünde bir gelir bir gider. "Belki canına kıyacak." Hayır: Bu narin ve kapana kıstırılmış ruh ölümü düşünemez.

Bilincin de bilinci var. Kendini duvarların arasında durgun ve bomboş, içinde ikamet eden kişiden kurtulmuş ve boş olduğu için canavarlaşmış olarak görür. Ses fısıldar: "Bavullar teslim edildi. Tren iki saat sonra kalkıyor." Duvarlar sağa ve sola kayar. Mazgalların, hırdavatçıların, kışla pencerelerinin de bilinci var. Ses fısıldıyor, "Son kez."

Otel odasında Anny'nin, tombul Anny'nin, yaşlanmış Anny'nin bilinci, acı çekişin bilinci var; ayrılıp giden ve bir daha dönmeyecek olan duvarların arasında bilinçlidir acı. "Sonu gelmeyecek mi bunun?" Ses duvarlar arasında bir caz havası tutturmuş: "Some of These Days."

Bitmeyecek mi bu? Ve melodi, sesi yakalamak için arkadan, usulca, sinsice geliyor, onu bastırıyor ve ses durmayı başaramadan şarkı söylüyor; gövde ilerliyor, bütün bunların bilinci var; yazık ki bilincin de bilinci var. Fakat acı çekecek, ellerini ovuşturacak, kendine acıyacak hiç kimse yok. Kimse. Kesişen yolların acısı, unutulmuş bir acı bu. Ama kendini unutamayan bir acı. Sonra ses, "İşte Rendez-vous des Cheminots," diyor ve Ben, bilincin içinden taşıyor; *Benim* bu, yani Antoine Roquentin, birazdan Paris'e doğru hareket edeceğim; patron kadına veda etmek için geldim buraya.

"Size hoşçakalın demeye geldim."

"Gidiyor musunuz Mösyö Antoine?"

"Paris'e yerleşeceğim. Değişiklik olsun diye."

"Şanslısınız."

Bu kocaman yüze nasıl değdirebiliyordum dudaklarımı? Vücudu artık bana ait değil. Daha dün bile, siyah yün elbisenin altındaki vücudunu gözümün önüne getirebilirdim. Oysa bugün elbisesinin içine nüfuz edilemez. Derisinin altında damarları belli olan bu beyaz vücut bir düş müydü?

"Sizi arayacağız," diyor patron kadın. "Bir şey içmez misiniz? Ben ısmarlıyorum."

Oturuyoruz, kadeh tokuşturuyoruz.

Sesini biraz alçaltıyor. Nazik bir kederle, "Size çok alışmıştım. Ne iyi anlaşıyorduk," diyor.

"Görmeye gelirim sizi."

"Tabii, Mösyö Antoine. Bouville'den geçtiğiniz zaman, şöyle bir uğrayıp bizim de hatırımızı sorarsınız. Gidip Madam Jeanne'a bir merhaba diyeyim, hoşuna gider demelisiniz. Bu doğru, insanların başlarından gelip geçenleri öğrenmeyi severiz. Zaten tanıdıklarımız bize her zaman uğrarlar. Denizci müşterilerimiz vardır, açık denizlerde çalışırlar, kimi zaman iki yıl görmem onları, Brezilya'da ya da New York'tadırlar. Bordeaux'da ulaştırma işleriyle uğraştıkları da olur. Sonra bir gün ansızın ortaya çıkarlar, 'Merhaba Madam Jeanne,' derler. Birlikte bir kadeh içeriz. İnanmayabilirsiniz ama hangi içkiyi sevdiklerini dahi hatırlarım. Aradan iki yıl geçmiş olsa bile, 'Mösyö Pierre'e susuz bir vermut, Mösyö Leon'a da bir cinzano getirin,' derim Madeleine'e. 'Patron, nasıl hatırladın?' derler. Ben de, 'Mesleğim bu benim,' diye karşılık veririm."

Salonun dibinde şişman bir adam var, Jeanne'la birkaç günden beri yatıyor. Çağırıyor kadını:

"Patron hanım!"

Ayağa kalkıyor kadın:

"Özür dilerim Mösyö Antoine."

Garson kız geliyor yanıma:

"Demek bizi bırakıp gidiyorsunuz?"

"Paris'e gidiyorum."

Gerine gerine, "Paris'te yaşadım ben," diyor. "İki yıl boyunca Siméon'da çalıştım. Ama burayı özledim."

Bir an duraksıyor, sonra bana başka söyleyeceği bir şey olmadığını fark ediyor:

"Eh, öyleyse güle güle Mösyö Antoine."

Elini önlüğüne silip uzatıyor.

"Hoşça kal Madeleine."

Gidiyor. *Journal de Bouville*'i aldığım gibi bırakıyorum zira bir saat önce kütüphanedeyken baştan aşağı okumuştum.

Patron kadın geri gelmiyor: Tombul ellerini, onları tutkuyla mıncıklayan dostunun avuçlarına bırakmış.

Tren kırk beş dakika sonra kalkıyor.

Vakit geçsin diye paramı sayıyorum.

Aylık bin iki yüz frank, fazla bir şey değil. Gerçi kendimi biraz zora sokarsam yeter. Üç yüz franklık bir oda, yiyecek için günde on beş frank: Geriye dört yüz elli frank kalıyor. Bu da çamaşır, ufak tefek masraflar ve sinema için. Şimdilik iç çamaşırına ve elbiseye ihtiyacım yok. Dirsekleri biraz parlasa da kıyafetlerimin ikisi de temiz; özenli giyersem daha üç-dört yıl gider bana.

Tanrım! Bu bitki hayatını sürecek olan *ben* miyim? Günlerimi nasıl geçireceğim? Dolaşacağım. Tuileries'e gidip demir iskemlelerden birine oturacağım; hatta tasarruf etmek için bir banka. Bir şeyler okumak için kütüphanelere gideceğim. Sonra? Haftada bir kere sinema. Peki sonra pazar günleri kendime bir Voltigeur ısmarlayıp tüttürecek miyim? Jardin du Luxembourg'daki emeklilerle kroket oynamaya gidecek miyim? Otuz yaşında! Acıyorum kendime. Ara sıra, "Elimdeki üç yüz bin frangı bir yılda harcasam daha iyi etmiş olmaz mıyım?" diye düşünüyorum ve sonra... Bana ne sağlayabilir bu? Yeni kıyafetler mi? Kadınlar mı? Yolculuklar mı? Hepsini gördüm, hepsi bitti artık, beni çekmiyor bunlar: Hiçbir yararı yok! Bir yıl sonra, kendimi şimdiki kadar bomboş bulacağım; tek bir anım bile olmayacak, ölüm karşısında bir korkak.

Yaş otuz! 14.400 frank yıllık gelir. Her ay bozdurulan kuponlar. Oysa yaşlı değilim ben! Bir şey versinler yapayım, ne olursa olsun... Başka bir şey düşünsem daha iyi çünkü şu an kendi kendime komedi oynuyorum. Hiçbir şey yapmak istemediğimi çok iyi biliyorum: Bir şey yapmak, bir parça varoluş daha yaratmak demektir, oysa şu durumda yeterince varoluş var.

Aslında kalemi elimden bırakamıyorum. Bulantıya kapılacağım diye korkuyorum, yazarken onu geciktiriyormuşum gibime geliyor. Bu yüzden aklıma geleni yazıyorum.

Beni sevindirmek isteyen Madeleine, bir plak göstererek uzaktan sesleniyor:

"Sizin plağınız Mösyö Antoine, sevdiğiniz plak, son kez dinlemek ister misiniz?"

"Lütfen."

Kibarlık olsun diye böyle diyorum, yoksa caz dinleyecek durumda değilim. Ama yine de kulak vereceğim çünkü Madeleine'in dediği gibi, bunu son kez dinliyorum: Eski bir plak bu, çok eski, taşra için bile eski sayılır; Paris'te boşuna arayacağım onu. Madeleine, plağı gramofona yerleştirmeye gidiyor, şimdi dönmeye başlayacak; çelik iğne, çizgilerin içinde zıplayıp gıcırdayacak ve çizgiler onu helezon biçiminde, plağın merkezine getirdiklerinde sona erecek, "*Some of These Days*"i söyleyen boğuk ses ebediyen susacak.

Başlıyor.

Güzel sanatlarla acılarını avutan avanaklara ne buyurulur. Bigeois Hala gibi: "Zavallı amcam öldüğünde Chopin'in *prelüdleri* bana acımı öyle unutturdu ki!" Konser salonları, gözlerini kapayıp solgun yüzlerini alıcı antene dönüştürmüş ezik, talihin sillesini yemiş kimselerle ağzına kadar doludur. Yakaladıkları seslerin, tatlı ve besleyici bir şekilde içlerine aktığını düşünür bunlar. Acılarının, tıpkı genç Werther'in acıları gibi müzik haline dönüştüğünü sanırlar. Güzelliğin, yaralarını sardığına inanırlar. Salaklar.

Bu müzikte, acı dindirecek bir nitelik bulup bulmadıklarını bana söylemelerini isterdim. Biraz önce mutluluk içinde yüzmekten çok uzaktım. Dışarıdan bakıldığında, düşünmeden paramı sayıyordum. Ama derinlerde, gece gündüz yakamı bırakmayan, belirsiz sorular, sessiz şaşkınlıklar halini almış bütün bu düşünceler kıpırtısız duruyordu. Anny'yle, boşa harcadığım hayatımla ilgili düşünceler. Daha altta da bir şafak gibi çekingen halde Bulantı duruyordu. O anda müzik yoktu, üzgün ve durgundum. Çevremdeki bütün nesneler benimle aynı maddeden, yani sakil bir acıdan yapılmıştı. Dünya öyle çirkindi ki; dışımda, masanın üzerindeki şu kirli bardaklar, aynadaki lekeler, Madeleine'in önlüğü ve patron kadının şişman sevgilisi, dünyanın varoluşu öyle çirkindi ki kendimi yakınlarımın yanında gibi rahat hissediyordum.

Şu anda saksofonun ezgisi duyuluyor. Utanıyorum. Küçücük, parlak bir acı doğdu az önce: Örnek niteliğinde bir acı. Saksofonun dört notası. Gidip geliyor, "Bizim gibi yapmak, *ölçüye göre* acı çekmek gerekir," diyorlar sanki. Evet, doğru! Ben de böyle acı çekmek isterim tabii. Ölçüyle, hoşgörüye kapılmadan, kendime acımadan, kupkuru bir katışıksızlıkla acı çekmek. Ama bardağımın dibindeki bira ılıksa, aynada koyu renkli lekeler varsa, fazlalıksam, en içten ve en katışıksız acım, ayıbalığı gibi, hem bir yığın et hem geniş bir deri ve insanın içine dokunan ıslak fakat kötücül gözlerle sürüklenip hantallaşıyorsa bu benim kabahatim mi? Hayır, plağın üzerinde çepeçevre dönen ve gözlerimi kamaştıran elmas değerindeki bu ufak acının şefkatli olduğu söylenemez kuşkusuz. Alaycı bile değil; gururla dönüyor, kendinden başkasıyla ilgilenmeksizin, dünyanın tatsız samimiyetini bir orak gibi kesip attı, dönüyor şimdi ve hepimizi; Madeleine'i, şişman adamı, patron kadını, beni ve masaları, bankları, lekeli aynayı, bardakları, birlikte olduğumuz, evet sadece birlikte olduğumuz için kendimizi varoluşa bırakmış hepimizi, düzensizliğimizin içinde, günlük aldırmazlığımızın içinde yakaladı: Kendi hesabıma ve onun *önünde* var olanlar hesabına utanıyorum.

Bu var olan bir şey değil. Hatta insanın canını sıkıyor; yerimden kalkıp plağı oradan çekip alsam ve iki parçaya ayırsam bile ona dokunmuş olmam. Ötede kalıyor o, her daim herhangi bir şeyin, bir sesin ya da bir keman notasının ötesinde. Kat kat varoluşun ötesinden kendini açığa vuruyor; ince ve sıkı. Yakalamak istediğinizde karşılaştığınız ancak varoluşlar oluyor; anlamsız varoluşlara çarpıp duruyorsunuz. Hepsinin ardında kalıyor, onu duyduğumu bile söyleyemem; ben onu açığa vuran sesleri, hava titreşimlerini işitiyorum. Var olmuyor o, çünkü fazla hiçbir yanı yok; onun dışında her şey ona göre fazlalık. O *olan* bir şey.

Ben de *olmak* istemiştim. Hatta tek istediğim buydu. İşte hikâyenin son sözcüğü. Aralarında ilişki yokmuş gibi görülen bütün çabalarımın altında aynı isteği buluyorum: varoluşu içimden atmak, anları yağından sıyırmak, bükmek, kurutmak, kendimi temizlemek, katılaştırmak, sonunda bir saksofon notasının kesin ve belirli sesini verebilmek. Bu ahlaki bir öykü bile olabilir: Yanlış dünyaya gelmiş bir zavallı vardı. Öteki insanlar gibi, parkların, kafelerin, ticaret kentlerinin dünyasında var olup gidiyor ve tabloların ardında Tintoretto'nun devlet adamlarıyla, Gozzoli'nin cesur Floransalarıyla; kitap sayfalarının ardında Fabrice del Dongo ve Julien Sorel'le, plakların ardında kupkuru, uzun caz ezgileriyle birlikte, kendini bambaşka dünyalarda yaşadığına inandırmak istiyordu. Yeterince budalalık ettikten sonra durumu kavradı; artık gözleri açılmıştı, bu işte bir yanlışlık olduğunu anladı; aslında bir kafede, bir bardak ılık biranın karşısında duruyordu. Oturduğu yerde ne yapacağını bilemeden kaldı. "Ben bir budalayım," diye düşündü. Tam bu sırada, varoluşun öbür yakasında, ancak uzaktan görülebilen ve yaklaşılamayan öteki dünyada, ufak bir melodi dans etmeye, şarkı söylemeye başladı. "Benim gibi olmak, ölçüye göre acı çekmek gerek."

Ses söylüyor:

Some of these days
You'll miss me honey.

Plağın burası çizilmiş olmalı, cızırdayıp duruyor. Ayrıca insanın içini daraltan bir şey var: İğnenin plak üzerinde öyle kısaca öksürmesi, melodiyi bozmuyor. Melodi çok uzakta, öyle uzakta ki. Bunu da anlıyorum, plak çizilip eskiyebilir, şarkıcı kadın belki de ölmüştür, birazdan buradan ayrılıp trenime bineceğim. Ama bir şimdiden öteki şimdiye düşen geçmişsiz ve geleceksiz varoluş ardında, her gün biraz daha ayrışan, pul pul dökülen ve ölüme doğru kayan şu seslerin ardında melodi, hiç değişmeden, sımsıkı ve genç, acımasız bir tanık gibi duruyor.

Ses kesildi. Plak biraz gıcırdayıp duruyor. Yersiz bir düşten sıyrılan kafe geviş getiriyor, varoluş zevkini çiğneyip duruyor. Patron kadının yüzü kıpkırmızı; yeni dostunun beyaz yanaklarını çimdikliyor ama yine de renklendiremiyor onları. Ölü yanakları. Kılımı kıpırdatacak halim yok, uyukluyorum. New York'ta, bir apartmanın yirminci katında sıcaktan bunalan, yeni tıraş olmuş, kalın, kara kaşlı bir Amerikalıyı düşünüyorum. New York'un üzerinde gökyüzü kavruluyor, göğün mavisi tutuşuyor, devasa sarı alevler damları yalıyor, Brooklyn'li çocuklar, mayolarıyla sulama borularının karşısına geçiyorlar. Yirminci kattaki karanlık oda, sıcaktan kavruluyor. Kalın kaşlı Amerikalı soluk soluğa; ter damlaları yanaklarından aşağı süzülüyor. Sırtında bir gömlek, piyanosunun başına oturmuş. Ağzında bir tütün tadı, zihninde belli belirsiz bir melodinin hayaleti. *Some of these days.* Tom, kıç cebindeki içki şişesiyle birazdan gelecek, birlikte deri koltuklara gömülüp ağzına kadar dolu bardaklarla viski içecekler, gökyüzünün ateşi göğüslerini yakacak; sıcak ve sınırsız bir uykunun ağırlığını hissedecekler. Ama önce şu melodiyi not etmeli. *Some of these days.* Terli el, piyanonun üzerindeki kalemi yakalıyor. *Some of these days, you'll miss me honey.*

Böyle olmuştu. Böyle olsa da olmasa da önemi yok. Melodi böyle ortaya çıkmıştı. Kömür kaşlı Musevinin yitik vücudunu seçmişti ortaya çıkmak için. Adam kalemi tembel tembel tutuyor, ter damlaları yüzüklü parmaklarından kâğıda damlıyordu. Niçin ben olmayayım bu? Bu mucizenin gerçekleşmesi için niçin içi ekşimiş bira ve alkolle dolu o manda herif gerekiyordu?

"Madeleine, şu plağı yeniden koyar mısınız? Gitmeden önce bir daha dinleyeyim."

Madeleine gülmeye başlıyor. Gramofonun kolunu çeviriyor, işte başladı. Ama artık kendimi düşünmüyorum. Bir temmuz günü, odasının karanlık sıcağının içinde bu melodiyi yaratmış olan adamı düşünüyorum. Melodi *aracılığıyla*, saksofonun bembeyaz ve mayhoş sesleri aracılığıyla onu düşünmeye çalışıyorum. Bunu o yarattı. Dertleri vardı, işleri istediği gibi gitmiyordu: Ödenecek faturalar (herhangi bir yerde, kendisini istediği kadar düşünmeyen bir kadın da olmalıydı), üstelik insanları erimiş yağ birikintilerine çeviren şu korkunç sıcak vardı. Bütün bunlarda güzel ya da yüce bir yan yoktu. Ama bu şarkıyı dinlediğim ve onu bu adamın yarattığını, acısını ve döktüğü teri düşündüğüm zaman... dokunaklı buluyorum. Talihli biriymiş. Bunun farkına varmamıştır herhalde. Şöyle düşünmüş olmalı: "Talihim yaver giderse bu elli dolar kazandırır bana." Doğru. Yıllardan beri ilk kez, bir adam dokunaklı görünüyor gözüme. Bu adamla ilgili bilgi edinmek isterdim. Ne gibi dertleri olduğunu, evli mi yoksa bekâr mı olduğunu öğrenmek isterdim. Hümanizm yüzünden değil, tam tersine. Bu melodiyi yazdığı için. Onu tanıma isteği duymuyorum. Belki de ölmüştür zaten. İstediğim sadece onunla ilgili birkaç şey öğrenmek ve ara sıra, bu plak çaldığında onu düşünmek. Öyle sanıyorum ki, Fransa'nın yedinci büyük kentinde, bir garın yakınında, onu düşünen biri olduğunu öğrense kılını bile kıpırdatmazdı. Fakat ben onun yerinde olsaydım mutluluk duyardım. Gıpta ediyorum ona. Gitmem gerek. Kalkıyorum ama bir an duraksıyorum; zenci kadının şarkısını dinlemek istiyorum. Son kez.

Söylüyor. İşte kurtulmuş iki kişi: Musevi ve zenci kadın. Kurtulmuşlar. Belki de büsbütün kayboldukları-na, varoluşun içine batıp gittiklerine inanmışlardı. Benim onları düşündüğüm gibi, kimse şefkatle beni düşünmez oysa. Kimse, Anny bile. Onlar benim için biraz ölü, roman kahramanı gibi; kendilerini varoluş günahından temizlemişler. Baştan aşağı değil kuşkusuz fakat bir insanın elinden geldiğince. Bu düşünce ansızın allak bullak ediyor beni çünkü bunu artık ummuyordum bile. Bir şeyin hafifçe bana dokunduğunu hissediyorum ama kıpırdamaya cesaret edemiyorum çünkü kaçmasından korkuyorum. Unutmuş olduğum bir şey: Bir çeşit sevinç.

Zenci kadın söylüyor. İnsan, varoluşunu gerekçelendirebilir mi yani? Azıcık olsun yapabilir mi? Olağanüstü çekingen hissediyorum. Çok umutlu olduğumdan değil. Karda saatlerce yürüdükten sonra, her yeri donmuş vaziyette, aniden ılık bir odaya giren birine benziyorum. Böyle bir adamın kapının yanında hâlâ üşür halde kıpırtısız duracağını, ağır ürperişlerin bütün vücudunu saracağını düşünüyorum.

Some of these days
You'll miss me honey.

Deneyemez miyim ben... elbette beste yapmaktan bahsetmiyorum... ama başka bir şey deneyemez miyim? Bir kitap olması gerekiyor bunun: Başka bir şey ortaya koyamam ki. Ama bir tarih kitabı değil: Tarih, var olmuş olan bir şeyden söz eder; oysa bir var olan başka bir var olanın varoluşunu gerekçelendiremez. Benim hatam, M. de Rollebon'u canlandırmaya çalışmaktı. Başka tür bir kitap olmalı. Ne olacağını tam olarak bilmiyorum ama bu kitapta, basılmış sözcüklerin ardında, sayfaların ardında var olmayan, varoluşun üstünde bir şeyin olduğu sezilmeli. Gerçekleşmeyecek bir hikâye olabilir ya da bir serüven. Çelik gibi sert ve güzel bir kitap olması ve insanları varoluşlarından utandırması gerek.

Gidiyorum, bocaladığımı hissediyorum. Karar verecek cesaretim yok. Yeteneğimden kuşku duymasaydım... Ama asla evet asla böyle bir şey yazmadım. Tarih yazıları kaleme aldım, doğru, hem de yığınla. Bir kitap. Bir roman. Bu romanı okuyup "Bunu yazan Antoine Roquentin. Kafelerde vakit geçiren, kızıl saçlı bir adammış," diyen insanlar olacak ve benim zenci kadının hayatını düşündüğüm gibi, onlar da benim hayatımı öyle düşünecek: Değerli ve neredeyse efsanevi bir şey. Bir kitap. Her şeyden önce sıkıcı ve yorucu bir çalışma olacak tabii, üstelik var olmaktan da, var olduğumu hissetmekten de alıkoymayacak beni. Ama kitabın tamamlandığı, ardımda kaldığı bir an gelecek ve öyle sanıyorum ki onun aydınlığı bir nebze geçmişimin üzerine düşecek. Belki o zaman, bu kitap sayesinde, hayatımı tiksinti duymadan hatırlayabileceğim. Belki bir gün tam şu ânı, iki büklüm halde tren saatinin gelmesini beklediğim şu kasvetli ânı düşününce, yüreğimin hızla çarptığını hissedecek ve, "Her şey o gün, o anda başlamıştı," diyeceğim. Böylece kendimi –geçmişte, yalnızca geçmişte– kabul etmeyi başarabilirim belki de.

Gece bastırıyor. Printania Oteli'nin birinci katında iki pencere aydınlandı. Yeni Gar'ın şantiyesi buram buram ıslak odun kokuyor: Yarın Bouville'e yağmur yağacak.